# Escape the living corpse

# 탈출

KB192049

# 탈출(Escape the living corpse)

발행일    2024년 5월 14일

지은이    김태평
펴낸이    손형국
펴낸곳    (주)북랩
편집인    선일영                    편집   김은수, 배진용, 김현아, 김다빈, 김부경
디자인    이현수, 김민하, 임진형, 안유경, 신혜림    제작   박기성, 구성우, 이창영, 배상진
마케팅    김회란, 박진관
출판등록  2004. 12. 1(제2012-000051호)
주소      서울특별시 금천구 가산디지털 1로 168, 우림라이온스밸리 B동 B113~115호, C동 B101호
홈페이지  www.book.co.kr
전화번호  (02)2026-5777                팩스   (02)3159-9637

ISBN     979-11-7224-108-7  03810(종이책)        979-11-7224-109-4  05810 (전자책)

(주)북랩 성공출판의 파트너
북랩 홈페이지와 패밀리 사이트에서 다양한 출판 솔루션을 만나 보세요!
홈페이지 book.co.kr  •  블로그 blog.naver.com/essaybook  •  출판문의 book@book.co.kr

작가 연락처 문의 ▸ ask.book.co.kr
작가 연락처는 개인정보이므로 북랩에서 알려드릴 수 없습니다.

# Escape the living corpse

탈출

김태평 지음

북랩

# 프롤로그

•

# 괴물이 아니면 보통 사람

:

　군시절 일병 말 즈음 조울증이란 병을 앓게 되었다. 땅바닥을 기어가면서 병원에 실려 갔다. 병원에서 한 달간 생활하면서 군 생활에 적합하지 못하다는 판정을 받아 의병제대를 하였고 사회에 나와 다시 현실에 적응해야 했다. 약을 먹어야 했다. 한 번의 실수라 여긴 나머지 단약을 했다. 그리고 난 다시 알 수 없는 그 괴물을 사회에서 불러일으켰고 병원에 끌려가게 되었다. 내가 무엇에 잠식이 되었는지 찾아내기 위해 나만의 정신 무장을 하려 해도 어느 순간 난 그것에 끌려다녀야만 했다.

　그것이 괴물인지 무엇인지 나는 모른다. 사람들은 그것을 에고라고 표현하기도 한다. 그 모든 행동의 나는 나로 기억하고 있었다. 보통 사람처럼 살기 위해 약을 먹어야 했고 하지만 그 약도 날 보통 사람처럼 만들지는 못했다. 산송장이란 표현이 걸맞은 몸의 상태로 세상을 살아야 했는데 도대체 왜 세상이 나에게 이러한 가혹한 형벌을 주는지 이해가 안 갔다. 20년간 살아왔던 지난 삶의 모든 행동양식의 결괏값이 모조리 부정당했다는 기분에 억울했다.

　나는 사랑을 하지 못하는 존재가 되어갔다. 사랑이 두려운 존재가 되어갔다. 가난이란 현실과 같이 그 병을 안고 살아야만 했다. 열심히 살았고 고생하면서 쓰고 싶은 돈도 못 쓰고 모은 돈으로 30살쯤 내 집까지 장만했다. 하지만 난 정착을 할 수 없었다. 언제 그 괴물이 날 지배할지 몰랐기 때문이다. 정말 평범하게 사는 것 같기도 하다가 어느 순간 그 괴물은 나도 모르게 나를 잠식하고 말았다. 그동안 쌓아놓은 우정, 직장, 사랑 모두 사라졌다.

2008년 7월 처음 시작한 그 이야기, 그리고 2017년 4월을 기점으로 그 녀석을 잡아냈다. 그리고 병식이란 것이 무엇인지 알아낸다. 이것에 대한 확신을 갖기 위해 7년간을 수련했고 공부했다. 이제 인생 2막을 열기 위해 내 지난 경험을 기록하려 한다. 나보다 더 오래된 증상을 갖고 살아간 사람은 많겠지만 조울증 완치를 했다고 하는 사람이 쓰는 책은 찾아보기 힘들다.

이 병에 완치라는 것은 없다고 본다. 병식을 인지하고 제어하는 것이 이 증상을 겪은 사람들에게 도움이 될 이야기인 것이다. 조울증은 자신의 감정 기복을 컨트롤하기 어려운 것이 가장 큰 문제이다. 조울증 1형, 2형이 있는데 나는 1형이었다. 1형의 특징은 감정의 폭을 본인이 컨트롤하기 어려운 상황까지 이르고 큰 사고를 내는 경우가 많다. 2형 같은 경우는 본인이 컨트롤하기 어려울 때 사람에게 도움을 청할 수 있는 수준이라 한다. 본인이 의학에 대한 전문가는 아니기 때문에 조울증 학술용어에 대해서는 검색 또는 전문의를 통해서 알아보길 바란다.

책을 쓰기 전 수많은 소용돌이가 날 휘감아 왔다. 과거를 꺼내는 일은 항상 나를 그 어둠의 구렁텅이로 몰아넣는다. 트라우마가 익숙해져 드라마가 되고 드라마가 익숙하니 그게 꿈인 줄 안다. 그 꿈이 내 것이 아니었다는 걸 알게 되면 다시 그 트라우마로 돌아간다. 꿈을 이루려면 절대 흔들리지 않는 실천의 의지가 있어야만 드라마는 'Dreams comes true!'가 된다.

사실 책을 낸다는 건 나에겐 꿈과도 같았다. 어렸을 때 난독증이 있었고 극단에서 배우로 활동하던 시절에는 대사 두 줄 외우고 무대 위에서 읊기 힘들어했다. 2017년, 모든 사건들이 한 번에 터졌고 생각이 과부하되어 셧다운이 일어났다. 그 후 모든 것은 조금씩 달라지기 시작했다. 안되는 것들을 하나씩 꾸준히 공부하면서 도전했다. 2020년 프리랜서 생활을 하다가 매일같이 강남의 폴 바셋이란 커피숍에 출퇴근하면서 썼던 한 권의 책은 나도 모르게 사라져버렸다. 두 번째 책은 2023년 봄쯤에 완권을 하였으나 내질 못했다. 책을 쓰는 동안 고통의 기억들을 끄집어내느라 힘들었다. 그렇게 하지 않아도 된다. 병식을 인지하고 있기에 아무 일 없던 것처럼 행복하게 살아도 된다. 그럼에도 책을 내려는 것은 답이 없는 병을 극복하는 과정을 혼자 뚫어내고 살아왔던 나의 삶 자체를 사랑하기 때문이다. 이 병으로 가망이 없다고 생각했던 수많은 사람들에게 도움이 될 것을 확신하기 때문이다.

# 나도 모르는 나에게

:

세상이 당신을 불치병에 걸린 환자라고 정의하고 있다면 당신은 어떤 결정을 할 것인가?

내가 만났던 대부분의 정신의학과 의사들은 조울증은 불치병과 같은 것이라고 생각했다. 아마 이 글을 본 정신과 의사들이 있다면 좋은 의사를 못 만났다고 할 것이다. 좋은 의사가 아니었을 확률보다 그들의 한계가 있다고 생각한다. 사람을 강제로 폐쇄병동으로 입원시킬 수 있는 방법은 두 사람의 보호자의 동의와 정신의학과 의사의 결정이 필요했다. 폐쇄병동에 몇 번 끌려가다 보니 정신과 의사는 언제든 날 병동에 넣을 수 있는 일종의 권력자와 같다고 생각했다. 그들을 권력자라고 무의식적으로라도 여기고 있었고 진찰을 스스로 받으러 갈 때마다 의사를 대하는 태도가 그리 솔직하지 못했다. 잘못 말하면 안 되는 감정 상태가 되어야만 했다. 가족들은 의사에 대해 좋지 않은 감정을 갖고 있는 나를 데리고 매번 병원에 같이 가 줄 형편이 안됐다. 그런 상태로 내 태도를 본 의사는 내게 약은 평생 먹고 살아야 하는 것으로 설명을 해야만 했을 것이다. 속마음을 표현하지 못하고 집으로 돌아간 나는 의사에게 낸 진찰비용이 많지는 않지만 안 그래도 가난했던 나에게 도대체 왜 이러한 의미 없는 행동을 해야 하는지 답답해

한다.

조울증에 처방하는 약을 치료제라고 말하는데 나는 이것을 언제 재발할지 모르는 증상에 대해 보험성으로 먹는 억제제가 정확한 표현이라고 생각한다. 극단적 감정이 올라가는 것을 평소에 누그러뜨려 준다. 부작용으로는 하루 종일 산송장 상태로 기분이 다운이 된다. 이게 정말 치료제라고 인정하기에는 너무나 마음이 힘들었다. 극단적으로 조울이 시작되는 것을 막기 위해 평생을 매일 같이 산송장의 기분으로 우울하게 살라는 것이 사건이 일어나기 전 평범했던 삶의 경험의 믿음을 완전히 바꿔야 하는 나로서는 이해가 어려웠다. 의사들은 훌륭한 지식인은 될 수 있지만 훌륭한 지도자가 되기는 어렵다. 내 상황을 충분히 이해해 줄 만한 의사를 만나기는 어려웠다.

처음 군 폐쇄병동에 끌려가 그 안에서 살았던 순간 이게 무언지 몰라서 얼마나 당황했는지 계속 희망을 부여잡고 내가 옳다고 나를 놓지 않고 살았다. 그곳에서 나올 때까지 나는 군대라는 곳에서 특수한 현실을 겪어서 그런 걸 거라고 자신을 합리화했다. 사회에 나온 후 극단 생활을 하다 극단을 그만두고 직장생활을 하다가 결국 다시 병원으로 끌려가게 됐을 때는 현실을 자각했어야 했다. 그때부터 나는 조울증을 가지고 있는 환자임을 인정해야만 했고 그곳에서 지냈던 삶 자체는 사회에서 처음 겪는 지옥과 다름없었다. 그렇게 열심히 살았는데 갑작스러운 며칠 사이에 모든 것을 빼앗기고 병원에 틀어박혀 살아야 한다면, 그것도 나와 다른 정신적으로 힘든 많은 사람들과 함께 생활해야 한다면, 그 선입견이 들어간 공포는 말로 할 수 없었다. 어떤 사연으로 그곳에 들어온 건지 물어보는 것조차 두려웠다. 대부분 나처럼 끌려 온 것이 아닐까 생각도 했다. 병동에서 나갈 수 없는 상태로 며칠이 지나게 되면 집착했던 생각들을 하나둘씩 포기하게 된다. 이곳을 나가는 방법은 약을 먹고 성실히 적응하는 수밖에 없다는 것을 알고 스스로 나를 병신으로 인정하고 만다. 병신이라는 표현이 과격할 수도 있지만 그랬다. 난 장애인이라 생각하지 않는데 장애인처럼 살아가야 하는 그 느낌은 가히 날 병신으로 밖에 생각할 수밖에 없었다. 스스로의 자각으로 인해 결정한 것이 아닌 타인의 객관적 관찰의 평가에 의한 굴복이었다. 타협하지 않으면 난 살지 못했을 것이다.

만약 당신이 죽음을 무릅쓰고서라도 자신을 찾고 싶다면, 단약을 해서 다시 예전처럼 병원에 갇히는 신세가 되더라도 단약을 할 것인가?

# 조울증이 무얼까

:

약을 먹고 살아도 또는 증상이 있어도 사는 데 그렇게 큰 문제가 발생하지 않는 경우, 이러한 유형을 양극성 장애 2형 쪽에 분류한다. 하지만 난 그러한 유형이 아니었다. 극단적 상황으로 치닫는 위험한 행동들로 발전하는 1형 양극성 장애 환자였다. 사람에 따라서는 약이 몸에 잘 맞는 사람도 있을 것이다. 하지만 난 약을 먹으면 산송장이 되었다. 하루가 사라진다. 무엇을 한 건지 집중이 불가한 상태로 매일을 살아간다. 직장생활도 힘들다. 집중이 안 돼서 언제 실수를 저질러 직장에서 잘릴지 모른다. 이대로는 경제적 독립도 불가하다. 그런데 의사는 한결같이 약을 지어주면서 먹어야 한다고 한다. 내 남은 평생을 약의 기분에 취해 어떤 삶을 산 건지도 모른 채 누군가에게 의지해야 하는 삶을 살아야 한다면 당신은 어떻게 하겠는가?

이러한 병에 대해 누가 알려줬을까? 어느 누구도 제대로 알려줄 수가 없었다. 알고 발생하는 병은 아니라서 처음 발생하면 억울함과 부정뿐이었다. 굴복으로 인한 인정일 뿐이었다. 그래서 나는 공부했다. 뭔가 잘못된 것이라고 의심했다. 그리고 또 공부했다. 의사의 지식을 뛰어넘는 무언가가 있을 것이라고 믿고 의사들을 부정했다. 어느 순간 그 녀석은 소리 소문 없이 날 지배했고 나락으로 떨어졌다.

탈출(Escape the living corpse)

언제 지배당할지 몰랐다. 때가 되면 매번 지배당했다. 그리고 병원에 들어간다. 그동안 친하게 지냈던 사람들과도 모두 단절된다. 모았던 돈도 떨어져 간다. 가능성에 대한 희망을 이제 포기해야 할까? 평생을 약에 의지하고 자존감 없는 삶을 살아야 할까?

인생에 있어서 사람에겐 기회가 3번이 온다고 하는데, 그 기회라는 것이 위기가 찾아와야 하는 걸 안다고 해서 위기를 막을 방법은 언제나 없었다. 2017년 4월, 전 재산을 날리고 온갖 빚에, 기소에, 가족과는 신뢰가 떨어져 연락도 불가했다. 수중에는 현금 2천 원이 남을 때까지 세상을 증오했고 모두를 미워했다. 다 뱉어버렸다. 그리고 그때부터 난 바뀌었다. 일을 하려면 적어도 2천 원은 차비를 해야 하니까, 여기서 더 고집부리면 결국 구걸해야 한다는 걸 안다. 나는 적어도 노숙자는 되기 싫었던 것 같았다. 스스로 고집을 꺾어서 다시 돈을 버는 결정을 해야만 했다. 그 전에 개명을 하면서 겪었던 고통의 과정도 있었는데 그때 그것이 괴물을 지배하는 과정의 끝이 아니었다. 블록체인 기술이 암호화폐라는 무형의 가치를 내뱉는 것처럼, 괴물과 싸워 이겼지만 그 괴물이 미련 없이 모조리 다시 발현시키는 과정을 통해 모든 재산을 잃을 때까지 기다려야만 했다. 사기로 인해 빚은 빚대로 1억 이상 밀리고 수중에 2천 원이 남는 과정까지 몰아갔다. 그리고 현재까지 조울증으로 사람들에게 피해를 준 기억이 없다. 조울증 증상이 오지 않았다고 하기보다 조짐에 대해서 인지하고 미리 관리를 한다. 병식을 알고 있다는 뜻이다. 그리하여 7년간 꾸준히 나의 마음에 관해 공부했다. 조울증을 관리할 수 있다는 것을 깨달을 때부터 조울증에 관한 지식에 대해서는 더 이상 쳐다보고 싶지 않았던 마음도 있었지만 10년 넘게 내 삶 속에서 싸워왔던 존재의 이야기다. 이것 없이는 내 삶을 정의할 수 없다는 것을 인정해야만 했다.

이 이야기는 조울증을 가진 사람만의 이야기가 아닐 수도 있다. 자신을 찾아가는 과정에서 조울증이라는 병명이 정의가 된 것이라고 보는 것이 훨씬 좋은 접근 방법이라고 생각한다. 원하는 것이 있다면 간절히 소망하고 이루기 위해 꼭 살아남길 바란다.

# 차례

## 불편한 진실

## 혼돈

## Whatever it takes 1 – 날 지배할 수 있을까?

## What ever it takes 2 – 끝없는 도전

## 나를 바라본다는 것, 상위자아

## 운명은 개척하는 건가, 받아들이는 건가

## 내가 잘 살고 있다는 증거

# 운명을
# 거부하다

# 조울증이 시작되다

:

　기억이 존재하는 5살 때부터 18년간 믿어왔고 이해했던 내 삶의 방식이 한순간에 잘못된 방식이라고 모두가 지적한다면 당신은 살기 위해 어떤 선택을 할 것인가? 그런 생각을 하고 살 이유가 없고 나 또한 그런 생각을 할 이유가 없었다. 그냥 살면 되는 거니까. 그런데 그 불행은 나도 모르는 순간 찾아왔다.

　이 질환을 처음 앓게 된 시점은 2008년 7월 군 일병 말쯤이었다. 당시 대대장이 진급을 하여 부대를 전출할 예정이었다. 알 수 없는 불안감이 엄습해왔다. 스스로 느끼던 수많은 당위성으로 인해 나는 결국 폭주하고 말았고 탄약고 앞에서 드러누웠다. 누군가는 '신의 아들'이라 일컫는 의병제대를 실현 시키려 별짓을 다 한다고 생각할 수도 있을 것이다. 차라리 사회적으로 '신의 아들'이었다면 나았을지도 모른다. 군 생활 내내 포상을 받은 일이 많았기 때문에 적어도 군을 적대시하는 사람은 아니었다. 9사단 백마 훈련소에서 부소선, 퇴소할 때는 사단장 표창, 자대 배치 후 포상 휴가만 4박 5일을 4번이나 탔던 모범 사병이었다.

　이병 말에서 일병으로 넘어가던 그 시점, 12월 크리스마스 행사에 10명의 선임과 동기, 다른 부대 아저씨들을 모두 이끌고 연극 무대를 연출했고 모두 포상 휴가를 얻게 만들었다. 행사 한 달 전부터 인원들을 모집하고 시간이 될 때마다 연극을 준비했다. 당시 11명의 인원이 연극을 준비한다는 게 특별했다. 연극 관람 시간이 길다 보니 다른 군인들의 장기자랑은 모두 빼고 단독으로 연극을 올리게 되었다. 그 이후에도 군 생활은 재미가 있을 것 같았다.

'군대는 중간만 가면 돼!'라는 말이 있지 않은가? 너무 잘하려고 할 필요가 없다는 말이다. 그런데 너무 잘하려고 했다. 새로운 군대 체조를 배워 간부들에게 훈련을 시키라는 임무를 받았다. 대형 운전병인데도 왜 그러한 임무를 받게 된 건지는 조금 이해가 어려웠다. 이전에 활약했던 경력이 있었기에 난 물러설 수 없었다. 임무의 당위성에 대해서 조금은 인지가 부족한 상태에서 시간을 내서 체조를 연습했다. 뭔가 마음이 가지 않는 일 같아 체조가 제대로 외워지지 않았다. 체조를 간부들에게 제대로 알려주지 못하자 이후 간부들은 날 행사 같은 업무에 배제하였다. 자대 일에 소홀히 하다 보니 맞선임과 부딪히는 일도 참고 이겨나가며 얻어냈던 간부들의 신임이 한순간에 사라진 것 같았다. 뭔가 잘못되어가고 있다는 멍청한 생각을 하기 시작한다. 그 스트레스가 후임에게 발산이 되기도 했다. 이래저래 문제가 있는 것 같아 보이는 나를 관리하는 분들이 많아졌고 결국 걷잡을 수 없는 상황까지 도달하게 된다. 대대장까지 면담하게 된다. 그리고 이후 탄약고 앞에 드러누워 기었다. 날 아꼈던 군 선임들은 내 양 팔을 붙잡고 병원차로 이끌었다. 이후 군 병원 폐쇄병동으로 끌려가 안정제를 맞고 잠을 청한다.

조울증에 대한 증상이 무엇인지 몰랐기에 매번 돌이켜 보면서 무엇이 잘못됐는지 아무리 생각해 봐도 알 수가 없었다. 내무반 안에 불특정 다수에게 노출되어 가며 나만의 공간이 없이 2년간 강제로 상하 관계에 노출이 된다면, 중간에 그만둘 수 있는 자유도 없는 상황이었다. 군대를 가지 않았다면 질환을 모르고 살았을까 그러한 생각도 해 본다. 군대에 가지 않았다면 매일 업무가 끝나고 사람들과 헤어지고 자기만의 공간에서 생각할 시간을 가지면서 살았다면 어땠을까? 성인이지만 어린 나이에 군대 안에서 터져버린 나의 울분은 가히 지독하기 짝이 없었다. 한 달 내내 군대 병원의 폐쇄병동에 갇혀 매일 같이 혼돈에 가득한 나날을 보내게 된다.

왜 그곳에 들어가야 하는지에 대한 내 감정은 억울함이 전부였다.


'나는 당신들이 원하는 대로 했을 뿐인데, 안되는 걸 되게 하려 했을 뿐인데 왜 날 가두냐고!'


그러한 심정을 가진 이유가 무엇이었을까? 무엇이 날 그토록 힘들게 만들었을까? 병동 안에서 하루 종일 힘든 내 삶에 대해 설명해 내었다. 어릴 적 가정사를 매일 같이 꺼내어 거짓 모범생 본능을 여기까지 끌고 오게 된 것임을 어떻게든 이야기하려 들었다. 하지만 날 담당하던 군 병원의 주치의는 매일 같이 똑같은 질문을 한다. 어떤 일이 있었는지 이야기를 하라고 한다. 나는 그 말이 날 괴롭힌 군대 내의 주범이 누구인지 밀고 하라는 뜻으로 받아들여졌다. 생각회로는 꼬여 어떻게든 전우들을 배신하기 싫었다. 주치의와 간호장교에게 매일 같이 기회가 있을 때마다 내가 왜 그런 짓을 하게 된 건지 설명한다. 말하는 순서가 뒤죽박죽이고 논리의 비약이 계속 발생한다. 비약이 발생하더라도 그 상황에서 할 수 있는 최선을 다했을 뿐이었다.

주치의(장교인지는 모른다)는 내게 공포의 대상이었다. 그가 원하는 대답이 나오는 것 같지 않으면 그는 그곳을 나간다. 언제 다시 그를 볼 수 있을지 모르는 상태로 매일 아침, 점심, 저녁마다 잠이 오고 기력이 빠지는 그 약을 복용한다. 잠을 자고 또 잠을 잔다. 송장이 된 기분으로 매일 시간을 보낸다. 살이 찌고 운동 부족에 게다가 공황까지 느낀다. 다시 만난 주치의에게 왜 그런 행동들을 하게 된 건지 최대한 논리적인 척 설명하려 해도 말 속에 또 거짓말이 도사리는 것처럼 느껴져 다시 생각해서 말하고 또 말한다. 그리고 다시 그는 불현듯 그 자릴 떠난다. 다시 진찰을 하러 오면 매번 똑같이 죽어라 설명했는데 내 이야길 듣고 있는 주치의는 이해해 줄 것처럼 듣다가 횡하니 병실을 나가 버린다. 무서웠다. 그리고 다시 머릿속으로 답을 찾아내야만 했다. 내 상황에 대한 정당성을 설명만 잘 하면 이곳에서 풀려날 것이라는 희망을 매일 같이 품는다. 그 노력은 매일 같이 실패한다. 지푸라기라도 잡는 심정으로 말하지만 그 지푸라기가 매번 잘려 나가는 고통 속에 말을 꺼내기 두려운 상황으로 세뇌되어 간다. 결국 실어증이 생기는 특이한 경험을 겪기도 한다.

이야기의 대부분이 중구난방에 어떤 말을 하는지 상대방은 잘 모르고 이해하기도 어렵고 끝까지 들어주기도 어려웠을 것이다. 그나마 비교적 내 말을 잘 들어주는 간호장교에게는 어떻게든 끝까지 말을 마무리할 수 있었다. 거기에서 난 가족들에게 받은 아픔을 모두 설명하였다. 그것이 날 여기까지 오게 한 것이라고 비겁하게 변명만 늘어놓았다.

세상은 날 이해할 수 없었다. 그래서 10년이란 세월 동안 세상을 이해하려고 노력하였다. 그 과정에 크리티컬한 실패들이 있었고 결국 세상이 날 이해할 필요가 있는 게 아니라 내가 나를 이해하는 것이 필요하다는 것을 깨닫고 다시 7년을 더 공부하게 된다.

나의 스토리와 나의 극복 방법이 이 질환을 겪고 있는 모두에게 공감가는 상황이라거나 적용할 수 있는 방법은 아닐 것이다. 사람마다 환경이나 겪고 느끼는 것들이 모두 다르다. 또 다른 관점으로는 조울증이 아닌 다른 질환일 수도 있음에도 오진을 받고 자신이 도대체 왜 이 질환을 앓게 되었는지도 모르고 지난 삶들을 부정당하며 오용된 약에 끌려다니며 사회생활을 했었는지도 모른다. 조울증을 치료하는 약물에 대해 전체적 부정은 하지 않는다. 다만 약을 사용해야 하는 과정은 의사도 환자들도 다 같이 숙고의 과정이 필요하다고 생각한다.

약물에 대한 적합성은 사람마다 계산할 것들이 다르다. 물론 내가 인식하고 있는 올바른 약물 치료법들을 정신과 의사들이 모르는 것이 전혀 아니다. 하지만 아는 것과 그것을 환자에게 적용하는 것은 아주 다른 이야기이다. 물론 요즘 좋은 병원들은 임상심리학 치료와 정신과 치료를 병행하게 하게도 한다. 어디까지나 사정이 좋은 집안에서나 선택할 수 있는 치료법이 아닐까 싶다. 이 두 가지 치료를 병행하는 것이 조울증을 갖고 있는 사람들에게 가장 이상적 치료법이라고 믿는다. 그뿐 아니라 정말 운명을 바꾸고 싶다면 어떤 학문이라도 좋으니 알아볼 수 있는 모든 것을 알아봐라. 예를 들어 무당을 찾아가도 좋다. 한의학도 알아보고, 사주명리학, 다양한 종교 등등, 하지만 여기서 잘 못 했다가 사이비로 빠지는 것은 조심해야 한다.

# 누구니, 넌?

:

　'조울증'이라는 단어를 검색하면 펼쳐지는 말도 안 되는 사실들만 접하게 된다. 살아생전 이러한 병은 들어본 적도 없었다. 부족하다고 하면 노력으로 적당히 해결했고 그래도 안 되면 더 노력하면서 살았다. 누군가가 이건 아니라고 한다면 그것이 나를 위한 것이라고 깨닫게 된다면 난 그것을 고치기 위해 엄청난 노력을 했다. 하지만 이것은 극한의 노력과 차원이 다른 문제였다. 세상이 평가하는 나의 이미지를 지키려 하면 할수록 그 상황은 심각해졌다.

　의병제대를 한 후 사회에 나왔다. 약이 떨어질 때쯤 병원에 들른다. 한번은 의사 선생님에게 약을 먹으면 일상생활이 힘들다고 용기 내 하소연을 했다. 의사 선생님은 군대에서 처방하는 약보다 사회에서 처방하는 약이 덜 독하다고 했다. 나에게 안심하라고 하며 약을 줄여보자고 했다. 그러나 약을 줄이자는 의사 선생님의 말이 무색했다. 예전처럼 한번 약을 먹으면 다음 약을 먹기 전까지 계속 잠이 오고 맨정신으로 있을 수 없었다. 약의 부작용은 개선이 되지 않았다. 나와 비슷한 상황을 겪는 조울증 약을 복용하고 있는 환자들의 표현은 '산송장'과 같다고 말한다. 가끔 '산송장'을 '조울증'과 같이 검색되는 것을 보면서 이게 나만 느끼는 감정이 아님을 확신했다. 그 병을 진단받은 그들은 재발을 막기 위해 약을 먹으며 산송장의 기분으로 삶을 살아간다. 내 삶에서 그 약을 혐오하는 가장 큰 이유는 정상적인 삶을 유지하기 불가하다는 것이다. 물론 내가 지레 겁을 먹고 약에 대해 적응하려 노력을 하지 않았다고 할 수 있을 것이다. 그러나 사람마다 약의 관성은 다르기에 나의 경우가 그리 좋지 못한 상황임을 미리 말하고 싶다.

학창 시절 뛰어나지는 않았지만 성적으론 중상위권 수준이긴 했다. 초등학교 전교 어린이 부회장을 했고 중학교 때는 매년 선행상과 모범상을 받았다. 선생님들에게 나쁘지 않은 성실한 학생이었다. 도대체 어떤 이유 때문에 성실하게 살려고 노력했던 이 학생이 자신을 극단적인 상황까지 몰고 갔을까? 나는 정말 세상에 맞춰 살려고 노력했다고 생각했다.

군에 들어가기 전에는 지방에서 극단 생활을 했다. 남들이 말하는 돈이 안 되는 직업, 연극인들 중에서 가장 가난한 삶을 살았다. 대부분의 동료들은 나처럼 가난한 집안 환경이 아니었고 부모님들이 원조를 해 주는 경우가 많았다. 당시 우리 집은 부도가 났고 아버지는 당뇨에 어머니는 아버지가 무너지고 난 뒤에 돈을 버는 일이 손에 잡히지 않아 종교인으로 살아가고 있었다. 그런 상황에 연극이라니 참으로 비겁하면서도 젊어서 고생이라는 특권을 대놓고 누렸다. 하지만 예술인이 되기 위해 무작정 극단에 들어가 공구 통을 찾아다니며 현장에서 겪은 경험의 가치는 대단한 것이었다. 그러나 그로 인해 겪었던 고뇌들이 예술의 아름다움으로 승화되기는커녕 꺼내지 말아야 할 봉인된 감정을 꺼내는 과정을 반복하는 느낌을 갖게 했다. 극단 고참들끼리

싸운다. 경력 단원의 불만들을 계속 듣는다. 신입인 나는 몹쓸 꼴 들을 계속 보고 배운다. 원래는 극단을 나갔어야 정상이지 않을까 하는 상황에도 무식하게 버텨서 정단원 자격을 얻어냈다. 예술 세계에서도 그 세계만의 파이가 있다는 것을 느낀다. 그리고 나는 연극배우라는 직업으로 살아남을 수 없는 사람인 것을 깨닫는다. 대사를 제대로 못 외운다. 난독증이 있기도 했다. 대사 외우기를 포기하지 않으려 얼마나 나를 한계까지 몰아 부딪쳤는지 모른다. 내게 부족했던 대사 암기 능력은 연극의 꿈을 결국 접어야 하는 필수 이유가 되고 말았다. 그 안에서 잘하는 것을 찾아 방향을 바꾸는 게 어떨까 잠시 고민도 했었다. 하지만 방향을 바꿀 수 없었다. 빈털터리 중 빈털터리였고 극단이 원하는 사업의 방향과 맞출 자신이 없었다. 당시 유행했던 10만 시간의 법칙, 10년 경력이 되어야만 연극배우에 대해 논할 수 있다는 그러한 무거운 말들에 대한 믿음에 그저 '어떻게든 되겠지' 생각하면서 극단에서 버텼다.

대학에 입학하지 않고 바로 극단에 들어가 현장에서 부딪쳐 배운 경험들로 인해 다른 지방 예술대 학생들보다 자부심은 있었다. 내 나이 또래보다는 분명 돈이 안 되는 일을 하는 것에 미래에 뭔가 큰 가치를 낼 사람으로 성장할 것이라 믿었다. 없는 것을 있는 것으로 만들어 내는 연극 정신은 군에서도 큰 도움이 될 것이라 생각했다.

9사단 훈련소는 백마부대 훈련소로 알아주는 메이커 부대이다. 그곳에서 훈련소 생활을 하게 됐고 부소선을 하게 되었다. 하고 싶어서 한 것은 아니었다. 조교가 그랬다. 내가 눈치 보는 것도 잘 보는 것 같고 나이가 연장자다 보니 통솔할 때 비교적 쉬울 것 같아 시켰다고 한다. 사단장 표창까지 받게 됐다. 아는 사람은 알 것이다. 자대의 4박 5일 포상 휴가보다 사단장 표창으로 얻는 1일 휴가가 더 얻기 어렵다는 사실을. 그 일은 나를 과대평가하기 좋은 이벤트기도 했다.

나는 머리가 좋은 편이 아니다. 그럼에도 매번 천재 소리를 듣기 좋아한다. 내가? 설마? 이러한 심정으로 듣는다. 수학을 좋아한다는 이유로 나를 천재로 믿기 원했다. 그런데 우리 집안은 특이하게 공부를 잘하면 오히려 좋아하는 것 같지 않았다. 큰 집에 맏형은 큰어머니가 열심히 밀어주어 경찰공무원이 됐다. 근데 우리 집은 공부를 잘한다고 해서 반응이 좋은 편이 아니었다. 중학교 3학년 때였다. 담임 선생님은 같은 재단의 고등학교로 진학하면 장학금을 준다고 설득했다. 선생님에게 내 성적에 맞는 고등학교를 지원하겠다 말했다. 그러자 선생님은 어쩔 수 없이 부모님한테 연락을 해야 한다고 했다. 무슨 일이 생길까 싶긴 했다. 선생님 말씀대로 그 학교에 진학하면 전교에서 순위권에 들 것은 물론 3년 내내 공부를 해야 할 것이 분명했다. 어찌 보면 대학교라는 목표에 좋은 선택일 수도 있었다. 그렇지만 난 고등학교 시절을 그렇게 보내고 싶지 않았다. 오히려 상위권 친구들이 많은 친구들과 같이 하게 되면 더 배울 것이 많고 즐거울 것이라 생각했다. 그렇게 선생님에게 다른 학교를 가겠다고 통보한 그날 아버지는 술을 마셨다. 선생님이 아버지에게 연락했을 것이라 짐작했다. 아버지는 내게 안 좋은 감정을 내뱉었다. 그리고 결심했다. 정글과 같았던 그 중학교에서 나를 아껴줬던 선생님들의 기억을 깨끗이 잊고 속 편히 내가 원하는 고등학교에 가겠다는 결심을 했다. 학교 선생이 자기 실적 때문에 학부모를 닦달해서 학생을 고통받게 하다니, 물론 그 선생님은 자신의 일을 한 것이 다였지만 어린 나에게 있어서는 말도 안 되는 일들이라 생각했다. 그게 현실이라면 현실이었다.

순위권의 학교에 간다고 했는데 왜 아버지의 술주정을 들어야 했을까? 아버지는 술이 약하다. 술을 마시면 다른 사람이 된다. 물론 3년 내내 장학금을 준다 했을 때 그것을 선택하지 않아서 속상할 수 있으셨겠다. 다만 내가 선택한 학교는 통학 거리가 가까워 3년 내내 버스비를 내지 않으니 그 돈이 그 돈이었다. 내가 택한 고등학교는 집에서 걸어가면 10분 거리다.

당시 성적순으로 고등학교에 들어갔다. 목포에서는 1순위가 목포고, 2순위가 영흥고와 문태고였다. 지원가능한 커트라인 성적은 같아도 이미지는 영흥고가 더 고급스러웠다. 영흥고는 야구를 할 수 있는 전국에 몇 안 되는 학교다. 문태고는 복싱부가 있다. 그렇지만 난 문태고를 택했다. 가까운 이유도 있었고 아는 형이 문태고 선배였다. 그 형은 목포에서 유명한 랩 댄스팀의 멤버였다. 지금 말로는 K-POP 댄스팀이다. 순위권 고등학교에 들어갔음에도 불구하고 고1 때는 춤추고 다니느라 성적이 중하위권이었다. 그러다 내가 속한 댄스팀에서 불미스러운 일을 겪고 고1 가을부터 정신을 차려 학교에 야간자율학습도 참여하였다. 야간자율학습을 그동안 계속 빠졌다 보니 같은 반 친구들과 많이 친해지지 못했었다. 어색했지만 노력했다. 친구들과 조금씩 친해졌다. 공부는 중학교 때를 생각하면 안 됐다. 갑자기 열심히 한다고 해도 성적은 역부족이었다. 고2가 되면서 차분히 아이들과 더 친해지면서 생활했다. 그래도 수학은 언제나 내게 자존심 같은 과목이었다. 언제 시작해도 따라잡을 수 있다고 생각했다. 고2 10월 모의고사에서 다른 과목은 부족했지만 수학 성적이 전교 1등을 하였다. 고3 때 학교에서 스카이 반(우수반) 같은 걸 만들었는데 수학 성적 덕분에 운 좋게 거의 마지막 순위로 들어가게 되었다. 이래저래 노력한 시간 대비 성과는 좋았다. 머리가 좋다고 말하기보다 더 확실한 표현은 생존 본능이 있는 것 같았다. 고3 때 수학 선생님이 나한테 매번 농담조로 이런 말을 한 것을 잊지 않는다.

"SAS도 피해 갈 새끼."

# 없는 것과의 이별

:

한때는 B형 남자, 왼손잡이, 차남의 차남, 이런 극단적 요소만 집중해 나를 못난이화 시켰지만 조울증은 달랐다. 그러한 사소한 핸디캡은 그냥 잊힐 정도였다. 군대에서 의병제대를 할 때쯤 나는 무엇으로 먹고 살아야 할지 넋을 놓은 상태로 사회로 나왔다. 그리고 극단을 다시 찾았다. 그들은 내 소식을 들었지만 이런 나를 받아줬다. 도대체 그 병이 무엇인지 아는지 모르는지, 그저 그들은 정신질환에 대해서도 연극 속 캐릭터로 사용할 수 있을 만큼 전지적 능력자들이라 여겨 기대게 되었다. 그 병이 그리 큰 무게의 병이 아닐 것이라 믿었다.

극단에서 활동을 하면서도 약은 꾸준히 먹으려 노력했다. 약을 먹으면 아무리 일찍 잠을 자도 다음 날 오전 10시가 넘어서야 일어난다. 늦게 자면 늦게 잔 만큼 더 잔다. 간혹 일이 없고 아무도 날 찾지 않으면 오후 12시에 일어나기도 한다. 무대를 올리는 일정이 생기면 약을 잠시 끊어야 할 때도 있었다. 일하면서 대기할 때마다 맨정신으로 서 있기가 어려웠다. 정신이 혼미해 쓰러지려고 한다. 무대를 만들면서 그러한 정신상태로 있다가 사고가 날 것 같아 매일 같이 불안해서 결국 약을 잠시 끊는다. 내가 이러한 삶을 받아들여야 하는 건가? 매일 같이 고민이 된다.

군 병동에서 날 담당하던 여간호장교가 극단으로 연락이 왔었다. 어떻게 그게 가능한지는 몰랐지만 전역을 한 나에게 연락이 온 것은 아직 의아했다. 약을 잘 먹고 있냐는 안부인지 관리인지 모를 듯한 연락, 어쨌든 전역을 한 내가 아직도 관리가 되고 있는지 몰랐다. 그게 어쩌면 조울증 환자들을 미치게 하는 요소인지 모른다. 나는 괜찮은데 자꾸 주위에서 괜찮냐고 물어보면서 발생하는 스스로의 오해와 타락, 그때 네가 틀린 것을 인정하니? 라는 질문을 하는 것과 연결하게 된다.

극단에서 생활은 얼마 가지 못했다. 극단에서 계속 내 젊음을 보내는 것에 대해 버틸 수 없을 정도의 불안감과 공포감이 생긴다. 이러한 감정은 처음이었다. 꿈의 공간인 줄 믿고 있었던 이 공간이 살고 싶어 하는 곳이 아니라는 감정이었다. 살려면 결국 이곳을 나서야 했다. 연극은 더 이상 내 길이 아니었다. 2008년 11월, 사포로에서 인생의 첫 해외 공연을 올리고 그 공연을 끝으로 2005년 5월 말부터 몸을 담아 왔던 극단과 이별을 하게 되었다.

머리로는 이곳이 의지해야 하는 곳이라 여겼지만 소름 끼치는 그 무의식은 내가 여기에서 살 사람은 아니라고 말한다. 꿈을 포기해야만 하는 것을 인정해야 했던 최초의 순간이 되고 말았다.

# 무대를 바라보겠다는 꿈

:

어릴 적 꿈은 듀엣 가수였다. 터보를 보고 꿈꿨다. 그러다 춤에 관심이 가고 춤으로 평생 먹고 살기 어렵다는 당시 사회 분위기 덕분에 배고프지만 평생 일 할 수 있는 직업인 연극을 선택했다. 속으로는 연예인을 동경했다. 대학로에서 연극으로 성공해서 운이 좋아 연예인이 되는 코스도 꿈꿨지만 예나 지금이나 그러한 코스는 바늘구멍과도 같았다. 그래도 해 보자 싶었다. 내 집안 사정으로 할 수 있던 것은 서울에서 아르바이트를 하면서 연극 입시학원을 다니는 것이었다. 당시 한예종을 목표로 했던 수강생들과 같이 수업을 받았는데 두 번 나가고 그만두었다. 연극을 가르친다는 선생들이 매번 지각을 했다. 그런데도 배우겠다는 아이들은 여유롭게 선생들을 기다리며 자기 특기를 연습한다. 고 2~3밖에 안 됐을 텐데 그 전부터 교육을 받아와 몸을 자유자재로 쓰면서 발성하는 그 모습은 초짜인 나에게 넘지 못할 벽 같은 기분을 느끼게 만들었다. 춤은 췄지만 연기는 처음이니까, 그래도 춤의 호흡과 비슷하다 생각하고 도전했다. 연극이라는 영역이 입시의 영역으로 들어가게 되면 결국 한정된 인재들만 뽑힐 수 있겠다는 생각에 함부로 덤벼서 배울 영역이 아니라는 생각이 들었다. 돈을 다 모은 다음에 여유 있게 연극을 배우려고 하였다. 2004년 9월~12월 홍대의 참새방앗간에서 시급 아르바이트에서 매니저까지 하면서 하루 식비 1,000원, 지하철 비용을 제외하고 남은 돈을 매월 부모님에게 보내 드렸다. 400만 원이면 충분히 모았겠다 싶어서 그 돈으로 천천히 학원을 다니려 했다.

그런데 집안 사정이 좋지 않아 아버지가 그 돈을 사용했다. 얼마나 힘들게 모았던 돈인데 내게 상의도 없이 사용하셨다. 물론 상의한다고 쓰라고 하지 않았겠지만 얼마나 배신감을 느꼈는지 모른다. 그 돈을 달라고 해도 받을 수 없었다. 학원을 갈 수 없게 되었고 더 이상 앞으로 나아가지도 못하는 상황이 돼버렸다. 형은 군대에서 돌아와 투정하는 나를 꾸짖었다. 연기학원을 등록 할 생각을 하지 말라고 했다. 집이 어려운 거는 알지만 정말 외롭고 힘들게 모은 돈 400만 원에 대한 이해를 못하는 형에게 서운한 감정을 느꼈다. 그전까지 형은 고생해서 아르바이트를 해본 적이 없었을 것이다. 그렇다고 내가 형에게 뭐라고 하겠나. 서울에 가서 그 고생을 했는데 가족들에게 느낀 배신감때문에 어디 나가지도 않고 집에 처박혀 친구들과 스타크래프트만 하였다. 이제껏 이기지 못했던 그 친구를 이기고 나서야 6개월이 지난 것을 알았다. 집도 나가지 않고 밥도 제대로 먹지 않고 폐인처럼 살다가 결국 부모님이 결정한 건 학원을 가라는 것, 근데 그 순간에도 형은 학원비를 부모님에게 받을 생각은 하지도 말라 한다. 고생하면서 돈을 모았던 지난날을 생각해서 다시 아르바이트를 하긴 싫었다. 검색을 하다 보니 극단에 입단하면 연극을 배울 수 있는 곳이 있었다. 밥도 주고 숙식도 해결해 준다고 한다. 결국 극단에 들어가기로 마음을 결정한다.

군 병원에 있을 때 조금은 의지가 됐던 나와 다른 성격의 환자가 있었다. 미술치료를 받는데 그 녀석이 그림을 그리는 것을 보고 나는 놀랐다. 손등에 칼을 꽂는 그림을 그린 것이다. 나도 정상이진 않았지만 겁이 많았다. 의지할 만한 녀석인 줄 알았다가 그림을 그렇게 그리니까 속으로 경계심이 가득 찼지만 내색하기 어려웠다. 그에 비해 내가 그린 그림은 무난했다. 무대를 그렸다. 그리고 그 안에는 사람이 없었다. TV에서 본 미술 치료는 그림을 그린 환자의 심리를 말해보는 시간도 가지던데 그림을 그리고 나서 끝이었다. 아무런 피드백은 없었다.

술이 좋아 술자리를 찾는 사람이 있는 반면 술자리가 좋아 술을 찾는 사람이 있다. 나 또한 무대를 서는 것 보다 사람들이 만족할 만한 무대를 보여주는 것을 꿈꾸었다. 그러려면 내 주위 분위기를 항상 긍정적으로 환기시켜야 했다. 극단에서 극을 올릴 땐 말도 안 되는 발음으로 억지로 대사를 뱉는 기분이 들었다. 매번 무대에 오를 때마다 억지로 대사를 뱉는 듯한 발성은 잘 개선되지 않는다. 겨우 외운 대사를 내 차례가 되면 준비된 순서대로 뱉었다. 극과 따로 노는 기분이 들어도 계속했다. 당연히 선배들이나 선생님은 알려주려 했지만 소 귀에 경 읽기 수준이었다. 배우는 호흡이 기본이다. 그 호흡이 뭔지도 모르고 뱉는다는 건 쫓기고 있기 때문이다. 배우에 대한 자격이 없는 것을 들키기 싫은 기분을 가지고 무대에 오른 것이다. 배우에 대해 언급할 경력은 안 되지만 나를 알아가는 과정에서 깨닫게 된 철학 없는 배우는 무대에서 살아 숨 쉬는 것이 아님을 이해한다.

# 치료를 거부하다

:

　어떨 때는 일을 완벽하게 해내는데 어떨 때는 한 없이 게으르다. 이러한 삶이 반복되는 평범한 한심한 학생이었다. 연극을 할 때는 한 없이 능력이 없어 보였던 청년이 군에 입대하면서 받게 되는 사단장 표창장, 그로 인해 무엇이든 잘 해내야 한다는 압박감, 자대에 가서 계속 받게 되는 포 상휴가, 그러다 한번 삐끗하게 되는 순간이 왔고 온전히 그 상황을 받아들이지 못한 나머지 군 일병 말에 처음으로 정신병동에 끌려가게 되는 사태를 맞이하게 된다. 정신병동에 끌려가기 전날 당직 사령관이었던 간부에게 밤을 새워가며 내게 온 깨달음을 설명해댔다. 아침이 되어 대대장까지 가서 면담하는 수준에 이르렀고 대대장은 나에게 "너무 똑똑하다, 그렇게 살면 피곤해진다."라는 안쓰러운 조언을 해주었고 나는 그 자리에서 떠나 다시 부대로 복귀했다. 이러한 행위로 인해 나 스스로도 관심병사가 아니라고 부정하기 어려웠다. 마음속으로는 대대를 옮겨 군 생활을 조용히 하겠다는 건의까지 하려 생각했다. 갑작스러운 수많은 동료 병사들의 관심은 생각 회로들이 꼬일대로 꼬이게 만들었다. 결국 그 부담감에 살아남기 위한 자동 사고들의 폭발로 정신이 폭주하고 만다.

생각의 끝맺음을 맺지 못하는 자에게 생각의 한계를 맞닥뜨리게 하고 그가 감정을 폭파시키는 과정을 본다면 당신은 그 말을 할 것이다.

"경찰에 신고 좀 해 주세요."

이 단계를 넘어 살아있다는 것에 운이 좋다고 말할 뿐이다.

정신병동에 처음 갇히게 되면 더 이상 생각의 폭주를 못 하도록 약물로 잠재워 버린다. 비상 상황이었으니 이해가 간다. 맑은 하늘에 구름이 뚜렷하게 보이고 구름이 이동하고 있는 것과 더불어 기분이 붕 뜬 느낌이 든다. 의식이 고취되면서 신의 계시를 받은 것이 이런 것인가 느낀다. 이것은 일시에 머리에 마약 작용이 있었다고 본다. 군대에서 마약을 먹는 것은 불가능하다. 그러나 의심은 할 수 있다. 군대 밥에 약을 타서 몸에 이상이 생겼다는 둥, 처음 입대 후 대기하던 306부대에서 3일 내내 변을 못 보는 이유가 심리적 이유임에도 불구하고 밥이 잘못 됐다는 둥, 플라세보 효과가 얼마나 괴담을 만들어 내는지 모른다. 지금은 그게 마약이던 마약이 아닌 내가 스스로 머릿속에서 만들어 낸 성분이던 간에 받아들이면 되는 것을 두려워하지 않는다면, 회복하는 방법을 안다면, 스스로 상태가 어떤지 파악하는 확실한 기준을 갖고 있다면, 근거 없는 음모론은 인생에 그리 중요하지 않다는 판단력을 갖게 되는 용기를 얻게 된다. 그래서 특수부대가 고문에도 흔들리지 않는 판단력을 갖고 임무를 수행하나 보다.

스스로 마약을 만들어 내는 능력이라니 웃기지 않는가? 이러한 질환이 존재한다고? 이 병을 치료하기 위한 유일한 방법은 약물치료라고 한다. 그러나 이 치료 방법을 인정하기 어려웠다. 지난 미성년 시절의 내가 내 삶을 살았던 게 진실이 아니었다고 말하는 것과도 같았다. 내가 스스로 판단을 못 하는 존재라는 것을 인정하기가 보통 어려운 게 아니었다. 지난 내 삶의 체계 전체를 부정해야만 하는 이해가 절대 불가한 상황을 강제로 받아들여야만 했다.

조울증과 관계된 약들의 전문적 용어는 잘은 모른다. 같은 질환을 겪고 있는 분들이 약에 대한 전문 용어를 써서 대뜸 묻는데, 그때마다 할말이 없다. 의사가 아니니까. 내가 어떻게 느끼고 어떻게 판단하고 살았는지 그러한 일기들이 정신질환에 고민이 있는 분들에게 훨씬 도움이 될 것이라 믿는다. 근본 원인도 모르는 이 질환을 서양의학이 답인 것처럼 맹신하게 만드는 상황을 멀리하고자 했다. 나에게는 통하지 않았던 서양의학의 진실, 정신질환을 더 올바르게 접근하려면 어떤 자세를 가져야 하는가 하는 개인적 아쉬움과 소망, 그로인해 가지게 된 나만의 단단한 회생력에 대한 스토리가 이 책의 전부일 것이다.

극단을 나온 시점 2008.11 내 나이 만 23세, 갖고 있는 돈도 없이 아르바이트를 구해야 한다. 부모님과 같이 살았던 집은 이미 온데간데 없고 10평 남짓 된 허름한 집에서 3남매가 같이 생활하게 됐다. 아버지와 어머니는 빚에 쫓겨 광주 종교 단체에 머문다. 그 10평 남짓 되는 집을 형이 천만 원을 주고 샀다고 한다. 30년이나 된 것 같은 보일러 (지금은 50년 된 것 같다), 과거에 그곳은 마구간, 형무소의 용도를 거쳐 지금은 그 동네가 무당 또는 종교인들이 사는 지역이 되었다. 현실이 시궁창이라는 생각을 했을까? 아니다. 나는 현실을 이겨내려 했다. 어떻게든 아르바이트를 해서 약값도 벌고 돈도 그 전보다 벌 수 있으니까 어떻게든 될 것이라 믿었다. 하지만 나는 약에 대한 불신이 있었다.

극단에서도 매번 약을 복용했지만 너무나 위험했다. 누가 깨워주지 않는 한 끝까지 잠을 자는 것은 물론이며 그 약기운에 작업을 하다가 부상을 당할 것 같은 위험한 상황을 만들 것 같아 미칠 것 같았다. 사실 극단 내에서는 그나마 일이 그렇게 많이 없었기 때문에 크게 문제를 만들지는 않았지만 예전과 다르게 무대에 서는 것 자체가 너무나 싫었다. 누구도 내게 약을 먹었느냐 물어보지 않는 것에 익숙해져 결국 약을 끊게 되었다. 단약을 해도 괜찮다고 믿었다. 한 번의 실수라 믿었다. 나와 같이 매번 병원에 같이 갈 보호자는 없었다. 처음에 이 병을 알게 됐을 때는 보호자가 같이 대동해서 의사 선생님을 뵈어야 한다고 들었다. 형도 형 나름대로 사회생활을 해야만 했다. 짐이 되기 싫었다. 약을 탈 때마다 매번 가족들에게 짐을 지울 수 없었다. 나는 1:1로 의사를 대한다는 것을 결정해야만 했다.

약을 꾸준히 먹고 약이 떨어지면 정기적으로 병원에 가서 약을 타왔다. 나의 건강 상태를 물어봐 주는 의사에게 무언가를 설명하려고 해도 상담 비용이 많지 않은 이유인지는 모르겠지만 상담이 빨리 끝나고 만다. 체계적으로 정신을 어떻게 개선해 나가야 할지에 대한 계획은 절대 세울 수 없었다. 나는 돈을 의식할 수밖에 없었던 가난한 연극단원이었다. 가난한 환자의 개인 사정을 누가 알아주는가? 성인이 된 나에게 그 물음에 대한 책임이 다시 주어졌다.

의사에게 정신적 문제가 있다고 판단을 받은 사람이 어떻게 해야 그동안 겪었던 과거의 정신 체계와 상호작용했던 모든 결과들의 경험을 어떻게 다시 받아들이고 앞으로의 삶에 적용할지 알 수가 없었다. 성인이지만 스스로 책임을 질 수 없는 존재라는 딱지를 붙였는데 그 환자의 올바른 감정과 올바른 판단을 하게 도와줄 수 있는 시간은 왜 없었을까? 누군가는 그 몫이 가족들의 몫이라 할 것이다. 나중에 가족과 살지 않게 된다면 어떤 결과를 낳게 될까? 그러한 스토리에 대해서는 아무도 알려주지 않는다.

극단에서 받는 월급은 30만 원이었다. 한달치 약이 떨어질 때쯤 한 번꼴로 진찰을 하러 병원에 가는데 교통비라든지 약값이 얼마 안 될 수 있는 금액이지만 내겐 부담이 됐다. 통신비가 10만 원 안되게 나갔고 그럼 고작 쓸 수 있는 돈은 20만 원 안팎, 저축은 꿈도 못 꾼다. 놀려고 노는 것도 아닌데 도전을 하려고 해도 머뭇거려야 하는 정체한다는 느낌에 인생을 낭비하는 느낌이 계속해서 쌓여만 간다.

이러한 내 현실을 의사는 알 필요가 없었다. 그래서 제대로 된 환자의 상태를 살피기 어려웠다고 생각한다. 평소에 별 문제가 없었냐는 물음에 없다고 하면 약을 지어주고 보낸다. 나는 내 상태에 대한 이해를 원했다. 이해 없이 강제로 굴복된 사례는 충분한 공부가 필요하다. 하지만 현실은 그러한 기회를 제공하지 않았다. 인터넷 검색만이 조울증을 이해할 수 있는 유일한 도구였다. 도대체 무엇이 나를 이렇게 만들었는지 끊임없이 찾아봐야 했다. 사는 환경이 바뀌어 다른 병원에서 진찰을 받아야 하는 상황이 되면 이전 의사에게 진단서를 끊고 다음 의사에게 진단서를 건넨다. 다른 의사는 진단서를 보고 내 상태에 대한 질문을 한다. 그리고 단답으로 자른다. 상담이 길게 이어지지 않게 하려 한다. 이 병이 그리 간단한 병인가 싶었다. 약이면 전부인가 싶었다. 물론 환자가 이 모든 생각을 하게 한 것은 의사의 잘못이 아니다. 하지만 마지막 상담 이후 약을 타러 돌아오지 않은 환자가 사고를 냈다면 그 의사는 좋은 의사가 될 수 없음을 생각해 봤으면 좋겠다. 전적으로 의사 책임이라고 하는 것이 아니라 의사는 모든 정신질환을 겪을 수 있는 존재가 아닌 사람임을 알고 항상 노력해서 환자를 바라봐 줬으면 한다는 생각이다. 의사라고 해서 치료하는 정신질환을 모두 겪는다는 것은 불가능하다. 그렇지만 전쟁을 겪고 사회로 돌아온 그 사람의 정신에 대해 치료를 단답으로 하는 행위만큼 위험한 행위는 없다는 것을 알았으면 좋겠다. 대한민국만의 현실이 환자를 가볍게 생각하게 만든 것이라고 본다. 모든 의사들이 그런 것은 아니겠지만 내가 겪은 대부분의 의사는 그럴수밖에 없었다.

최근 모 tv 프로그램에 소통 전문가 김창옥 교수가 나와 정신과에서 진료를 받은 경험을 털어놨다. 그 이야길 듣고 너무나도 깜짝 놀랐

**탈출(Escape the living corpse)**

다. 아직도 그렇게 진찰을 하고 있다니, 조금 더 나아졌을 줄 알았는데 아니었다. 김창옥 교수는 직업도 직업인지라 정신과에 가는 것이 부담스러웠다. 하지만 용기를 내서 의사 앞에 섰다. 그러나 의사의 태도는 냉정하고 사무적이었다. 그러면서 환자의 치부를 계속 드러내라 한다. 용기를 내서 죽고 싶다는 말도 사무적으로 기록을 할 뿐이었다. 처방에 맞는 약을 내려줬지만 의사의 태도를 믿지 못했기에 약의 효과는 없었다고 한다. 16년 전에 겪었던 현실이 왜 바뀌지 않는 걸까?

거기에서 끝은 아니었다. 이후 김창옥 교수가 치매에 걸렸다는 기사를 봤다. 그리고 이 이야기는 켈리 최 유튜브 라이브에서 언급되기도 했었다. 그렇다고 난 김창옥 교수를 걱정하지 않았다. 젊은 사람들이 치매에 걸린다는 기사를 본 적이 있을 것이다. 하지만 그것은 진짜 치매가 유지될 확률보다 정신적으로 기대지 못해 순간 나오려고 했던 부정적 에너지가 막혀 두뇌의 다른 기관으로 침투해 잠시 치매라는 질환으로 판단되는 경우가 있을 수 있다 보였다. 무의식이 자기방어의 본능을 발현시키면 우리가 알고 있는 정말 걱정되어야만 하는 질환의 에너지로 순간 맞춰져 의사 앞에서 발견될 수 있다. 양자얽힘을 알고 있다면 불가능한 것은 아니라는 것을 알게 될 것이다. 일부 환자들은 의사의 말도 안 되는 태도에 충격을 받았겠지만 나중에 그 의사가 오진했을 거라는 믿음을 가진다. 추후에라도 답을 찾아내 정신적 문제를 해결해 버린다면 말이다. 현재 김창옥 교수는 치매에 대한 이야기가 언제 나왔는지도 모르게 방송 활동을 잘 하고 있다. 결과적으로 그의 정신을 치료한 것은 의사의 태도로 인한 충격으로 다른 병으로 발견된 후 충격으로 다시 겸손해지면서 열심히 사는 결과가 돼 버렸다. 그럼 그 정신과 의사의 행동이 답인건가? 아님 의사가 의사의 본분을 지켰는지 의심을 해야 하는 걸까?

김창옥 교수의 상위자아가 무척이나 쎄기 때문에 병원에 가지 않았더라도 어떻게든 다른 에너지의 발현으로 어려운 시기를 극복 할수도 있었을 것이다. 의사들의 잘못된 판단을 믿고 약의 노예처럼 살아가야 하는 수많은 희생자들을 생각한다면 그것은 정말 잘못된 일이 된다.

# 임상심리학

:

영화 '조커'에서 페니 플렉의 정신과 상담 비용을 그동안 시에서 지원을 해주었다가 끊기는 장면이 있다. 그 장면을 볼 때까지 우리 사회가 갖고 있는 복지력 예산 중 정신질환에 대한 예산이 있는지 생각해본 적이 없었다. 그 비용을 사용할 수 있게 해주는 교육을 받지 못했다. 당시 의병제대가 억울해 국가유공자 자격을 알아보기에 혈안이 되었다. 국가 유공자가 된다면 그래도 덜 억울할 것 같았다. 사회에 나가서 할말이 생길 것 같았다. 가족들이 도와줬다면 가능했을지도 모른다. 가족들도 그땐 내 질환이 무엇인지 아는 사람이 없었기에 게다가 미친 가족을 갑자기 접하게 되는 것은 정말 믿기 힘든 경험일 것이다. 가족들도 정신을 챙기느라 정신이 없었을 것이다. 그래서 결국 국가유공자가 되겠다는 생각은 포기를 해야 했다.

복지사회가 가치가 있으려면 그 상황에 처한 사람들에게 지원을 받을 수 있는 교육을 의무적으로 받게 하는 시스템이 필요하다고 본다. 환자 또는 환자의 가족 중 한 명은 이수를 해야 한다는 조건이다. 어느 누가 태어나 성인이 되어 자신이 정신질환의 목록에 올라 있는 병명에 해당이 될 줄 알았겠는가? 어떠한 질환도 자신이 그 병에 걸릴 줄 알고 사는 사람은 없을 것이다.

최근 상담을 해줬다고 고마워하셨던 조울증 환자분의 가족분이 연락이 왔었다. 그때 환자인 자녀분의 이야길 듣다가 임상 심리상담에 대한 비용을 물어봤다. 한번 상담에 10만 원 정도가 든다고 한다. 물론 남의 어려운 이야길 듣는 건 주파수가 낮아지기 때문에 그것에 대한 보상이 충분히 필요하다. 이것에 대해 부정하는 것은 아니다. 돈이 많은 가정은 그렇게 큰 문제는 되지 않는다. 나의 경우는 경제적으로 어려웠다. 심리 상담한다고 상담하러 갈 때마다 매번 10만 원을 챙겨줄 수 없는 그런 환경이었다. 나도 인정하기 어려운 그 병 때문에 가난으로 인해 삶을 포기해야 한다면 얼마나 그 사람들의 인생이 억울하겠는가. 경제적으로 어려운 사람들을 위해서 임상심리상담을 국가에서 지원하는 것이 좋은 방법이 될 수 있을 것이다. 현재 이 집안의 사정이 어떠한지 가족 전체의 상담을 해주는 것이다. 그 과정에서 국가에서 지원받을 수 있는 시스템의 소개라든지 가족들에게도 질환이 전이될 조짐이 있을 경우를 고려하여 또는 환자의 사건들과 관련 있는 에피소드들을 치료하는 데 전념할 수 있도록 방법들을 소개하는 것이다. 그러나 이것은 현실성이 없다고 할 것이다. 나도 그렇게 생각한다. 가족 모두가 먹고살기에 바쁜데 돈을 포기하고 정신을 챙길 이유가 희박했다.

정신과를 다닌다는 이유로 회사에서 낙오될까 봐 걱정이 되는 것은 당연하다. 세상이 좋아졌다고 말하는 정신과 의사의 광고 속에는 고 현대 회장의 명언인 '해 봤어?'가 떠오른다. 정신과를 다닌다고 회사에 말하는 것보다 정신과에 다닐 만한 병을 겪어본 적 있냐 말하고 싶다.

의사가 되어야 하는 사람들의 환경은 대체로 유복할 확률이 높다. 공부를 하기 위해 받쳐줘야 하는 환경이 아니면 의사라는 직업은 가지기 어려운 게 현실이다. 그러한 유복한 에너지가 디폴트 값이었던 환경이 익숙한 사람들이 학문과 이론에 따라 환자들을 대하는데 고객상담 감정노동자들보다 정신적으로 환자들을 이해의 수준을 넘어 배려해 줄 수 있을까 싶기도 하다. 그러한 의미로 임상심리학의 역할은 환자와 의사의 역할을 모두 이해하고 해석하는 과정을 거치게 해주니 내가 겪었던 정신과 의사들에 대한 불신을 덜 하게 만들어 준다고 생각한다.

임상심리학이란 심리학의 한 분야로 인문학, 사회학 등 인접 학문에서 연구된 이론을 부적응 문제 및 진단 치료에 적용하는 학문이다. '조던 B. 피터슨'이라는 유명한 임상심리학과 교수가 있다. 그가 유명하게 된 일화는 여러 가지가 있다. 많은 학생들 앞에서 많은 사람들의 공격적인 질문에 평정심을 잃지 않고 하나하나씩 다시 본인의 입장과 철학으로 해석하면서 그들을 대변해 주고 그들의 마음을 알아주었다. 다른 하나의 일화는 페미니스트 앵커를 자신만의 철학과 논리로 그녀를 이해시켜 버리고 대화의 끝에는 그녀의 마음을 교화시켰다는 생각까지 들게 하는 표정도 보게 되었다. 페미니스트와 SNS상에서 잠깐 마주치게 된 적이 있었는데 어떤 프레임에 사람을 가두려는 특성이 있었다. 뭔가 나를 위하는 것처럼 대화를 하면서도 결국엔 상대를 작게 만들어 버리는 프레임, 결국 계속 대화를 하면 안 되겠다는 생각이 들었던 적이 있었다. 그러한 그들을 설득할 수 있는 조던 피터슨의 능력에 감탄했다. 그것도 비난이나 혐오감 없이 설득을 했다는 것에 놀랐다. 그 앵커가 갖고 있는 심리, 그리고 그들이 추구하는 가치를 인정하고 잘못된 것을 그들의 입장에 맞추어 올바르게 지적하고 서로가 적이 아니라는 것을 인식시켜 건설적인 대화를 하고 있다는 것을 깨닫게 해 주면서도 그녀를 위로하며 이해한다. 결국 끝에는 그 앵커를 피터슨 교수 편으로 만들게 되는 분위기가 형성되면서 인터뷰는 끝이 난다.

그의 책『12가지 인생의 법칙』을 읽게 되면서 '임상심리학자'에 대한 관심이 생기기 시작했다. 그가 쓴 책에서는 약물 치료를 받아야 하는 환자의 입장과 진찰을 하는 의사의 입장을 서술하였다. 그 내용을 읽고서 나는 내가 생각했던 의사들의 불신이 어느 정도 해소되었다. 이 어느 정도라는 것은 그들은 주입식 교육을 받은 머리 좋은 사람들이라 거짓말은 하지 않았겠지만 환자의 마음은 공부하지 않는 한계 자체가 많은 환자들이 아직도 정신과에 대한 편견을 갖게 되는 중추적인 이유가 될 것이라는 현실 때문이다. 일부 의사들은 이러한 시스템에 대해 개선할 의지를 갖고 환자를 대할 수도 있었겠지만 그렇다고 정신과에서 행해져야 할 전체적인 진찰 구조의 틀은 바꿀 수 있지는 않았을 것이다.

정신의학과와 임상심리상담은 환자에게 접근하는 방식이 다르다. 정신과는 물리적 치료, 약 처방까지 진행된다. 심리상담은 약보다는 그들이 스스로 답을 찾게 감독하고 도와준다. 정신과는 진찰내용에 따라 행해야 할 내용들의 답이 정해져 있으나 심리상담은 답이 정해져 있지 않다. 정신질환에 대한 일반적 사유는 스트레스, 그리고 '알 수 없다'가 있다. 스트레스가 뭔지도 모르는 환자에게 스트레스 때문이라고 한다. 그 말을 듣고 환자는 다시 나는 스트레스라는 감정이 무엇인지도 모르는데 스트레스를 풀기 위해 무작정 쉬는데 스트레스는 풀리지 않은 체 다시 일터로 나간다. 무슨 이유로 우리는 스트레스를 풀려고 하는 걸까? 제대로 설명을 해 주는 의사는 없다. 환자가 다 알고 있다고 생각하거나 의사가 말하면 그것이 답이라고 주입식 교육을 받는 것도 환자이기 때문이다. 계속 소꿉놀이 같은 상황만 반복하는 것이 상황을 좋게 만들지 못한다.

# 완치?

:

조울증이 치료가 가능하려면 이 병이 왜 생기는지 근본적 이유를 알아야 한다. 2017년 2월경 유니스트에서 조울증의 원인을 밝혀내는 연구를 하고 있다는 기사가 나왔다. 피엘씨감마1(PLCχ1)' 단백질 기능 이상이 조울증 원인이라고 보았다. 그러나 그들의 연구는 그때 이후 지금까지 추가 결과로 발표된 것은 없었다. 당시 학회에 그들의 이름을 올렸을 뿐 치료할 방법을 7년간 기다린 사람들에게는 헛된 기대가 되어간다.

그래서 내가 글을 쓰는 것일 수도 있다. 누군가는 경험을 공개하고 그것이 공식화될 때 하나씩 체계가 결국 잡혀가는 것이다. 닐 암스트롱이 1969년 7월, 달나라에 도착한 후 2020년이 될 때까지 달나라로 사람을 보낼 시도를 하여 성공한 게 공식적으로는 일론 머스크 밖에 없다는 현실에 놀랐던 적이 있다. 그래서 누가 해야 하나 기다리는 것은 절대 중요치 않다는 사실을 깨닫는다.

내가 나를 치료하게 되었던 방법은 정말 그동안에 잘못 이뤄졌던 모든 로직들을 하나하나 의심해 나가면서 발견해 낸 결과지만 그것을 확신으로 바꾸기 위해 수많은 기억의 통증들을 계속 되풀이하면서 느껴야만 했다. 절대 따라 하라고 하지 않는다. 이는 실타래처럼 얽혀있는 운명의 끈을 부여잡고 본인 스스로가 엄청난 고통을 감당해야 하는 일인데 정말 두렵고 힘들고 외롭고 그래도 버티고 살아내겠다는 의지가 없다면 절대 하면 안 되는 일일 것이다. 이것으로 장미빛 미래가 올지도 알 수 없다. 그럼에도 희망은 버리지 않았다. 희망을 버리려고 해도 살아지기에 살아갔을 뿐이었다. 이 고통 이후에 약을 먹지 않았는데도 산송장처럼 매일 같이 잠만 자면서 살아간 적도 있었다.

조울증을 극복하면서 정말 많은 것들을 보고 편견을 깨부수려 노력했다. 거기에서 결국 얻은 진리는 소크라테스와 성경에 하느님의 말이었다.

"너 자신을 알라."
"하늘은 스스로 돕는 자를 돕는다."

자신을 아는 것은 정말 어려운 것이다. 우린 태어나자마자 20년 동안 부모의 밑 또는 선생님의 지휘하에 생활하게 된다. 그동안 수동적인 삶에 지배되어 주체적인 삶을 살지 못하게 된다. 사회에 나와서도 스스로 노력해 보려고 해도 수동적으로 돌아가게 된다. 수동적인 삶이 원래 자신이 원하는 것인 줄 알고 착각하며 살게 된다. 그것이 삶이라고 생각한 내 과거가 무척이나 서러웠다. 그리고 난 그것을 바꾸기 위해 노력을 했고 좌절했고 또다시 때가 되면 노력을 했고 좌절했다. 하지만 난 그 운을 맞이했다. 엄청난 고통에 휩싸이게 되었고 거기서 나 자신을 알기 위한 집중을 통해 결국 몰랐던 나를 제어할 수 있다는 것을 믿게 된다.

'너 자신을 알라'는 말을 내가 나 자신을 모른다는 상황이 전제가 된다. 내가 도대체 왜 나를 모른다는 것일까? 내가 무엇인지 알아야 하는 걸까? 그걸 알 턱이 없던 어린 시절, 그러한 어려운 물음을 다들 지나치는 게 일반적이고 그런 유명한 말이 있다는 것이 기억의 전부일 것이다.

# 안 좋은 결과

:

조울증에 진정한 치료 방법을 아는 사람들은 의사들 중에 많이 없다고 생각한다. 의학 논문에서도 아직까지 조울증에 원인을 찾아내지 못했다. 그것은 불가한 영역, 신의 영역에 가깝다고 생각한다. 사람의 성격과 건강의 프로파일들을 미리 분석해 부모의 입맛대로 자식을 낳는 것이 합법화되기 전에는 절대 공개할 수 없는 것일 수도 있다. 윤리라는 것은 시대적으로 변한다. 지금은 상상할 수 없지만 언젠가 먼 훗날에는 가능해질지 모르는 끔찍한 미래일 수 있다. 하지만 그것은 그 시대의 사람들이 결정할 것이다. 현재 지구의 상태를 우리가 어떻게 생각하는지 아무도 말릴 수 없는 것처럼 말이다. 당신의 주방에는 설거지 할 때마다 쓰는 세제, 샤워할 때마다 쓰는 샴푸와 클렌징, 세탁할 때마다 쓰는 세제들이 환경에 주는 영향이 어떨지 생각도 안 한다. 누구나 다 쓰는 것을 강제로 못하게 할 수 없다. 이것이 누군가는 사소하다고 할 수 있을 것이다. 그러나 이러한 사소한 일상에서 썼던 것이 자연스러워지면 자연스러워질수록 가랑비에 옷 젖듯이 어느새 여름철 피서를 떠날 강이나 바다를 못 들어가게 할지도 모른다. 샴푸를 쓰면 벌금을 내게 할 수도 있다. 지금 우리가 커피숍에 앉아서 마시는 커피는 플라스틱을 제한하고 머그잔을 쓰게 하는 것처럼 말이다.

지금은 야간 편의점이 일상화된 사회이지만 현재 대한민국은 출산율 0.65의 사회로 진입했고 얼마 안 가 24시간 편의점은 사라지고 무인 편의점으로 대부분 대체가 될 수도 있다.

스마트폰 시대가 열린 지 약 20년 가까이 되었고 가면 갈수록 사람들을 위한 편의의 발전은 더디다. 스티브 잡스가 아이폰으로 스마트폰에 대한 혁신을 내세웠고 일론 머스크가 테슬라로 전기자동차를 겨우 대중화시켰다. 여기서 일론은 로봇의 영역, 두뇌의 영역까지 손을 대고 있다. chat GPT 등 그 발전과 함께 우리나라도 선진국 대열에 포함되었다. 우리나라는 선진국에 진입했으면서도 반대로 잘못되어 가고 있는 것이 바로 자살률이 높다는 것이다. 나는 이것의 원인을 교육체계의 불편함을 꼬집고 싶다. 교육은 국가의 정치적 체계를 유지하기 위한 현실이 있다. 그러나 아직도 우리나라는 조선시대에 관점에 머물고 있다는 생각이 강하다. 우리나라 고등교육은 대학교를 목표로 한다. 대학교의 가장 최고의 목표들은 대기업에 중점이 잡혀있다. 대기업은 많지 않은데 나머지 수많은 대학생들은 도대체 어떤 이유로 대학을 나와야 하는 걸까. 책『세이노의 가르침』에서도 실제 기업들이 원하는 능력은 대학에서 배운 것들이 거의 관계가 없다고 한다. 남자 같은 경우는 군대 포함 6년이란 시간 동안 인생을 헤매게 만드는 것이나 다름없다. 더욱 더 수동적인 사람이 되는 것이다. 대한민국은 자립을 강조하는 교육이 현저하게 부족하다고 본다. 학창 시절 때도 생각했던 교육체계의 불편한 현실은 프리랜서 강사 생활을 하면서 아이들을 가르쳐 볼 때도 똑같은 감정이 들게 만들었다. 조금씩 변화하는 것은 맞지만 그 변화는 결국 안전에 모든 것을 걸었다. 하지만 현실은 과부하 그 자체다. 그것을 풀어줄 교육이 필요하다. MZ 세대 이후 ZAlpha 시대로 들어가는 시점에 부동산이 전체적으로 침체가 되면서 가치관이 바뀔 것임을 예상한다. 그때는 더욱 개개인의 가능성이나 꿈에 집중할 것임을 이해한다. 그 과정에서 우리가 왜 이렇게 살 수밖에 없었는지에 대한 이미 상처받은 영혼들은 그때가 되면 얼마나 다시 IMF와도 같은 혼돈을 일으킬 것인지 알 수는 없지만 결국 이 사태를 보조해 줄 완충제는 필요하다. 급진적인 변화는 MZ 세대 때 적응하지 못했던 구성원들의 많은 어려움이 있을 수 있다. 나는 이것을 위해 나를 기록하는 것일지도 모른다.

'역사는 반복된다'라는 말을 아는가? 왜 똑같은 일은 일어날 수밖에 없는 걸까? 모든 것은 글자로 보이지만 보이는 것이 믿는 것이다. 기록은 존재하고 그 기록을 읽는 사람들의 기운으로 다수에게 전파되고 무의식으로 연결된다. 당신이 태어나 집안에서 보고 배운 모든 것들은 선조들과 선조들의 끈끈한 무의식들을 연결한다. 국가의 발전에 따라 선조들이 가족을 지키기 위해 행했던 소중한 것을 지키는 방법에 대한 지루함의 고통과 함께 세상은 그렇게 하지 않아도 된다고 유혹한다. 반항심 때문에 선을 넘는 사람들도 생길 것이다.

소중한 것을 지키기 위한 상실감의 대비는 세대가 넘어갈수록 공감하기는 어려워진다. 현실의 과부하된 응집된 결과물들에 대해 어른들은 살기 위해 알고 있어야 할 최소한의 것들만 이해한다. 그리고 아이들은 현시대를 살아가는 미래를 위한 모든 것을 배워야 한다. 아이들은 배우고 있는 지식과 동떨어지는 지식수준을 보여주는 부모를 보면서 그들을 불신한다.

현대 기술과 의학으로 사고를 막거나 목숨을 살려냈더니 결국엔 다른 곳에서는 자살을 하고 만다. 그리고 남은 사람들은 그들을 보고 왜 자살을 한 것인지 해석한다. 타노스가 세상의 반을 없애야 한다고 말하는 것(마블 영화, 인피니티 워)처럼 나중엔 타노스가 옳았다고 말하는 사람들이 생긴 것(마블 드라마 호크아이)처럼 상실감이 있어야만 사람들은 그것을 보고 다시 나아갈 수 있다고 믿는 것일까?

자살의 가장 큰 이유는 믿음에 대한 배신감이 그들을 가두고 스스로 선택하게 할 수밖에 없게 만들었기 때문이라고 생각한다. 선과 악이 존재하는가? 정말로 희생할 자신이 있는가? 정말로 강한 자는 돈이 많은 자인가, 아니면 끝까지 살아남은 자인가?

자살에 대한 이야기는 어느 누구도 결코 쉬운 이야기가 아니다. 대한민국은 이에 대해 가장 먼저 숙제를 풀어야 하는 시기임을 알아야만 할 것이다. OECD 국가 중 자살률 1위라는 것, 20년 전에 일본의 자살률을 보면서 일본이 무서운 나라라고 생각했는데 그 사회를 지금 우리가 이어간다. 살아남은 자들의 몫이라는 것을 우리는 알아야 한다. 그리고 이것은 결국 나아질 것임을 믿는다. 국가가 계속 발전함에 따라 버려야 할 선조들의 잘못된 세계관이 있다고 생각한다. 그걸 받아들이지 못한다면 나라를 지켜낸 조상들이 오히려 자손들을 죽이고 있는 꼴을 만드는 것과도 같을 것이라 생각한다.

조울증을 이겨내지 못하고 그 끝엔 자살을 선택하는 사람도 있다.

하지만 난 매번 두려운 공포들을 뚫고 자살을 선택하지 않고 살아남았다. 겁이 많기 때문이었다. 살아남는 과정에서 자칫 잘못하게 되면 죽을 수 있는 순간도 많았다. 하늘을 나는 기분이 든다면 낭떠러지 앞에서도 날 수 있다고 착각하는 알고리즘이 작동했다면 난 그날로 살아남지 못했을 것이다. 이것이 불가능하다고 여긴다면 내가 아직도 사기인 걸 뻔히 아는데도 수학적으로는 답이 나오는 것들을 제쳐놓고 대놓고 사기를 당한 이유를 설명할 길이 없다.

자살을 선택한 사람들은 자신들의 과오를 반복하지 않고 살아갈 수 있도록 살아남은 사람들에게 메시지를 남겼다. 그것을 잊지 말아야 한다. 그러한 면에서 우린 아이들을 위한 환경을 위해 좋은 어른이 되어야 한다. 좋은 어른이 될 수 있는 조건을 모두가 달성할 수 있다는 꿈을 꿔야 한다.

정신질환이 도대체 왜 발생하는 건지는 사람마다 의미가 다를 것이다. 옆 나라 일본을 가더라도 일본어를 모르면 그들의 언어를 이해 못하듯이, 사람마다 이해하는 정도의 코드가 다를 뿐이다. 모를 수밖에 없는 코드는 사람마다 존재하는 것이다. 그래서 정신에 대한 문제는 사람 스스로가 치료를 결정하고 극복해야 한다. 그러나 조울증 1형 환자인 나는 그럴 수 있는 권리는 없었다. 조울증 1형이 모두 나와 같은 심각한 증상인지는 알 수 없지만 내 증상을 1형이라 정의하고 있으니 언급을 한다. 극단적 상황의 분위기가 만들어진 상황이라면 사람들은 그걸 보고 문제라 인식했지만 그땐 이미 말릴 수 없는 상태가 된다. 강제로 타인들에 의해 굴복당한다. 그리고 병원에 끌려가 내가 왜 그런 건지 이유가 뭔지도 모른 채 모든 것이 리셋된 상태로 사회에 나간다. 앞으로 어떻게 살아야 하는지 인지 체계에 대한 상황을 스스로 인식 시킬 수 있게 도와주는 사람은 주변에 존재하지 않는다. 따뜻한 가족 들이 있다고 말하지만 그들도 도와줄 수 없는 문제가 있다. 나를 환자 라고 대하다. 근데 내가 왜 환자인지 알 수가 없었다. 환자 자신이 믿 는 모든 것들이 부정당했다는 상실감에 굴복해야만 한다.

환자들이 사회에 나가게 될때 정신적 상실감에 대한 재활치료를 해 야 한다고 말하고 싶다. 마음의 가난이 박힌 채로 사회를 나서게 되었 고 주위에서 누군가가 내 행동에 대한 부정만 하면 나 자신을 의심해 야만 했다. 내가 잘못한 것도 아닌데도 나를 의심해야 했다. 가족 또 한 마찬가지다. '약 먹었어?'안 먹었다고 들키는 순간 가족들은 내가 재발할까 두려웠다. 받을 수 있는 도움 없이 외롭고 비굴하게 살아가 야만 했다. 본인만 충격을 받는 게 아니라 가족들도 이 질환으로 인 한 충격을 받는다. 그걸 정신의학과는 신경 쓰지 않는다. 하나의 문제 가 가족 전체의 문제일 수 있다는 의심조차 하지도 않고 가족들에게 질문했더라도 환자에게도 공유조차 하지 않는다. 이러한 면에서 나는 안 좋은 결과를 최대한 막기 위해 국가가 조울증 환자와 그의 가족들 을 위해 임상심리상담을 지원하는 제도를 도입하면 어떨까 바라본다.

# 의사를 만나기 싫어요

:

정신질환에 대한 학문을 배우고 연구하고 사람을 치료하기 위해 노력하는 분들이 바로 정신과 의사분들이다. 그러나 정신과 의사들이 정신질환 환자들의 마음을 이해하지 못한다면, 그 질환이 왜 생긴 건지 이유를 알지 못한다면 그들의 완치에 대한 답은 찾기 어렵다고 생각한다. 조울증을 제어하기 위해 처방하는 약은 완치를 목적으로 사용하는 약이 아닌 기분억제제 정도라는 것쯤은 알고 있다.

평소 몸이 너무 아파서 병원에 입원해본 적도 없는 사람이 처음 정신병동에서 강제로 갇혀 지내면서 처음 보는 의사의 권한이 막강하다는 것을 체험했는데 하물며 사회에서 만난 정신과의사가 그 전에 겪었던 의사와 다르지 않을 것이라는 두려움이 존재하지 않을 수 없었다. 병동에 갇혀지내며 의지가 꺾인 상태에서 내가 무엇을 잘못했는지 계속 생각해 본다. 뭐가 잘 못된건지도 모른 상태로 약물을 계속 복용시킨다. 그러면 그 상황에 길들여 진다. 자아가 생긴 5살 이후 16년을 잘 못 생각하고 있  었다는 낙인을 매일 같이 약을 복용 시키면서 찍어버린 것이다. 어떠한 감정이든 스스로 감시의 대상이 되어 버리면서, 동시에 물음표들이 일으키는 패닉 현상은 너무 쉽게 일어나고 만다. 누군가가 내가 잘못하지 않았으나 악의로 가스라이팅을 한다면 이용당하기 쉬운 상태가 돼 버린다. 그렇다면 이 상황을 개선하고 싶은 욕구는 없었을까? 의사는 환자가 '내가 왜 이렇게 된 것일까?'라는 진지한 사람다운 생각은 안 하고 사는 것이 정답이라고 생각했을까? 태어나서부터 21살이 되기까지 가정과 사회에서 배우고 판단하면서 느껴왔던 모든 과정에서 나도 모르는 어떤 순간부터 잘 못 반응되어 오고 있었다는 것을 어떤 누가 쉽게 이해할 수 있겠는가? 다 큰 성인이 세상을 간난 아기처럼 배워야 한다는 사실이 무척 혼란스럽다. 빈 스케치북이 아닌 갈기갈기 그어져 버린 스케치북을 다시 깨끗이 지울수도 없는데 그 위에 무엇을 덧칠할 수 있다는 말인가?

그런데 그들은 지우려고 한다. 환자들은 도대체 왜 지워야 하는지도 모른 채 몸에 있는 의지들을 포기하게 만든다. 과거를 맞닥뜨리지 않게 한다. 그저 약물로 머릿속을 비워버린다. 스케치북에는 흰색 페인트를 부어버리는 것과도 같다. 흰색 페인트는 사람들에게 깨끗하게 보인다. 그리고 새로 그림을 그리라고 한다. 흰색 페인트를 부어져 버린 그는 독성에 취해 어질어질하다. 그리고 아무 그림도 못 그리는 상태가 된다. 그 냄새가 날아갈 때쯤 그림을 천천히 그려 보라고 한다. 스케치북이 흰색이지만 독성은 남아있다. 그 위에 그림을 그리려 하다 덜 마른 페인트에 획이 움푹 들어가거나 잘 그려지지도 않는다. 자꾸 그리다가 긁어진 페인트의 독성이 조금씩 다시 떠오른다. 페인트 냄새에 다시 머리가 어지러워진다. 잘 마른 페인트에는 잘 그려진다. 조금씩 그리다가 결국 페인트가 시간이 되어서는 그 그림에 긁힌 흔적들이 여럿이다. 결국 페인트는 모두 파여진다. 페인트가 없어지기 전에 다시 그 그림에 페인트를 붓는다.

　정신과 의사와 상담을 하게 되면 이전에 이야기했던 것들과 다른 새로운 질문이나 표현을 듣게 되면 궁금해진다. 내가 앞으로 어떻게 될지 전혀 모르는 상황에 전문의가 하는 새로운 한마디 한마디가 내게는 너무나 간절한 정보였다. 그러나 의사는 말을 끊고 약을 타가라고 한다. 이것이 반복되면 어떻겠는가? 내 자의식이 판단해서 하는 모든 행동이 맞는지, 정상적으로 행동하는 모든 행동도 맞는가 스스로 의심했다. 그러면서 내가 도대체 왜 이렇게 해야 하는지 모른다. 산송장 모드에 돌입하는 게 이 생각을 버리게 하는 데 도움을 줄 수도 있겠다 싶으면서도 약을 끊지 못한다면 평생을 자의식 없이 살아야 한다는 것에 대해 절망감에 가득 찬다. 그리고 다시 매일 같이 잠이 오고 정상적 생활이 어렵다는 것에 미칠 듯이 힘들어하고 하루가 끝나는 것만을 기다린다. 누군가가 이게 일상생활 하는 사람들과 다름없다 주장한다면 욕을 할 것이다.

# 불편한 진실

# 가난

:

의병 제대를 하고 난 뒤 내 입은 콘크리트처럼 굳어버렸다. 의사소통하기 위해 생각은 하지만 입으로 발언이 될 때 줄곧 막히고 만다. 이러한 과정은 병원에 몇 개월간 갇혀 지내고 사회에 나올 때마다 반복된다. 말은 쉽게 하지만 처음 이 상황을 겪고 사회에 적응할 때 매일같이 정신적 고통을 감수하고 살아야 하는 게 지옥 같았다. 누군가는 군대가 지옥이라고 하는데 나는 병원에서 나온 후 버려진 성인의 모습이 더 지옥 같았다. 사람들이 병원에 갇혔던 날 알게 될까 하는 두려움, 언제든 내 안의 내가 나도 모르게 바뀌어 사람들에게 겁을 주는 괴물이 될까 하는 불안감, 무엇하나 욕심을 낼 수 없는 사람이 되어간다. 집에선 누구도 챙겨줄 수 없는 현실, 병원에서 나오자마자 보일러에 기름 넣을 돈이 없고 먹을 것이나 입을 것이 없어 내 신용카드로 현금서비스를 써야만 했던 시절, 세상이 나에게 겸손해지라고 벌을 내려준 것이라 여긴다면 너무 잔혹했다. 그때는 그랬다.

이로 인해 깨달은 게 하나 있다면 사람은 머리를 쓰면 쓸수록 똑똑해지며 머리를 쓰지 않으면 생각이 굳게 된다. 하지만 시간이 걸리더라도 회복은 되고 만다. 지난 내 삶의 모든 반응의 알고리즘이 부정당한 상태에서 다시 시작해야 했다. 다시 병원에 들어가게 되면 병원에 나오고 들어가기까지의 알고리즘들을 다시 고찰해야 했다. 병원에 들어가게 되면 졌다는 것을 결국 인정해야만 했고 나는 약을 먹고 살아야 하는 산송장의 삶에 굴복해야만 했다. 피드백되는 감정에 대해 뭐가 잘못된 건지 다시 고찰해야만 했고 삶을 저 밑바닥부터 매번 다시 배워야만 했다. 지금 약을 먹고 산송장의 기분을 느끼는 그들의 삶이 잘못됐다고 하는 건 아니다. 약에 대한 기운은 상대적인 것이고 나는 그 기운을 버티기 싫었던 것뿐이다. 내가 그 삶이 죽기보다 싫었기 때문에 병원에 갇히는 한이 있더라도 다시 도전하고 도전했던 것이다. 물론 바로 도전할 수 있는 영역은 아니었다. 그 녀석이 언제 나타날지는 나도 알 수가 없었으니까, 한번 실패하면 몇 년이고 그 녀석을 기다려야 했다. 하지만 언젠간 나타날 것을 알게 되었다. 그것도 몇 년 동안 차곡차곡 인생을 잘 쌓아놓은 그 상태에서 매번 나타났었다. 퇴원하고 얼마 못 가 빠르게 나타나기도 한다. 나를 지배하는 그 녀석이 나타날 때마다 병원에 갇혀 지내게 될 수밖에 없었던 현실을 자주 겪다 보니 그래도 살고 싶어 하는 게 신기할 정도다.

군 병원에서 퇴원하고 얼마 안 되어 극단으로 다시 돌아갔다. 극단 생활을 하는 데 스케줄이 많은 편이 아니었다. 항상 일과가 시작되기 직전에 잠을 깨게 된다. 작품에 들어가게 되면 여유가 줄어들게 되면서 작업을 시작할 때마다 스트레스가 심해진다. 모두 약 기운 때문이다.

극단을 그만둔 후 현실을 직시해야만 했던 나는 아르바이트에 합격하기 위해 많이 알아보았고 힘든 일만은 피하자 싶었다. 그러나 면접을 보기가 어려웠다. 살이 찌고 퉁퉁 부은 얼굴 상태에 어눌한 말

**탈출(Escape the living corpse)**

투, 면접을 볼 때 제대로 된 대답이 어려웠던 적이 다반사다. 일 구하는 것은 불가능이라고 생각해야 할 수도 있었다. 극단에 있을 때는 그동안 알아 왔던 정이 있으니까 기다려주기라도 했는데 이제는 그것이 불가하다. 극단을 나오면서 모은 돈이 얼마나 될까? 형, 동생에게 없는 돈을 빌려 겨우 생활하기도 현금 서비스를 써야 할 때도 있었다. 나약하기 짝이 없는 청년이었지만 어떻게든 가족들에게 짐이 되지 않고 싶었다. 재활의 고통을 누구의 원조 없이 스스로 다 감당해야만 했었다. 극단을 나온 후 겨우 3개월 만에 마트에서 가장 힘들다는 수산 코너에서 아르바이트를 하게 되었다. 힘든 만큼 잘 그만두는 곳이라서 사람들을 뽑는 허들이 낮았다.

아르바이트를 하면서 더 힘들어졌다. 마트의 수산 코너에서 생선 판매를 하기 위해 손님이 매대에 오는 것을 기다린다. 하루 종일 잤음에도 불구하고 약 기운에 오래 일어서 있지를 못한다. 어느 순간 눈이 자꾸 감겨 하마터면 쓰러질 뻔한 적이 여러 번 있었다. 안 쓰러지려면 의도적으로 정신을 차리려 팔과 다리를 꼬집고 몸을 왔다 갔다 움직여야만 했다. 그러다 가만히 있으면 얼마 안 가 정신이 혼미해 또 쓰러질 것 같았다.


'여기서 쓰러지는 것을 누군가에게 보이면 나는 이 일을 할 수 없을지 몰라.'


이를 악물면서 그날, 그날을 버텼다. 약 때문에 머리 회전이 느려

위 형들이 내리는 주문을 한 번에 이해하기 어렵다. 대답도 어눌하다. 그럼에도 불구하고 당시 나를 아낌없이 도와주셨던 여사님을 보면서 이러한 상황을 이해해 주시는 분도 있구나 하는 생각을 하게 했다. 그렇게 힘든데 나는 왜 아르바이트를 했을까? 집은 부도가 났었고 아버진 당뇨에 어머니는 돈을 벌지 못하고 아버지와 함께 빚을 피하면서 종교의 길에 매진하셨다. 어머니 같은 경우 몸은 멀쩡하니까 자식들에게 적어도 짐은 안되셨으면 좋겠다 싶었다. 어떻게든 설득해도 안 된다. 어머니는 돈을 벌면 마음이 아프다고 한다. 3남매는 10평 남짓 방에 사는데 맏형은 맏형 나름대로 집안 수습과 자기 생활을 하면서 둘째인 나를 챙겨주는 데 한계가 있었고 여동생 또한 이제 성인이 되어 자기 앞길을 가는데 난 그 누구에게 의지할 정도로 넉넉한 형편이 아니었다. 가족들은 나 때문에 정말 가슴 아프고 놀랐다. 그들도 내게 왜 그런 일이 생겼는지 어떤 병인지 알 수 없었다. 내가 왜 아픈지 몰라 미안했을 것이다.

챙겨 줄 수 없는 현실에 나지막이 내 속도 모르고 하는 말이 "약은 먹었냐?"라는 말이었다. 나는 당시 이 말에 얼마나 상처를 받았는지 모른다. 약을 먹어야 재발하지 않는다는데 약을 먹으면 쓰러질 것 같았기 때문이다. 여기서 무너지면 어떻게 해야 할지 몰랐기 때문이다. 약이 해결책이라고 하는데 그것이 해결책이 아니라는 의심은 현실이었다. 너무 힘들어 이 감정을 솔직하게 의사에게 털어놨다. 하지만 집 사정은 털어놓을 수 없었다. 의사가 하는 말은 약을 줄여 보자고 한다. 군대에서 먹은 약과 약 기운이 같았는데 병원에서 처방한 약은 개선이 되었고 부작용이 약하다고 했다. 결국 내 생각을 또 의심하고 약을 약간 줄여서 처방받았다. 그런데도 전혀 개선되지 않는다. 나는 더 이상 버티기가 힘들었고 약을 며칠씩 끊게 된다. 약을 끊어도 주위에서 뭐라고 하는 사람이 없었다. 이래도 되나 스스로에게 계속 물었다. 병원에서 퇴원한 지도 오래됐고 약을 먹었냐는 물음의 빈도가 적어지면서 단약을 시도 하다가도 혹시 몰라 약을 먹게 되면 또 다시 하루 종일 산송장처럼 하루를 버겁게 보낸다. 당분간 휴일에만 먹을까 했지만서도 그 기운이 내 하루를 잠으로 다 뺏어가 그 슬픔을 견디기 힘들어 결국 약을 끊는다. 가끔 '약을 먹었냐'고 물어보는 질문에 먹었다고 에둘러대며 그렇게 1년이 흐른 것 같다. 그래도 나는 매번 나를 의심하려 노력했다. 첫 발병이 군대라는 특수한 환경이었다. 당시 내가 왜 그 병에 걸린 건지 정확한 이유를 깨닫지 못했다. 물리적 충격이 없다 뿐이었지, 당시 정신의 충격은 흠씬 두들겨 맞은 느낌에 아무것도 할 수 없는 무방비 상태였다. 그런 상태로 사회에 나가니 이런 나를 보호해 주고 가르쳐 줄 보호자는 없었고 주위에는 이 병에 대해 아는 사람이 없었기에, 의사 또한 매달 한 번 정도만 보기 때문에 제대로 된 의학 사유를 접하기 어려웠다. 사회생활을 하게 되면서 현실은 날 보호해 줄 보호자는 존재하지 않는 걸 깨닫고 정신이 자유로울 때쯤 그 규율에 벗어나 단약을 하게 되며 예전의 자유로운 삶으로 돌아간다. 그러나 매번 마음 한켠에는 내가 이 질환이 무엇인지 모르고 다른 사람들에게 내 전과 같은 정신병력 기록이 드러나게 되면 어쩌나 하는 죄의식이 자리 잡고 있었다.

꼭 마약을 투여한 범죄자 같다. 질환에 걸린 것은 불법도 아니지만 이 약을 먹지 않으면 어느 순간 머릿속에서 마약 성분이 생성된다. 범죄를 저지르지도 않았는데 머릿속에 스스로 만들어진 마약 성분이 날 미치게 만들어 결국 다시 병원으로 들어가야 한다. 나 같은 케이스는 처음 발병하게 되면 공식처럼 약을 먹고 살아야 한다고 교육을 받는다. 약을 먹지 않으면 언제든 다시 재발할 수 있다고 한다. 그러니까 그 언제가 언제냐고 물어보면 답을 할 의사는 존재하지 않는다. 한 번 더 물어보고 찾아보면 약을 먹어도 재발할 수 있다는 사실까지 알게 된다. 질문에 대해 잘못됐다고 지적하는 의사가 한 명도 없었기에 의사가 환자에게 가르쳐 주는 가르침이 잘못됐다고 하는 것이다. 그래서 환자들은 의사와 소통이 안 된다고 생각하게 된다. 의사는 상황에 따라 환자를 폐쇄병동에 가둘 수 있는 결정을 내릴 수 있도록 도와준다. 환자의 정신이 지금 잘못되었다고 판단하게 만들 수도 있다. 일부러 그럴 의사는 없겠지만 환자의 입장에서는 의사가 실수하면 주체적 판단이 불가한 상태에서 받아들이기 때문에 의사 앞에서는 듣는 시늉을 하지만 제어할 장치가 없다면 곧바로 풀려나 의사의 처방대로 살지 않는다. 그 결과 의사들을 속으로 믿을 수 없다며 단약을 결심하는 것에 죄책감을 크게 갖지 않는다. 오히려 매일 송장 같은 느낌의 하루에서 해방되는 기쁨에 예전처럼 돌아가지 않을 거란 확신까지 한다. 가족들에게 의사를 믿을 수 없다는 이야기를 해봤자 날 이해하지 못하고 화낼 게 뻔하다. 결국 가족들이 약을 먹었냐 물어보면 기분 나쁘게 먹었다고 거짓말을 한다. 거짓말을 잘 해 보지 않아서 화를 몇 번 내

다가 들통이 난다. 이렇게 거짓말을 못하는데 정신과 의사들은 이런 환자의 심리를 이해하고 있을까? 물론 이해하지 않아도 된다. 2018년 12월 병원에서 진료를 받던 중 의사를 살해한 환자가 있다. 그 기사를 접했을 때 그 의사가 내가 알고 있는 심정을 알고 있었다면 어땠을까 고민했다.

그들은 자격증을 갖고 있다. 그리고 그들의 진단 프로세서대로 환자들을 대하는 게 원칙이다. 그 행위로 돈을 번다. 돈을 청구하는 조건으로 상담을 하고 약을 제공한다. 돈의 액수는 정해져 있고 깊숙한 치료가 어떤 건지 따져 묻기 어렵다. 정보가 없어서 의지하고자 찾아갔지만 의사들은 수많은 정신질환 중에 자신이 공부한 것에 부합하는 것만 안내한다. 또는 이전에 병력이 있다는 데이터 하나만으로 판단을 끝내기 일쑤다. 환자는 자신이 잘못된 상태인 것은 알지만 올바른 치료법이 무엇인지 몰라 의사에게 의지해야만 한다. 옳은 감정이 들어도 의사에게 표현하는 그 이야기가 올바른지도 모르겠고 의사에 답변에 따라 의사의 심기에 거슬리는 질문이 계속된다고 어느덧 생각한다. 내가 거슬리는 질문을 했다 하는 것이 느껴지면 결국 비판 의지를 차단한다. 의사의 마음을 불편하게 하면 안 된다는 것은 폐쇄병동에 끌려가게 된 경험으로 인해 학습됐다. 몰라도 약만 먹으면 된다는 처방에 자유의지를 상실하면서 매일 송장 같은 기분에 살아도 사는 기분이 아닌데 어떤 죄를 지었기에 이런 삶을 살아야 하는지 스스로 고민을 안 할 수 있었을까?

정신질환에 걸린 환자들에 대한 올바른 치료는 스스로 자신을 찾는 것이다. 거기에서 약은 보조적인 역할을 할 뿐이고, 그래서 그러한 가이드를 해줄 수 있는 의사가 얼마나 훌륭한 의사인지 이해한다. 평소에 운동을 하는 사람과 하지 않는 사람의 감기에 대한 면역력 차이가 있는 것 또한 당연한 결과다. 답은 알고 있지만 하지 않기 때문에 약을 먹는 경우가 다반사다. 약은 필수가 아니라 언제나 보조제가 되어야 하며 약을 의지하지 않는 방법을 병행해야만 자신을 찾을 수 있다고 확신한다. 그러한 면에서 내 조울증을 진단하는 의사들은 많은 면에서 정확한 지식이 없다고 보였다.

단약 후 재발까지는 아니었지만 무턱대고 아르바이트를 하면서 모은 돈, 이것을 왜 모으는 건지 고민을 하게 되었다. 중학교 때도 사춘기라고 생각하지 않았던 내가 갑작스러운 20대 사춘기를 맞이하고 만다. 일이 끝나면 집에 들어가기 전에 동네 슈퍼에 들러 천원에 맞춰서 과자 한두 개를 사먹는 게 낙이었다. 누구와 어울리지 못한다는 것을 인정하고 목적 없이 1년 600만 원 적금을 목표로 돈을 모으기로 했었다. 그러다 갑자기 마트 아르바이트를 그만두고 10개월 간 모은 적금을 해지한다. 무턱대고 모으기만 했지, 그 돈을 제대로 써본 적도 없고 고생만 했지 돈을 쓰질 못하면서 살아왔던 지난 삶들이 이해가 안되어 방향을 잃어버린 것이다. 연극배우라는 꿈을 저버린 채 사회에 나왔기 때문에 앞으로 무엇을 해야 하는지 몰랐다. 마트에서 평생 일할 거라고는 생각도 하지 않았다. 거기서 더 높은 곳으로 올라갈 수 있을 거라고 헛된 희망도 품기 어려웠다. 나도 모르는 병을 갖고 있다는 비밀을 간직한 채 내 주위 사람들을 대해야 했다.

"나는 정신병원에 끌려가 치료를 받은 적이 있어."

이렇게 떳떳하게 말한다는 것은 상상도 할 수 없었다. 물론 지금도 그렇게 말할 용기 있는 사람은 드물다. 2008년 그 당시에만 하더라도 인터넷은 발전했지만 정신질환에 대해 누구도 온전히 대놓고 이야기할 수 있는 분위기는 아니었다. 머릿속엔 언제 발병할지 모른다는 의사의 설명이 단순한 기분 좋은 일이 있을 때도 매번 떠오른다. 내 청춘의 실수일지도 모르는 감정 표현에도 긴장을 해야만 했다. 이 병을 모른다는 이유로 나는 재발이 되기 전까지는 불현듯 죄인과 같은 심정의 삶을 살아야만 했다. 세상을 대놓고 열정을 바쳐 공부하는 것은 불가한 청춘이 되고 말았다.

10개월 동안 모은 400만 원을 보았다. 그 돈을 막상 쓰려고 하니 쓸수가 없었다. 10개월간 아끼는 습관이 몸에 생겨 굳이 사고 싶은 물건도 함부로 사지 못했다. 가족들은 내게 뭐라고 할 수 없었다. 내가 약을 끊지 않기만 바랄 뿐이었다. 다만 처음 발병 후 사회에 나왔고 게다가 그 병을 가족 중 누구도 잘 몰랐다. 그러다 보니 사회생활 하면서 의사의 말이 나에겐 틀리길 내심 기대했을 것이다. 다시 발생하지 않길 소망했을 것이다. 아르바이트를 그만뒀지만 나에게 일을 강제로 하게 할 수 있는 사람은 없었다. 가족들은 나의 병이 어떻게 관리 되어야 하는지 의사에게 들었겠지만 환자에게 어떻게 표현해야 하는지 몰랐고 서로를 신경 써줄 여유 있는 사람도 전혀 없었다. 나 스스로 내병을 판단하고 생각해야만 했다. 그러나 그 병을 이해하지 못하는 모든 환자들은 결국 재발한다. 아무리 당신이 인터넷에서 찾은 수많은 질환의 자료들을 공부하더라도 약을 단약하고 있는 상태에서 자기도 모르는 자신에게 속고 있다면 분명 병원에 끌려가게 될 것이다.

# 아버지와 술

:

아버지는 내가 의병 제대를 하고 있었을 때에는 당뇨 합병증으로 몸이 너무 홀쭉해져 있었다. 무엇을 먹든 매번 설사를 하셨다. 내가 아르바이트를 하게 된 것을 안 아버지는 마트로 찾아왔다. 마트에 직원들에게 물어보았을 것이다. 방송으로 나를 찾는 소리가 들렸다. 나는 내 사정이 밝혀질까 겁이 났다. 실장은 어떻게 하지 못하는 내 눈치를 보고 가보라고 했다. 아버지를 만나러 갔다. 그리고 아버지는 나에게 돈을 달라고 하였다. 나는 그것을 거절했다. 당시 난 억울하면서 화가 났다. 아버지는 등을 지고 힘없는 어깨로 터벅터벅 마트에서 걸어 나가셨다. 이후 난 빨리 매장에 돌아갔다. 마음속 한켠에 불편함과 불안함이 아버지를 다시 찾게 만들었다. 돈은 주지 못하더라도 사내 식당에서 밥 한 끼는 드시게 하고 보냈어야 한다고 생각이 들었다. 실장에게 보고하고 다시 아버지를 찾으러 갔지만 그 느린 걸음이 그렇게 빠른 건지 몰랐다. 마트 밖으로 빨리 뛰어나갔지만 아무리 찾아봐도 보이지 않는다.

'그래, 별일 없겠지.'

그런 생각을 하면서도 불편한 마음을 한켠에 갖고 다시 일을 하러 갔다. 전국 연극대회 대상을 받은 작품 '경숙이, 경숙이 아버지'의 클라이맥스 장면이 떠올랐지만 그런 현실이 내게 일어나지 않을 거라는 생각만 했다. 하지만 일주일 뒤 그 장면은 현실이 되고야 말았다. 아버지의 처진 어깨를 마지막으로 본 그날은 인생에 있어서 가장 후회스러운 날이 되고 말았다.

가족들은 이전부터 아버지의 행동으로 인해 많이 힘든 상태였고 그러한 상황에 나에게까지 아버지가 찾아올지는 몰랐다. 나는 너무나 철이 없었다. 나만 생각했어야만 했고 아버지의 마지막을 그렇게 보내드리는 것이 자식된 도리로 너무나 비참하게 느껴졌다. 아버지와 헤어진 그날 이후 일주일 뒤 아버지는 어느 광주 길거리에 쓰러져 병원에 실려 가 어깨에 철심을 박고 입에 관을 넣은 상태로 중환자실에 입원을 하였다. 정신은 있지만 숨 쉬는 것 자체가 괴로운 것마냥 계속 소리를 내려고 하지만 입 구멍이 막혀 생리적 표현을 못하는 사람이 머리에 이성적 생각을 할 수 없는 상태로 생각이 마비가 된 느낌의 눈빛을 보았다. 의사는 아버지에게 얼마 안 가 곧 운명하실 거라는 진단을 한다. 사경을 헤매는 눈빛은 가족들의 가슴을 조여온다. 마지막 가시는 길 아버지의 활동 무대인 목포로 내려가기로 결정한다.

나와 어머니는 아버지와 함께 앰뷸런스를 타고 목포로 내려갔다. 아버지의 얼굴에는 수동식 인공호흡기가 있었고 나는 그것을 계속 누르고 떼고 하면서 아버지의 눈을 바라본다. 아버지로 인해 그동안 아팠던 기억을 말하고 싶어도 말하지 못했다. 사경을 헤매는 아버지의 눈빛은 바라보는 사람 입장에서는 가히 고통스러웠다. 아버지에게 미안하다고 했다. 목포에 도착하기까지 아버지가 버틸 수 있을지 몰라 나는 두려웠다. 가슴을 졸이며 겨우 목포에 도착했다. 병실로 옮기는 과정에 아버지가 나를 바라보는 눈빛이 느껴졌다. 텔레파시가 있다면 이런 것일까 싶을 정도로 아버지에게 괜찮으니까 편히 들어가시라고 마음속으로 이야기했다. 좀만 더 버티셨으면 좋으련만 했지만 고통스러움을 계속 느끼고 있는 아버지에게는 너무나 이기적인 생각이었다.

병원에 의사들과 간호사들은 아버지의 산소호흡기를 연결하는 과정에서 아버지의 심장이 멎어버리는 것을 확인하고 아버지의 사망 시간을 기록한다. 아버지가 운명하는 순간에도 난 그 병실에 있었고 아버지의 영혼이 나가는 모습을 마음으로 담게 된다. 고인이 되는 모습을 보는 자식의 입장은 얼마나 가슴이 찢어지는지 눈으로 보는 것과 소식으로 접하는 것은 다르다고 생각한다. 소중한 사람의 영혼이 빠져나가는 모습을 보며 몸은 남아있지만, 그가 그가 아님을 알게 된 순간을 목격했던 경험이 있는 모든 사람은 알 것이라 믿는다. 그게 무엇인지 모르는 나는 바로 울분을 토하지 못했다. 그곳을 나가 아무도 없는 텅 빈 병원 한복판으로 나왔다. 가슴 깊은 곳에서 있던 울분이 터졌다. 얼마나 소리 질러 울었는지 모른다. 돌아가시기 전까지 내게 큰 상처와 후회를 남기시게 된 아버지에게 애증의 한이 서려 있던 악과 울음이었다.

아버지의 이야기는 내 인생에 가장 중요한 한 부분을 차지한다. 나의 병을 치료하기 위해 헤맸던 과정이 대부분 아버지와 연관된다. 아버지는 살아생전 나 대신 보이지 않던 나를 통솔해 주었던 존재였다라고 생각한다. 나를 찾기 위해 모든 것을 부셔야만 했던 그 길에 아버지를 흉을 봐야 하는 길도 택해야만 했지만 결국엔 아버지는 아버지였다.

대한민국에서는 돌아가신 분에게 상복을 입힌다. 상복 위에 노잣돈을 얹는 문화가 있다. 나는 그때도 돈 몇만 원이 아까워 수중의 돈 2천 원을 얹어 드렸다. 정말 초라했다. 내 스스로 소인배라는 생각을 삼켜야만 했다. 돈이 없으면 몸으로 때운다고 하지 않았던가. 그 당시 부조금 통에 봉투를 훔친다는 뉴스를 운 나쁘게 본 나머지 두 번째 날 밤을 새면서 아버지의 부조금 통을 감시했다. 티는 내지 않고 아무 말 하지 않고 밤을 새웠다. 장례식 때 찾아온 아버지의 지인들은 거의 보지를 못했다. 아버지의 삶이 내게는 무척 슬펐다. 아버지는 그동안 어떤 삶을 사신 걸까? 마음 한켠이 씁쓸하다. 처음부터 그러한 삶을 사신 것은 아닐 것이다. 영암에서 목포로 내려와 어머니와 함께 도깨비시장에서 야채 장사를 시작하며 본인 가게도 차리고 집도 차도 시간이 되면서 모두 갖게 된 평범한 자영업자였다. 그런 아버지에게 치명적인 약점이 존재했다. 술만 마시면 사람이 바뀌는 것이었다. 새벽 4시가 되면 부부는 일어나 매일같이 성실하게 가게로 출근한다. 그런데 아버지는 술만 마시기만 하면 절제가 되지 않아 여기저기를 돌아다니면서 술주정을 하셨다. 술에 취한 상태로 밤늦게 집에 들어오거나 아니면 다음 날 아침이 돼서야 집에 들어온다. 단순히 들어오는 것에 그치지 않고 어린 자녀들을 밤새 못살게 군다. 어머니도 못살게 군

**탈출**(Escape the living corpse)

다. 가족들은 그러한 아버지의 술주정으로 집에서 도망가기 일쑤다. 그런데 나는 다른 형제들과 다르게 집에서 떠날 줄을 몰랐다. 도망가는 것조차 두려웠다. 아버지가 폭군으로 변할 때 도망가지 못하고 그대로 당하고만 있었다. 운 좋게 집 밖으로 쫓겨나더라도 나는 집 주위에서 떠나기 어려웠다. 아버지를 피해 가게로 도망친 어머니를 찾아가기도 어려웠다. 당시에는 개를 동네에 풀어서 길렀는데 동네 골목에 밤새 혼자 있던 나에게 다가와 함께 해줬던 반려견이 내 외로움에 큰 안식이 되었다. 술이라는 것이 왜 이렇게 사람을 변하게 만드는 걸까? 조금만 마셔도 순식간에 아주 변한다. 정말로 술이 그런 신기한 역할을 하는 것일까? 어릴 적 할머니 손에 길러졌는데 당시 할머니에게 배웠던 술 한잔은 쓰디쓴 맛일 뿐이었다. 그러한 술이 몇 모금 들어간다고 해서 사람이 그렇게 바뀐다니, 여러 잔을 마셔서 그럴 것이라는 생각을 했다. 그럼에도 불구하고 아버지는 항상 몇 잔을 마시게 되면 변한다. 그 상태에서 술이 더 들어가면 폭군으로 변한다. 아버지가 불현듯 곯아떨어지는 것을 발견하면 시간이 지나 술이 깼나, 안 깼나 기대한다. 술이 덜 깬 상태로 일어나면 그날로 가족들은 더 힘들어진다. 술을 더 마시면 아버진 이틀이나 제정신으로 살지 못한다. 그래도 결국 술이 깬 아버지에게 다가가 왜 그렇게 했냐고 물어본다. 그때마다 아버지는 바로 가게에 나가시거나 시끄럽다고 하면서 예전의 아버지로 돌아간다. 얼마 못 가 술을 마실 때도 있다. 설마 했는데 다시 다른 사람으로 바뀐다. 사람이라면 그렇게 되는 것이 정말일까? 나도 술을 조금만 마시면 그렇게 될까? 다른 집안 사람들은 어떨까? 궁금했다. 일찍 돌아가신 큰아버지도 그랬다고 한다. 어른이 되면 나도 저렇게 될까 봐 두려웠다.

큰아버지는 술에 취하면 집안에 물건을 던지거나 훼손한다고 들었다. 아버지도 가끔 살림살이를 훼손하기도 한다. 대신 아버지는 큰아버지와 다르게 가족들을 정신적으로 괴롭혔다. 할머니가 살아 계셨을 때였다. 밤늦게 아버지가 들어오셨다. 할머니 옆에서 자면 건드리지 않겠다 싶었다. 나는 절대 눈을 뜨고 싶지 않았다. 눈을 뜨면 아버지 앞에서 술주정을 들어야만 하는 두려움 때문이었다. 눈을 꼭 감고 있었다. 그러다 알 수 없는 타이밍에 밟혔는데 그때는 그 느낌이 뭔지는 몰랐지만 지금 생각해보니 그건 아마 혼이 나가는 느낌이었던 것 같다. 할머니 옆에 눈을 감고 있는 내가 머리를 쓰는 것처럼 보였나 보다. 나중에는 아버지가 술에 취한 상태로 할머니까지 괴롭혔던 기억이 눈에 선하다.

술이 뭐길래, 괜히 무서웠다. 술은 사람을 다른 사람으로 만든다. 평소에는 자식을 위해 밥을 챙겨주기도 하고 자식이 다치면 치료해주는 아버지였다. 그러다 술만 몇 잔 마시면 무차별 폭주 기관차로 바뀌어 버린다. 맨정신에도 말을 안 들으면 무차별적으로 두들겨 맞긴 했지만 적어도 그 상처를 치료해 주는 보호자의 마음은 있었다. 유년 시절, 학창 시절 내내 이러한 삶은 지속이 된다. 술이 들어가지 않은 맨정신의 아버지의 모습이 본 모습이라는 것을 굳게 믿고 살았기 때문에 힘이 없던 어린 나는 그 악마가 살아 움직이는 날을 운명처럼 받아들였고 악마가 사라지기를 매일 같이 기다리게 되었다. 아버지는 술을

탈출(Escape the living corpse)

마셨을 때 있던 일을 대부분 기억하지는 못하는 것 같았다. 그때 일에 대해 전혀 죄의식이 느껴지지 않고 사장으로서 가장으로서의 일에 전념했다. 술이 애매하게 들어간 날에는 분명 다른 사람이긴 하면서도 폭군은 아니었던, 그러한 애매한 사람이었을 때는 나중에 본인이 했었던 일에 대해 기억하며 대화를 한 적도 있었다. 그러한 애매한 사람을 만나는 것은 거기서 멈추면 다행인데 술이 자제되지 않고 더 추가가 되었을 때는 바로 폭군으로 진화가 되어 버려 다시 슬프고 긴 하루가 되는 날이 많았다.

술이 약간 들어간 애매한 상태의 아버지의 존재는 이성적인 면이 다분했다. 평소의 냉철한 리더의 존재보다 보기 힘든 다정한 아버지의 모습이었다. 그 친근한 모습에 정말 운이 좋다고 생각해서 아버지의 내일을 위해 좋게 설득하여 쉬게 할 수 있을 거라는 믿음도 생겼다. 더 이상 술을 마시지 못하게 하려고 은근히 다가가려 했다가 아버지는 조금이라도 스트레스를 받고 있다는 것을 느끼면 그는 결국 술을 몇 잔 더 마시고 얼마 안 가 폭군으로 진화한다.

언젠가는 일어날 일이었지만 그 일만은 일어나지 않길 바랐다. 중학교 2학년 때였다. 아버지는 술기운에 정신이 없는 상태로 교통사고를 당해 뇌진탕을 입었다. 병원에 입원한 아버지를 간호하게 되었는데 그날은 내 생일이었다. 가족들 모두 간호를 했어야 했지만 왠지 모르게 내가 희생하고 있는 것처럼 느껴졌다. 그날 담임 선생님이 나와 생일이 같아서 내 생일을 밝히지 않고 선생님의 생일을 챙겨드린다고 친구들과 이벤트를 준비했었고 선생님을 기쁘게 해 드렸다. 그리고 난 저녁에 이 이야길 가족과 나누면서 잘했다고 칭찬받고 생일을 지내려고 했다. 그런데 아버지가 이런 사고를 당하다니 어린 마음에 상처와 불안감이 컸다. 그리고 난생처음 병원에 누워있는 아버지가 헛소리를 계속하는 것을 목격하게 된다. 뇌진탕이 뭔지도 몰랐던 나는 아버지의 증세가 평생 갈 줄 알고 두려웠다. 술의 자아와 평소 자아는 구분이 가능했는데 머리를 다친다는 것은 어떤 자아도 느낄 수 없는 혼돈 그 자체였다.

병상에서 깨어난 아버지는 한동안 정신이 오락가락하는 현상이 있었다. 집안이 기우는 기분이 들었다. 그래도 아버지는 시간이 지나 회복할 수 있었다. 그때는 정말 무서웠다. 그러나 그때의 사고 때문인지 아버지는 제대로 된 판단 능력을 간혹 잊고 사는 것 같았다. 그리고 집안은 천천히 기울어져만 갔다.

# 거짓 모범생

:

    중2 때부터 고3까지 줄곧 선행상, 모범상을 매년 받았다. 누구에게 나 주는 상이라고 생각할 수는 있겠지만 그만큼 선생님들에게 태도가 나쁜 학생이 아니었음을 생각하게 한다.

    초등학교 5학년 2학기 전교 어린이 부회장 선거에 출마하여 낙선 하였다. 그때는 친구들과 친하게 지내는 것이 좋아서 무턱대고 도전 했었다. 나를 홍보하기 위해서 평소에 써보지 못했던 많은 돈을 쓰게 됐다. 내가 돈을 버는 것도 아니고 부모님이 돈을 많이 버는 것도 아 닌 걸 아는데 돈이 들게 되는 것이 두려워 조금 주춤하게 되었다. 시 작한 이상 끝까지 가야 했다. 친구들과 열심히 선거운동을 했지만 결 국 낙선을 하게 되었다. 6학년이 되어서는 선거에 다시 나갈 생각이 없 었다. 담임 선생님은 다른 여자 후보가 있음에도 불구하고 나를 추천 했다. 무슨 의도인지 잘은 모르겠지만 선생님이 나를 믿는다고 생각했 고 어쩔 수 없이 회장 선거를 다시 출마하게 됐다. 수많은 학생들 앞에 서 말을 한다는 것이 정말 어려운 일이었다. 동기부여도 안된 상태에 서 회장 선거에 나가다 보니 많은 사람들 앞에서 해야 할 말들을 제대 로 하지 못하고 절게 되었다. 웅변 학원을 보내는 분위기의 시절이었지 만 한 번도 가본 적이 없었다. 나와 다른 후보들은 수많은 친구들 앞에서 잘 이야기하는 것이 너무나 신기했다. 투표 결과 꼴등이었다. 그럼에도 불구하고 담임 선생님은 6학년 2학기 회장 선거에도 나를 추천했다. 그때는 2명만 출마했기 때문에 낙마해도 부회장은 할 수 있었다. 결국 부회장이 되었다. 회장이 되었던 그 친구는 나보다 상대적으로 부유해 보였다. 이전 어린이회장 형들은 회장이 되면 전교에 간식을 돌리거나 축구 골대에 그물을 설치한다는 공약을 했다. 공약이 어찌 됐든 어떤 형식으로든 어린이회장은 학교에 돈을 들여 학교 발전에 이바지해야만 했다. 나는 그러한 공약을 걸 정도로 부모님이 여유가 있는 분들이 아니라는 것을 알고 있었다. 부모가 부담을 느끼기 전에 내가 그러한 도움을 받을 존재인지부터 생각을 하다 보니 앞에 나와서 말할 때 제대로 말이 안 됐다. 거짓말을 하는 것 같았다. 두 명 선거에서 떨어져서 부회장이 된 것이 오히려 다행이다 여겼다. 공약을 지키지 않아도 되었으니 말이다. 선생님은 존경했지만 부모가 일하는 곳에 갑자기 찾아오는 걸 몇 번 목격했을 때는 무슨 일 때문에 방문하신 건지 나는 궁금했다.

'야채 장사를 하는 부모님을 보셨을 텐데, 있는 집이 아닌 걸 보셨을 텐데 왜 나에게 어린이회장 선거를 나가라고 하셨을까?'

그런 생각을 했다. 알지는 못하지만 회장 선거에 나가게 설득했을 것 같다는 생각은 들었다.
학창 시절 내 담임 선생님들은 나를 성실한 학생으로 보았다. 머리가 똑똑한 편도 아니었다. 성적은 상위권은 아니었다. 그런데 선생님들은 왜 나를 우수한 학생으로 봤을까? 나는 이렇게 생각하고 있다. 아버지에게 술주정을 정면으로 들이받으면서 훈련받은 눈치코치가 수업 시간에 발휘되다 보니 몰라도 아는 척, 이해하는 척 하는 행동이 자연스럽게 발휘된 것이다. 다른 애들보다 상대적으로 리액션이 좋다 보니 내가 눈에 많이 띄었을 것이다. 술에 취한 아버지 앞에서 아버지가 어떤 말을 하든 아는 척, 이해하는 척 했어야 했다. 모르는 듯한 표정을 보이기만 하면 갑자기 맞거나, 침 뱉는 것을 그대로 맞는다. 새벽 때에도 그랬다. 이해하는 척하면서 이야길 듣고 있다가 졸린 상태를 발각될까 봐 허벅지를 꼬집는다. 누구는 공부하면서 졸지 않기 위해 꼬집는데 말이다.

학생들이 수업 도중에 졸려서 어쩔 수 없이 잠을 자게 되는 경우가 있다. 그중에도 수면제를 먹는 느낌의 수업을 하시는 선생님들이 계신다. 두 분이 기억난다. 고등학교 때 화학, 국사 선생님이었다. 나도 사람인지라 다른 친구들처럼 몇 번은 정신을 잃고 꿈나라에 간 적이 있지만 다른 학생들에 비해 그렇게 빈도가 많지는 않았다. 모두 곯아떨어지고 있는 걸 발견하면 잠을 잘 수 없었다. 그 상태에서 나까지 잠을 자게 되면 전체 기합을 받을 것 같았다. 그리고 선생님이 실망할 것이라고 생각했다. 이 모든 것이 아버지가 술주정하는 것을 대처하면서 생긴 내성이 작동한 것이라 생각한다. 아버지가 물어보는 말에 답변을 제대로 못 하면 그 순간 맞았으니까 맞지 않으려면 이해하지 못해도 이해하고 있다는 거짓 표정을 지었고 대답 또한 머릿속에서 짜내서 무슨 말인지도 모르면서 대답한다. 뜻이 맞든 맞지 않던 상황과 분위기에 따른 해석을 시작해 분위기를 바꾸려 시도한다. 맨정신으로 듣고 있는 학생은 진짜 이해하고 듣는 건데 나는 모르고 있어도 일단 대답한다. 틀려도 대답한다. 그러다 보니 대부분의 선생님들은 답은 제대로 못 하더라도 나의 수업 참여도가 좋다는 이유로 나쁜 학생으로 보진 않은 것 같았다. 그나마 컨디션이 좋지 않아도 잠이 오지 않는 과목인 수학과 물리는 대답을 제대로 한다. 유일하게 친하게 지냈던 과목 선생님이 수학 선생님과 물리 선생님이었다. 그러한 과목의 특징은 답이 정해져 있다는 것이다. 답이 정해진 것은 맞추는 방법만 알아낸다면 자유를 준다는 확신이 있기 때문이었다.

'살아남는 자가 강한 자다.'
— 영화 '짝패' 중

살아있는 한 누구나 희망은 있다.
— 스티븐 호킹

"살아남는 자가 강한 자다."

영화 '짝패'의 배우 이범수의 대사 중 하나다. 지금 내가 아무리 처절하게 못난 존재라고 하더라도 살아남아야 그래도 기회를 계속 잡을 수 있다는 것이다. 무엇이 될 필요는 없다. 우두머리가 될 필요도 없다. 나만의 세상을 만들어가는 것만이 인생의 가장 중요한 숙제일 뿐이다. 그러한 사실을 깨닫기 전까지 우리는 자라나면서 수많은 사람들과 부딪쳐 살고 서로 비교하면서 좌절감을 느끼면서 살게 된다. 삶의 궁극적인 목표를 찾지 못하고 정해진 목표에 남들에게 비교당하다 결국 자멸해서 세상에 사라지는 존재들을 간혹 목격하는 현실도 있다. 그때는 나보다 정말 공부도 못했고 말썽만 부렸던 그 친구가 지금은 돈을 너무나 잘 벌고 잘 나가는 존재가 되었다면 그것을 부러워할 사람들도 있겠지만 더 절대적인 인생의 숙제가 중요하다는 것을 우리는 알아차리지 못한다.

"살아있는 한 누구에게나 희망은 있다."

스티븐 호킹 박사는 루게릭병에 걸린 장수한 과학자이다. 그의 업적은 아인슈타인과 빗대어 보면 정말 대단한 업적을 이루었다고 한다. 불가능을 가능케 했다고 하는 존재 중 하나이기도 하다. 루게릭병은 근육이 점점 마비되어 가는 병이다. 영화 '내 사랑 내 곁에'에 김명민 배우가 연기한 그 질환을 보면 감정적으로 이입을 할 수 있을 것으로 생각된다. 사람이 연기하기도 벅찬 그 질환에 대한 이해는 스티븐 호킹 박사에 빗대어 보면 희망이라는 것이 보인다. 이 질환의 환자 수명 통계가 평균 3~4년 밖에 가지 못하고 사망에 이르는 병이다.

그런데 스티븐 호킹은 그 병을 21살 때 얻게 되었고 그가 운명을 한 76세까지 그의 수많은 업적과 함께 사람들에게 희망을 주고 세상을 떠났다. 몸이 성하지 않은 그에 비해 나는 그래도 건강할 수 있어서 너무 감사하다. 수많은 사태가 있었지만 그래도 살아남았다. 아직 내가 살아있다는 것에 세상엔 나만이 할 수 있는 그 무언가가 존재한다는 믿음을 갖고 산다. 조울증에 대한 병식이 아직 인식이 제대로 되지 않은 그 상태에서도 나는 그를 보고 희망을 키웠다. 살아있다면 분명 이 질환을 극복할 수 있다고 생각했다. 치를 수 있는 어떤 대가를 치르더라도 말이다.

# 가망이 없는 삶

:

아버지의 부고 후 마트의 동료들 덕분에 빨리 아픔을 잊고 현실에 순응하기 위해 노력했다. 하지만 그 이후 왜 돈을 모으고 사는지 모르는 생각을 하게 된 시기가 오게 된다. 열심히 사는데 왜 이렇게 살아야 하는지 몰랐다. 하고 싶은 것을 도전하려 했던 청춘이 20대 초반부터 무너지고 아버지의 외로운 장례식 이후 나에게도 아버지와 똑같은 결말이 부여될까 두려웠다. 노숙자들이 도대체 왜 노숙자가 되는 것일까? 그들에게는 왜 기회가 주어지지 않는 걸까? 그들도 한 집안의 가장들 아니었을까? 나 또한 그들처럼 어쩔 수 없는 상황 때문에 그러한 삶을 살아야 한다면 어떻게 그들을 이해하고 극복해 앞으로 나아갈 수 있을까? 그들에게 지원금이 전부가 아니라 그들 스스로 사회에서 정착할 수 있게 교육과 기회를 주는 것이 중요하다고 생각하는 데 왜 노숙자들은 줄어들지 않을까? 그들처럼 집이 없는 곳으로 쫓겨나 갈 곳 없이 살게 된다면 거기서 더 나은 삶으로 나아가지 못할까 봐 두려워하기도 했다. 나는 온실 속 화초라는 사실을 자랑스럽게 생각하고 싶지 않았다. 떳떳하게 많은 사람 앞에서 노력하면 된다는 말을 하기 위해 가려진 내 것들을 모른 척할 수 없었다. 머릿속에서는 비판 당할 것이 이미 계산되면서 망설였다. 머릿속으로 이유를 준비해야만 했다. 흙수저 임에도 할아버지가 잘 사셨기에 온실 속 흙수저나 다름 없었다. 아버지가 돌아가시고 나서 나는 현실을 더 깊게 깨달았다. 아버지 빚을 상속 포기 하기 위해 아버지의 빚을 두 눈으로 직접 확인하고 다녔다. 외가 쪽 친척 쪽 할 것 없이 보증을 서준 기록이 보인다. 어린 나이에 그 빚을 확인하는 순간 어떻게 그럴 수가 있을까 배신감이 밀려왔다. 외가든 친가든 아버지에게 빚을 떠넘기고서는 아버지는 그 빚을 혼자 떠안고 돌아가셨다. 다만 아버지가 돈이 없을 때 친가에 다니며 돈을 주라고 하시는 경우가 많았다. 어렸을 때부터 집안 행사에는 장남을 매번 데리고 가는 아버지다 보니 차남인 나는 형보다 집안 사정에 대해서는 어두웠다. 그때부터 친척들이 잘해줘도 쉽사리 마음을 열지 못하게 되었다.

아버지가 돌아가시기 전에 아버지에게 국밥을 사드린 적이 있었다. 식사를 마치고 나서 아버지는 곧장 화장실로 가서 속을 비워냈다. 이미 속은 당뇨 합병증으로 인해 소화 기능이 제대로 작동이 안 돼 바로 설사를 해야만 했다. 국밥집 사장님이 아버지를 알아보셨다. 아시는지 모르시는지 아서도 아는 척을 하지 않는 것 같았다. 빚 때문이었을까? 아니면 자신의 잘나갔던 시절 기억 때문이었을까? 식사를 챙겨드리고 그곳에서 나왔다. 아버지의 빚을 확인하는 과정에서도 새마을 금고에 어떤 직원분께서 아버지의 가게 이름 상호이름을 대면서 아들이냐고 물어보았다. 아버지를 아는 사람들이 나에게 빚을 닦달할 것 같은 두려움보다 '아버지를 알았던 사람들이 많았겠구나' 생각하게 됐다. 장례식장에서는 보지 못한 그들에게 아버지가 살아생전 그들을 피해 가면서 살아온 지난날이 얼마나 비참했을지 생각해 본다면 그 아버지에 그 아들일 거라 똑같이 망할까 두려워진다. 아버지를 이해하고 싶으면서도 살아생전에 아버지에게 올바르게 살 수 있도록 친구처럼 친해지고 싶었다. 가족을 위해 살다 돌아가셨다 믿고 싶었다. 아버지와 마지막 식사 후 빵과 담배, 전화카드를 챙겨드렸다. 목포에서 광주로 가는 기차편을 태워 보내드렸다. 창문 안에서 아버지는 나를 보며 손을 흔들었다. 어린 시절 강인했던 아버지의 모습과 다르게 살이 쭉쭉 빠져 마른 얼굴로 내게 해맑은 웃음을 지으며 고맙다고 하시던 아버지. 격세지감보다 현실 자체가 시궁창인 나로서는 살아 계신 것 자체가 다행이라는 생각이었다.

당뇨로 고생하시던 아버지는 돈을 벌기 위해 새우잡이 배를 타러 갔다가 쫓겨난 적이 있다. 얼마나 자괴감을 느끼게 되셨을까? 몸 상태가 좋지 않았던 아버지가 어떻게 새우잡이 배에서 일할 생각을 하셨을까? 옷은 한껏 더러워진 상태로 3남매가 살았던 10평 남짓 집에 갑자기 들어와 방바닥에 그대로 주무시고 계셨다. 아버지 손에는 검은 봉지가 놓여 있었다. 그리고 막걸리 냄새가 폴폴 풍겼다. 나는 도저히 이해할 수 없었다. 합병증으로 고생하시는 아버지가 안 그래도 매번 먹는 것마다 설사를 하셔서 영양 공급이 잘 안 될 텐데 절대 마시면 안 되는 술을 마시고 드러누우신 것이다. 설마 해서 나는 아버지를 흔들어 깨웠다. 술 냄새가 진동한다. 나는 아버지에게 미친 듯이 화를 냈었다. 아버진 서럽게 우셨다. 그렇게 하고 싶지 않으셨다는 감정 표현의 울음이었다. 난 화내면서도 너무나 아팠다. 당뇨에 합병증이 온 그가 섭취하면 안 되는 것을 알면서도 왜 독을 마셨던 것일까? 삶의 끝에 독이 그의 수명을 재촉한다는 것을 알고 있음에도 그의 고통을 줄여 줄 수 있다면 당신은 기꺼이 그 독을 줄 것인가? 그러나 술은 달랐다. 술은 아버지를 병원에 실려 가게 할 정도로 위험했기 때문이다. 아무 역할을 할 수 없는 숨만 쉬는 존재가 되었을 때 어떻게든 자신이 살아 있음을 증명하고 싶었을 것이다. 하지만 몸이 좋지 않기 때문에 어디 서도 그를 받아주지 않는다. 현실을 잊고 싶은 나머지 자살과도 같은 행위인 술을 마셔버린 아버지. 나는 그걸 이해하기 싫은 젊은 청춘일 뿐이었다. 앞으로 살아갈 날에 희망도 미래도 보이지 않는 맹목적인 삶만 살아야 하는 청년일 뿐이었다.

아버지가 얼마 오래 못 살 것임을 이해했고 그가 살아생전에 술 담배를 얼마나 좋아했는지 알고 있다. 기차역에서 헤어질 때도 술은 절대 안 되지만 담배라는 자그마한 마약쯤은 당신에게 사주고 싶었다. 당시 전 노무현 대통령이 서거하고 며칠 되지 않았었다. 나는 담배를 피우지 않아서 담배를 잘 몰랐다. 뉴스에서 노무현 대통령이 서거하기 전에 피웠다는 클라우드 나인 담배 이야기가 기억나 무심코 아버지에게 사드렸다. 그 담배를 다 피우셨는지는 모르겠지만 이후 땅의 꽁초도 주워 피웠던 소식을 들었던 것 같아 다 피지 않으셨을까 한다.

현실에 대한 좌절감이라기보다 가난이 익숙해져 수많은 세상의 성공담이 어떻게 보면 내게는 주어지지 않을 미신처럼 여겨진다. 여기에서 굴복한다면 아버지와 똑같은 삶으로 마무리될지 모른다는 공포감에 아버지처럼 살지 않길 바랐다. 아버지가 외롭게 돌아가신 것에 대해 아버진 끝까지 잘못되지 않았다고 믿고 싶었던 소망으로 아버지가 있기에 내가 여기까지 올 수 있었다는 걸 증명하고 싶었다. 언론, 각종 매체에는 가정폭력이라는 자극적인 소재에 가해자는 존재하고 그곳의 아이들은 조명되지 않는다. 다른 남매는 이 상황에 대해 나보다 훌륭하게 극복하고 있는데 내가 괜히 긁어 부스럼을 만드는 것이 아니냐는 생각도 해본다. 하지만 나는 경험이 다르다는 것을 먼저 밝혀둔다.

단순히 돈이 좋았으면 어땠을까? 그러면 돈을 빨리 벌려고 했었을 것이기 때문이다. 그러나 난 천성적으로 전공법이 어울리는 사람이다. 아버지를 이해하기 위해서는 가난에 대해 두려운 것을 직접 스스로 겪어야만 했다. 그 누가 대놓고 재산을 잃으려 작정하겠는가? 본인의 한계에 부딪혀 돈을 잃게 되는 게 대부분 아닐까 한다. 나는 수학이 좋았기에 후회할 선택을 하는 사람들의 이해가 어려웠다. 생각을 하면 답이 정해진 문제를 왜 꼭 다른 답을 골라서 많은 사람을 아프게 하는지, 그래서 수학을 좋아하는 내가 자랑스럽고 우월하다 느껴지면서도 그들을 무시하면서 살기 힘들었다. 내가 아는 것을 그들에게 알려주고 싶었고 어떤 어려운 일이든 생각하면 수학처럼 다 답이 나올지 알았다. 그래서 그런지 가장 두려운 것은 문제를 풀 의지가 없는 이유를 아는 것이 되고 말았다.

내가 택했던 연극이란 직업은 건강만 관리가 잘 된다면 다른 사람들의 삶을 공부하면서 많은 삶을 체험하면서 평생을 일할 수 있는 직업이라 생각했다. 연기자 안내상 씨가 노숙자 연기를 하기 위해 노숙자와 같이 생활을 해 가며 그들의 습성을 관찰하며 그들의 삶을 공부해서 연기에 반영했다는 이야기가 있다. 이것은 연극을 하는 사람 중 잘되는 사람들이 항상 거쳐오는 필수코스 같은 그런 느낌이었다. 내 극단에 선배도 노숙자와 생활을 해봤다는 에피소드를 들려준 적이 있다. 그 선배는 내가 극단에 있을 때 광주연극제에서 주연으로 연기하여 최우수상을 거머쥔 배우가 됐다. 보통 사람 같은 경우 어떻게 노숙자와 같이 숙식 생활을 할 수 있나 물음표를 던질 것이다. 실제로 연극을 하는 사람들 중에서 그런 에피소드를 갖고 있는 사람은 극소수일 것이다. 그런 경험을 하지 않아도 본인들이 어려운 환경을 자처하는 정도가 충분하다고 생각하거나 노숙자 역할이 충분히 중요하지 않다고 생각하는 배우들이 일반적일 것이다. 극에서 각설이는 항상 긍정적으로 나온다. 배고픔이 어떤 건지, 허무함이 무엇인지, 세상에 희망이 없이 사는 것이 익숙한 모습들. 버려진 것들만 배 속에 채우는 것이 어떤 건지 몸이 상한 디테일을 보여주지 않은 채로 상대적으로 긍정적인 모습만 보이는 게 각설이 삶의 태도라고 보는 사람이 많다. 그들 스스로 그 삶을 벗어나기 위해 어떤 노력을 해봤는지 물어 볼 수 없다. 그 노력의 끝이 노숙자의 삶을 향하게 만들었거나 그러한 환경에 이미 발을 들인 사람을 경계하는 우리 사회 분위기 때문에 기회가 닿지 않아 거기서 빠져나오지 못하는 것일 수도 있다. 누구의 잘못이라고 할 수는 없다. 대부분 그들 스스로 선택하게 된 삶일 테니까. 그런데 나는 그것을 이해할 수 없었다. 가난해도 조금씩 노력하고 노력하면 어떻게든 먹고는 살 수 있는 세상 아닌가? 돈을 빌려서 또는 정부 정책들을 이용해 집 안에서 따뜻하게 살 수 있는 세상 아닌가? 옷

**탈출(Escape the living corpse)**

을 멀쩡히 차려입고 몸을 깨끗이 씻고 공부할 의지만 있다면 사회의 구성원으로 돈을 못 벌 이유가 어디 있는가? 그렇게 생각하면서도 그들을 교화하려 계획을 세우진 못한다. 겁이 많아서 그냥 마음속으로만 이상적 생각만 지니는 그런 답답한 소년이었다.

배고파도 연극을 한다면서 꿈을 위해 나아간다고 친구들에게 자랑했었던 그 아이는 이제 아르바이트가 생을 연명하는 수단으로 바뀌게 되었다. 학창 시절 친구들이 가끔 마트에서 날 보며 아는 척을 했다. 연극을 하며 친구들에게 자랑하던 예전의 알량한 자존심 따위는 없었다. 돈을 벌려고 그 나이에 일하는 내 모습이 전혀 부끄럽지는 않았지만 이 삶이 바뀔 거라는 생각조차 안 하는 것은 문제였다. 한번은 고1 때 같은 반이었던 딱히 친하지 않았던 친구가 내가 일하는 모습을 발견하게 됐고 내가 공부를 잘했다는 이야길 마트 동료들에게 했다. 그 친구는 마트 동료들과 아는 사이였다. 여기서 일 할 애가 아니라는 생각을 했던 것 같았다. 정말 오래 알고 지냈던 친구도 마주쳤다. 그 아이는 허물없이 지냈던 이성 친구였는데 나중에는 연락이 안 됐다. 예전 고교 윤리 선생님이 마트에서 날 보고 젖꼭지를 꼬집기도 했다. 내 사정을 아는지 모르는지 그 선생님의 행동은 치욕적이었다. 이런 일을 하는 게 마땅치 않아서 그런 치욕감을 준 건지는 모르겠지만 그것도 정도가 있다는 것을 우리네 어른들은 알아야 할 것이다. 병 때문에 치열하게 살아야만 했던 내 사정을 알 바는 아니지만 학창 시절 눈치만 보면서 공부했던 잘 모르는 나에게 아는 척을 하면서 그런 행동을 했다는 것이 당시 상당히 기분이 나빴다.

2010년이 되기 전 멀쩡히 다니던 마트 아르바이트를 갑자기 그만두고 한동안 집에서 은둔하기 시작했다. 내가 왜 이렇게 살아야 하는 의구심에 가득 찼다. 노력을 해도 안되는 상황에서도 노력하는 것만큼은 누구보다 자신 있었는데 이 조울증은 어떤 노력을 해도 극복이 안 됐다. 돈을 벌어 생을 연명하는 게 무엇보다 중요하고 사회생활을 하면서 어떻게든 정신병동에 들어갔었다는 것을 남들에게 절대 티를 내면 안 됐다. 약을 복용하다 부작용으로 내가 힘든 사실이 들킬까 두려웠다. 약 기운이 일에 너무 방해가 되어 단약을 조금씩 하다가 아무의 제재를 받지 아니하니 결국 약을 끊게 된다. 약을 먹어야 재발하지 않는다고 하는데 약을 먹으면 일상생활이 불가하고 일상생활이 불가하면 돈을 벌기 어렵다. 돈이 없으면 누군가에게 의지해야 하며 누군가란 보호자를 뜻하는데 보호자가 없다면 어떻게 살아야 할까? 본인이 사지가 멀쩡하다고 느끼는데도 누군가에게 의지를 해야 하는 게 맞나? 라는 답이 나오지 않는 무한의 굴레였다. 이 모든 심리적 연결고리를 정신과 의사는 배려할 이유가 없었다.

연극을 그만둔 건 의병전역 후 3개월도 안 돼서 그만두었다(2008년 11월). 꿈을 접었을 때 왜 내가 꿈을 접어야 하는지 몰랐다. 노력하면 불가능한 게 없을 줄 알았다. 인생 최초로 맞이한 이 조울증이라는 녀석 덕분인지 나는 노력으로 안 되는 것을 인정해야만 했다. 나는 대사를 외우지 못했다. 2, 3줄 대사를 외우는 데 몇 시간, 아니 며칠이 걸리기도 했다. 춤이나 동선은 어떻게든 외우는 데 자신이 있었지만 대본을 외우는 데는 소질이 없었다. 난독증이 있었는데 당시 나는 그것이 무언지도 몰랐다. 그 분야에 10년간 버티면 바뀔지 모른다고 생각했다. 고3 때 우수반에 들었지만 언어영역은 난이도가 높으면 매번 점수가 반타작을 맞는다. 평소에 언어영역이 1~2등급을 받는 친구가 옆자리 짝이 되었다. 그 친구는 이후 보는 모의고사에서 언어영역 점수가 평소보다 20점이 떨어진다거나 나처럼 반타작을 맞는 일이 연속으로 발생했다. 내게 언어영역의 저주가 걸린 것 같다는 생각을 할 정도였다. 그런 내가 노력을 한다면? 어떻게든 노력을 한다면 바뀔 수 있었을까?

노력을 죽을 정도로 해본 사람이 말하길 노력이 먼저가 되어서는 안 된다는 것을 말하고 싶더라. 소크라테스가 말한 '너 자신을 알라'라고 말 하고 싶다. 그리고 노력을 해라. 누구에게도 흔들리지 않을 '네 잘못이 아니야'라는 말을 되뇌고 싶다. 그리고 앞으로 나아가라. '살아있다면 그 어떤 것도 이룰 수가 있다.'라는 희망. 그 희망을 갖고 살아라. '강한 자가 살아남는 게 아니라 살아남는 자가 강한 거야'를 기억하면서 야망을 이룰 때까지 앞으로 나아가라고 말하고 싶다.

네가 헤매고 있는 길이 당장 너에게 배신감을 심는다고 하여도 살아남는 자의 미래는 어느 누구보다 강해져 있을 것이다.

# 민중의 지팡이와 노숙자

:

성실하게 살았던 학생이 군대에 갔고 군대에서 그렇게 노력했던 사람이 한순간에 조울증이라는 병을 알게 되었다. 아버지가 돌아가실 때 겪었던 가족의 현실을 보아가면서 도대체 세상은 내게 왜 이러는 건지도 물으려 하지도 않았다. 믿고 싶지 않았던 현실에 그냥 끝까지 가볼까 싶은 생각이 들었다. 나는 그곳 여의나루 MBC(현재는 구MBC 사옥)에서 난생처음으로 경찰이 출동할 일을 벌이고 말았다. 대한민국이라는 곳에서 그렇게 해서 끌려가서라도 내 하소연을 들어줄 사람이 필요했다. 소란을 피웠을 때 가는 경찰서라는 곳을 한 번쯤은 가 보고 싶었던 것이다. 방황을 멈추고 싶었다.

경찰서에 잡혀가더라도 훈방 조치가 끝이었을 정도의 소란 수준이었을 것이다. 경찰이 현장에 도착하면 경찰서에 연행될 것이라는 상황을 어느 정도 예상해 볼 수 있었다. 두렵지만 경찰서에 끌려가더라도 내 처지를 말 할 수 있었으면 좋을 거라 생각했다. 사회가 날 받아줄 수 있는 곳이라고 믿고 싶었다. 경찰서에서 훈방 조치를 받으면 그 정도로 내 삶은 다시 힘을 내서 살아갈 수 있을 거라 생각했다. 경찰서에 연행되어 조서를 쓴다면 '아버지의 돌아가신 이야기가 너무 억울하고 답답해 이렇게 소란을 피웠습니다.' 이 정도 조서 수준을 생각을 했다.

　출동한 경찰 두 명은 MBC에 도착해 나와 대치 상태가 되었다. 울면서도 절대 그들에게 내 의지를 꺾이고 싶지 않았다. 경찰은 말이 통하지 않는 나에게 어디에서 왔냐고 물어본다. 목포에서 왔다고 하니 어디 학교를 나왔냐고 물어본다. 문태고등학교를 나왔다고 하니 자기가 선배라고 한다. 선배라고 하니 예상한 따뜻한 그림, 이 일이 어떻게든 끝나고 격려를 받을지 모른다는 잘못된 희망에 순순히 학교 선배라고 하는 그 사람 말을 따라 지갑을 보여주고 전화기를 건네 내 가족에게 연락한다. 그리고 경찰차를 타고 연행이 된다. TV에서만 봤던 처음 타보는 경찰차였다. 뒷좌석은 안에서 열 수 없게 되어있다. 밖에서만 열 수 있었다. 내가 가게 될 곳은 인근 경찰서라고 생각했다. 차 안에서 계속 불안해하면서 두려워했다. 어디론가 도착하였고 내리게 됐다. 그리고 그곳은 내가 생각한 경찰서가 아니었다.

　영등포역 앞이었고 그곳에서 나를 맞이한 건 노숙자들의 왕초였다. 그 경찰은 왕초와 이야기를 했고 나는 그에게 끌려가게 되었다. 그 순간 내가 예상했던 그림은 무너지고 말았다. 경찰이 민간인을 노숙자들에게 인계한다니, 어느 누가 그런 상상을 할 수 있었을까? 앞으로 어떻게 될지 알 수가 없었다. 노숙자들 앞에서도 난동을 부린다면 어떻게 됐을까? 실종이 됐을지도 모른다. 호랑이 굴이 아니라 거지소굴에 끌려 들어갔다. 호랑이 굴에 들어가도 정신만 바짝 차리면 된다는 말, 그 말이 무색하였다. 그 순간 난 공권력에 사기를 당하게 되면 어떤 일이 벌어질지 상상의 나래를 펼쳐야만 했다. 보통 사람이라면 미치고 팔짝 뛰지 않았을까? 미친 상황에 미친 무용담 같은 이야길 들려 주겠다. 예전부터 노숙자들을 이해하고 싶었던 마인드로 그들을 대하 기로 시도했다. 내 목숨이 앞으로 어떻게 될지도 모르는데 그냥 생각 했던 대로 최선을 다해야만 했었다. 나는 그들 앞에서 대놓고 그들을 존경한다 표현했고 그들을 대접해 주는 게 내 소원이라 그랬다. 가지 고 있던 돈으로 그들에게 술과 담배를 사주려고 했다. 편의점에 갈 때 내 옆에는 노숙자 한 명이 붙었다. 편의점에서 술과 담배를 산 후 신난 기분으로 그들과 같이 하게 되어 영광이라고 표현했다. 왕초는 노숙자 들을 공터에 불러 데려와 원으로 뺑 둘러 앉았다. 내 옆에는 윗니 아 랫니가 죄다 빠지고 냄새가 심하게 나는 그리고 웃는 표정이 지능 쪽 에 문제가 있어 보이는 사람이 앉아 있었다. 내 다른 옆에 왕초는 그 가 실없는 소리를 하면 대놓고 나를 가로질러 주먹질을 해댔다. 여기 서 잘못 내가 겁을 먹고 달아나려고 했다면 어떻게 됐을까? 세상의 어 두운 면을 바라보지 못한다면 단순한 온실 속 화초였을 뿐, 흙수저라 는 말 자체가 쪽팔릴 것 같았다. 기회라고 생각하면서도 여기서 내 운 명이 끝날 수도 있겠다 생각했다. 그들은 세상을 욕했고 고 김영삼 대 통령 이야기가 나오자마자 욕했다. 순간 IMF 때가 떠올랐다. 이들 중 IMF 때 노숙자로 전락한 사람도 있지 않을까 생각했다. 그들과 술을 나눠 마시다가 정신적 문제가 있는 사람에게 폭력으로 하대하는 것을 계속 본다. 몸을 부르르 떨면서 땅바닥에 가부좌 자세로 꼿꼿이 앉았 다. 내 옷은 노숙자들 사이에서 유난히 튀었다. 개그맨 정형돈이 예능 무한도전 시절 입었던 갈치색 정장처럼 빛나는 재질이었다.

겨울로 곧 들어갈 11월 말쯤이니 유난히 아침이 추웠다. 몸을 부르르 떨면서 그들의 대화를 들으며 술을 주고받아 마셨다. 술이 떨어져 다시 술과 담배를 사러 간다. 그때 나를 따라온 행동대장 같은 노숙자가 뒷골목으로 나를 데려갔다. 행동대장인 그가 하는 말은 조금은 무서웠다.

"야 너 여기 왜 왔어. 무슨 생각으로 왔어? 너 목적이 뭐야?"

자기들의 영역에 몰래 잠입한 사람인 것을 의심해 취조하는 느낌이었다. 그 말을 들으면서 죽은 목숨은 아닌 것을 어느 정도 직감하게 되었고, 그러한 질문에 본능적으로 그냥 노숙자들을 존경한다고 말한다. 아버지의 이야기도 하면서 연극을 했던 내 이야길 하면서 인생에 한 번은 그들과 술도 마셔보고 싶었고 그들의 이야길 들어보고 싶었다고 말한다. 그리고 내가 담배를 피워본다면 노숙자에게 배워야 한다고 말했다. 어릴 적 형과 함께 아버지의 담배를 몰래 입을 딱 한 번 대보고 피워 본 적이 없는 담배였다. 그는 내 말이 믿기지 않는다고 생각하면서도 허락했다. 그들의 인생의 깊이를 같이 할 수 있어서 영광이라고 표현했다. 그들을 존경한다고 표현했다. 그들을 약 올리려고 표현한 것이 아니었다. 순수하게 기뻐하면서 표현했다. 깊은 상처로 인해 재기를 할 수 없는 상태로 평생을 살아가야 한다는 것에 그들이 생존하는 것 자체가 온실 속 화초들에게는 말도 안 되는 환경들이었다. 평생 동안 대화할 수 없었을 수도 있었던 사람들과 연결되었다는 것에 의미를 크게 두려고 의식을 집중했다. 하루라도 갑자기 밖에서 노숙하라고 한다면 어느 누가 그렇게 하고 싶겠냐만 그들은 그러한 삶에 익숙하다. 질병 또한 노출될 위험에 그렇게 있으면서도 살아낸다. 병이 있는지 신경을 쓸 수 있는 환경이 아니겠지만 그래도 살아낸다. 온실 속 화초는 조그마한 일일지도 모르는 고통에도 병원의 도움을 받아야 한다. 그들과 함께하는 그때가 내 인생의 마지막일지도 몰랐지만 그들이 그렇게 사는 이유를 이해할 수 있는 기회라고 생각했다.

속담배를 할지 몰라 행동대장 앞에서 겉담배를 피다가 기침을 연신 해댄다. 그 또한 담배를 핀다. 내가 담배를 피는 것을 보고 담배를 못 피는 것을 바로 알아챈다. 내 행동에는 거리낌이 없었기에 그가 의심을 거둔 것 같았다.

'이렇게까지 한다고?'

이런 느낌이었을 것이다. 갈치색 정장을 입은 놈이 허름한 옷을 입고 있는 노숙자에게 존경한다고 말할 수 있다고? 아마 재수가 없었을 것이다. 그리고 그는 내 지갑에 있는 돈을 몇만 원 뺏었다. 그냥 있는 돈을 바로 다 주려고 했지만 일부만 가져갔다. 날 믿어줄 거니까 일종의 수수료를 낸 것 같다는 생각도 들었다. 그에게 술 몇 병과 담배 몇 개를 계산해 주었다. 다시 그들이 모인 자리로 돌아갔다. 왕초와 행동대장은 대화를 하였다. 나는 그들이 날 어떻게 할지 기다려야만 했다. 경찰이 도대체 왜 그들에게 인계한지도 모른 상태로 말이다. 그리고 왕초와 행동대장은 나에게 다가왔다. 집으로 내려가도록 기차표를 끊으라고 하였다. 왜 그들에게 인계가 되었는지 몰랐지만 그냥 집에 내려가라고 하니 그래야만 해야 했다. 다행이라는 것을 티를 내면 안 됐다. 어떤 목적으로 내가 그곳에 가게 된 것인지 모르기에 보내지는 것도 어떤 이유인지 알 수 없었다. 왕초는 내 휴대폰 전화번호를 물어 저장했다. 그리고 그가 말했다. 무슨 일이 있으면 연락하라고 한다. 왜 그러한 말을 듣게 됐는지 이해가 어려웠지만 노숙자 인맥이 생긴 셈이다. 그 순간만은 인맥이라고 긍정적으로 생각하기로 했다.

영등포에서 목포로 가는 기차 안에서 수만 가지 생각이 들었다. 내 앞에 앉아 있는 사람은 누굴까 불안했다. 혼자서 생각한 걸 계속 입으로 내뱉었다. 목포로 내려가는 5시간 내내 상상의 나래가 펼쳐졌다. 경찰이 날 노숙자에게 인계한 순간부터 상식이란 틀에서 벗어나 버린 상황이 되어버렸다. 그들과 멀리 떨어져 기차 안에 있는 상황인데도 여기서 어떤 일이 일어나도 이상하지 않는 것이었다. 알지 못하는 누군가에게 타깃이 되어 갑자기 납치될 수도 있지 않을까 하는 불안감이 덮쳐왔다. 미친 듯한 불안감은 집에 도착하기 전까지 곤두섰다. 내 앞자리에 앉아 있는 사람이 검사일까? 스파이일까? 나를 감시하는 국정원일까? 말도 안 되는 상상을 했다. 날 감시를 하는 사람 중 한 명일 거라고 생각했다. 보이지 않는 어둠의 경로를 들어선 순간 어떤 것도 예상하기 힘들었다. 이러한 불안감은 '생기다 말다'를 반복했다. 반복되는 불안한 마음을 만들어내는 상상력으로 인해 내가 심각한 상태임을 인식했다. 집까지만 도착하면 될 것이라 생각했다. 겨우 집에 도착했고 나는 가족들에게 아무 말을 할 수 없었다. 병원에 진단받으러 가자고 하는 가족에게 결국 스스로 폭주를 하고 병원에 끌려갔다.

내 이야길 가족들이 믿을 수 있었을까? 아무도 이 이야길 믿지 않을 것 같았다. 어떻게 경찰이 노숙자에게 사람을 인계할 수 있을까? 정신질환자의 이야기로 치부될 것 같아 그리고 그러한 이야길 했다가 반대로 알 수 없는 그들의 타깃이 될 것 같아 속으로 간직했다가 2016년 겨울쯤 부패한 경찰을 신고할 수 있는지 궁금해서 종로 경찰서를 들렀다가 시효가 5년이라고 하여 신고할 수 없는 사실을 알고 결국 마음으로 묻게 되었다. 굳이 여의도에서 발생한 일을 종로 경찰서에 가서 물어본 이유는 '종로에서 뺨 맞고 한강에서 눈물 흘린다'는 말이 기억나서 종로에 가봤다. 행동의 이유를 보면 정말 어처구니가 없다. 그 어처구니없는 이유대로 행동하게 되면 항상 비약의 끝을 만들어냈다.

병원에 끌려가기 직전 내 머릿속 생각은 이랬다. 10평 남짓한 집 근처에 무당집을 운영하는 곳이 많았다. 곧 무너질 것만 같은 오래된 집에서 언제까지 살아야 할지 모르는 우리 가족들이 불쌍해서라도 분노의 순간에서 끝까지 가자고 생각했다. 집 부근에 사는 모르는 이웃이 술주정하는 소리를 들으면서 화가 나도 가만히 참고 살았던 억울한 분노가 치솟아 우산으로 집 주변의 물건들을 막 때리고 고성방가를 저지른다.

그때를 기억하는 것이 몹시 어렵고 힘들지만 어떻게든 꺼내어 기록한다. 모두 사실이었고, 모두 내가 했던 일이다. 왜 이

러한 일을 벌이게 된 건지, 업보라는 것이 무엇인지 사람들이
이해할 수 있다면 이 기억을 꺼내어 기록하는 아픔을 감수
할 충분한 가치가 있다고 생각하면서 기록한다.

혼돈

# 폐쇄병동

:

경찰에게 신고가 들어와도 막상 왔을 때는 조용히 한다. 그러다 그들이 돌아가면 다시 분노한다. 여동생이 집에 들어왔을 때 10평 남짓한 방 안에서 여동생에게 심하게 욕을 했다. 그 집에서 여동생은 오빠둘과 커튼 칸막이를 치고 살았다. 다 큰 여자아이가 방 하나도 없이 오빠들과 커튼 칸막이 사이에서 얼마나 힘들게 살았는지, 나는 그 아이가 불쌍한 걸 알면서도 그 애에게 욕을 할 수밖에 없었다. 그때 내가 미쳐버리지 않았다면 나는 우리 가족들보다 못났다고 생각한 다른 이웃들에게 계속 무시당하면서 살아야 할 것 같았다. 동생이 내가 미친 것을 막지 말길 바랐다. 동생이 도망가길 바랐다. 얼마나 힘들게 버텼을지 나는 기억한다. 그리고 나를 떠나야만 했다. 내 상태가 걷잡을 수 없게 되자 큰 형과 친척 어른들이 모두 뜻을 모았다. 정신의료기관의 폐쇄병동에 강제로 입원시키기로 결정한다.

폐쇄병동에 사람을 집어넣으려면 보호자 두 명의 동의가 필요하다. 어떤 원칙인지는 잘은 모르지만 가족의 공통적 감정적 합의가 필요하다는 원칙이 있는 것으로 생각된다. 당시 엄마는 빚을 피해 광주에서 종교 생활을 하고 있던 차라 연락이 바로 어려웠다. 그래서 급한 대로 형과 큰집의 큰형수님의 동의하에 나를 집어넣었다고 한다. 그때도 정말 이해가 어려웠다. 큰집의 큰형수는 내 보호자일 수가 없다고 생각 했기 때문이다. 물론 그것이 중요한가 싶기도 하면서도 당시에는 끌려 가는 것 자체가 억울한 감정이라서 어떻게든 법의 허점을 파고들어 병 원에 끌려가는 나 자체를 합리화시키고 싶었다. 어떻게 보이는가? 이 쯤 되면 과거의 나는 성격 파탄을 맞은 정신질환자임이 틀림없다. 다 시 한번 말하지만 과거의 나였다. 그때의 당시의 감정은 진심이었으니 기록하는 것이다. 내 인생이 거짓말이면 안된다. 날 극복했다는 말이 사실이라면 사실을 기록해야 한다. 자랑인 것처럼 말하는 것 아니냐 물을 수도 있다. 자랑은 절대 아니다. 그 일을 잊고 살 수 없기에 이러 한 삶이 있을 수도 있다는 것을 알아달라고 하는 것이다. 파고 들어가 다 보면 그 이면엔 무엇인가 존재한다는 사실을 알게 되니까.

덩치가 큰 성인 두 명이서 내 양팔을 붙잡는다. 맨발인 상태로 끌려 갔다. 그들은 날 병원 차에 집어넣는다. 나의 팔을 잡은 한 성인 남성 에게 대놓고 욕을 하면서 입 냄새를 풍긴다. 병원에 도착했어도 나는 소리를 계속 질러댔다. 영등포에서 납치됐었던 기억에 아무도 나를 도 와줄 수 있는 사람은 없을 것 같았고 병원에 붙들려 가는 그 과정에서 도 누군가 날 죽일 것만 같은 감정에 휘둘려 죽기 전 발악하는 기분으 로 모두에게 욕을 했다. 진찰실로 끌려 들어간다. 의사와 형은 그곳에 있었다. 의사는 나를 진단하려 했고 그에게 제대로 답변하려 하지 않 았다. 머지않아 병동에 끌려 들어간다. 소리 지르며 발악하는 나에게 어떤 큰 덩치의 백발에 사복을 입고 있는 남자는 내게 다가왔다. 제어 가 안 되는 나를 보더니 몇 마디를 가볍게 한다. 그전에도 나 같은 환자에 대한 경험이 있었겠지만 오랜만에 이런 사람을 보게 됐었을 때 대하는 감정이었던 것 같다. 그는 날 보고 '난 네가 무섭지 않아'이런 주문을 외우는 듯했다. 내 상태가 심각했다는 것이다. 날 가볍게 무시하듯 행동하면서 주사를 놓았다. 안정제였을 것이다. 그러나 난 그것이 안정제인지 인정할 수 없는 정신상태였다. 이미 죽을 고비를 넘겼던 일반적이지 않은 경험에 세상에 대한 배신감이 극으로 달한 상태였다. 여기서 더 할 수 있는 것은 없다는 것을 인정해야만 했다. 극도의 발악의 끝을 인정하고 병원에 들어왔다는 것에 잠을 청한다. 군대 때처럼 현실은 다시 그곳으로 돌아왔다는 것을 받아들여야만 했다.

이기적인 내 자아는 처음 조울증 진단은 실수라고 생각했다. 세상이 날 속일지라도 그다음부터는 내 예상대로 세상은 흘러갈 것이라고 믿었다. 그러나 사회에서 처음으로 폐쇄병동에 강제로 입원하게 되었다. 세상이 날 다시 병원에 집어넣게 하고 말았다.
글로 이것들을 쓰는 순간 그때를 기억해야만 한다. 정말 미친 짓 같았다. 그럼에도 불구하고 나는 기록한다. 그럼에도 내가 살아있다는 것도 사실이고 그럼에도 숨 쉬고 있다는 것 또한 사실이다. 그 일을 잊지 않을 수 있다는 것도 사실이다. 이 모든 인간의 능력은 결국 조상들의 알 수 없는 업보와도 연결이 된다는 것을 이해한다.
내 이야기들을 읽다 보면 '미친놈'이라는 말이 수십 번이라도 나올 것이다. 왜 이런 긁어 부스럼을 하는 것인지 그 이유를 찾았으면 한다. 가족이라는 이름 아래 숨겨진 수많은 이야기는 어느 누구도 공개하려 하지 않는다. 그렇게 하지 않고 슬픔을 평생 짊어지고 가는 그들은 자신도 모르게 자손들에게 그 아픔을 물려준다. 슬픈 운명일 수밖에 없던 나 자신을 이제는 원망하지 않는다. 자신의 삶을 찾으면 그만이다. 그 과정에서 가족들도 상처를 입기도 한다. 살아남기만 한다면 살아생전 그들에게 그 빚을 갚을 수 있다고 생각한다.

상처를 말할 자유를 차단당한다면 언젠가는 그 자유를 찾기 위해 미치게 된다. 살아남는다면 정신적 자유를 얻어 세상을 바꿀 수 있는 사람이 될 필요가 있다. 정신질환을 겪게 된 것은 선택된 사람이 되었을 뿐이었고 숨겨진 조상들의 업보를 대신 갚았다고 생각할 뿐이다. 그러한 감정의 계산이 들어가야만 한다. 그렇지 않으면 조상의 업보가 그대로 이어질 것이다. 그것을 끊어내야만 한다. 그 방법을 어떻게든 알아내야 한다. 그래야 나와 같은 삶을 살았던 당신은 어떻게든 남은 운명의 시간 동안 인생을 즐길 수 있을 것이라 믿는다.


처음으로 사회에서 정신질환을 겪고 있는 환자들과 같이 생활하게 되었다. 난 미치지 않았다 생각했고 그들과 다르다 생각했다. 나를 쳐다보는 그들의 이상한 눈빛에 분노했다. 그러나 머지않아 그들과 같이 생활 해야 하는 것을 인정해야만 했다. 하루 3끼 밥을 먹을 때마다 약을 먹는다. 밥을 먹고 잠을 자고, 보기 싫은 TV 프로그램을 보다가 자리를 뜨고 저녁 간식 배식 시간만이 되길 기다린다. 식사가 정말 부실하다 보니 단것이 너무나 당긴다. 많이 움직이질 않으니 자연스레 배에 살이 찐다. 적응하기 힘들었던 그 시기가 지난 후 그냥 멀쩡한 상태로 돌아다닌다. 의사소통도 되는 차분한 상태다. 산송장의 기운으로 이제 매일을 시간을 죽이면서 언제 나갈지도 모르는 그곳에서 하루하루 젊음을 낭비한다.

가족들이 면회 오면서 책 몇 권을 가져왔다. 형은 내가 샀었던 멘사 퍼즐 책을 가져다주었다. 그 책을 읽으면 어느 정도 시간을 보내며 즐거울 수 있을 거라 생각했지만 나는 그러지 못했다. 집중이 안 됐다. 지루함을 견디기 위해 잠을 하루 종일 자다 보니 잠이 안 와도 맨정신에 아무것도 못 하는 미칠 것 같은 괴로움을 인내해야 했다. 재밌는 이야길 너무나 듣고 싶었다. 사람들과 미래에 대한 대화를 하고 싶었다. 이제껏 열심히 살다가 갑작스레 아무런 역할도 하지 못하는 산송장으로 생을 마감해야 한다는 두려움이 밀려왔다. 미래가 없는 숨만 쉬는 것도 괴로운 감정은 시간이 되면 매일 같이 내게 다가왔다. 그 감정을 끊어내기 위해 자살이라도 해야 하나 싶을 정도의 자괴감이 들었다. 그 감정을 못 버텼다면 병실 안에서 몇 번 소란을 피웠을 것 같았다. 하지만 난 그 안에서 적응하기 위해 어떻게든 그 감정을 잠재우기 위해 미치도록 노력했다.

나를 면회 올 지인은 한 명도 존재하지 않을 것이라 생각했다. 극단 동료들조차도 말이다. 그러나 딱 한 명은 면회를 와줬다. 극단에서 동고동락하면서 힘들었던 세월을 같이 했던 형이었다. 당시 얼마나 고마 웠던지 모른다. 내가 정상으로 돌아갈 것이라 믿고 날 보러 온 것에 대해 감동했다. 힘들 때 옆에 있는 사람이 평생 간다고 하지 않던가? 평생을 잊지 못할 형이다. 친척들도 날 찾아왔다. 예전의 정상인 나처럼 대해줬다. 극단적인 상태가 끝나 있는 몰골이 말이 아닌 상태였다. 친척들은 간단히 병문안을 하고 돌아간다.

당시 가족 중에 엄마의 반응이 가장 의아했다. 엄마는 '내가 아프다'라는 표현을 했다. '내가 아픈 건가?'라는 물음표를 가졌다. 정신이 이상한 것이 아프다는 것으로 엄마가 이해하고 있다는 것 자체가 나를 힘들게 만들었다. 난 아픈 거라고 생각하지 않았다. 세상이 정의하는 미친 사람이 된 것이라 생각했다. 미친 사람을 잡아두는 곳에 사는 것이라 생각했다. 그동안 엄마가 했던 종교 생활의 사회적 의미를 공부해 가면서 사회에서 느꼈던 자격지심이 그동안 얼마나 날 정신적으로 힘들게 했는지 엄마는 인정하려 하지 않는 것처럼 느껴졌다.

# 엄마의 종교

:

초등학교 때였다. 아침마다 방송으로 이솝우화 같은 이야길 들려주고 그것에 대해 글을 쓰게 하는 시간이 있었다. 가장 기억이 남았던 이야기가 바로 '청개구리 아들' 이야기였다. 엄마는 청개구리 아들이 청개구리 행동을 해도 말리지 않았다. 그것이 잘못된 일일지라도 엄마는 가르치려 하지 않았다. 결국 청개구리 아들은 범죄를 저질렀다. 감옥에 갇힌 청개구리는 그렇게 된 이유를 모두 엄마 때문이라고 말했다. 사회는 청개구리가 잘못해서 가뒀지만 엄마는 청개구리의 잘못된 행동을 보고도 잘못했다고 가르쳐주지 않았다고 하면서 말이다.

당시 그 이야기는 내게 가슴속에 계속 남아있었다. 말도 안 되는 이야기라고 생각하면서도 그 이야길 들은 나는 내가 청개구리가 되지 않길 바랐다. 감옥에 절대 가지 않을 거란 생각을 했다. 청개구리 아들이 나쁜 짓을 해놓고 엄마 탓이라고 한 이유가 무엇일까 가슴 한편의 기억으로 두고 살았다.

어릴 적 대국어사전을 뒤져보다 엄마의 종교 이름 '천리교'를 발견한다. 불교의 이단 종교라고 적혀있다. 불교는 누구나 다 아는 종교이고 그 종교의 이단이라니? 이단이란 말이 무슨 뜻인지 몰라 찾아보니 사이비라고 적혀있다. 뉴스에서는 사이비를 악으로 규정한다. 크고 작은 사이비 종교의 사건을 보면서 이단이란 뜻이 머리에 계속 새겨진다. 어머니의 종교는 도대체 무엇 때문에 이단이 된 것일까? 엄마는 사이비 종교에 빠진 것일까?

집안이 어려운 상황에서 아버지가 외도를 해도 순둥이처럼 화를 내지 않는 엄마였다. 다른 엄마들처럼 아버지에게 화를 내고 아버지와 바람을 핀 여자를 잡아서 화를 내려 하지 않았다. 엄마가 가정을 지키는 방법은 이혼을 하지 않는 것. 그뿐이었다. 그 여자를 찾아가지 않았고 아버지는 계속 그 여자를 만났다. 아버지도 어머니도 자식들에겐 도저히 이해가 안 되는 모습들 뿐이다. 그렇지만 그 이후 한 번도 본 적 없었던 엄마의 응급실행을 목격 후 너무나 깜짝 놀랐다.

병원에서는 이유를 알 수 없다고 했다. 가게가 돌아가지 않게 되면 안 그래도 힘든 집안 사정인데 더욱 힘들어질 태세였다. 며칠간 엄마를 돌봤지만 엄마는 몸져누워 있을 뿐이었다. 천리교 쪽 교주분이 병문안을 왔다. 그 분은 어릴 때 송정리에 천리교 할머니 댁에 놀러 갈 때부터 뵈었던 분이다. 천리교 할머니는 살아생전 현명한 분이었다. 부모님이 결혼하기 전부터 엄마가 알고 지냈던 분이었다. 그분은 친근한 가르침만 있었지, 다른 어떤 욕심도 사람들 앞에서 내비치는 적이 없었다. 천리교 할머니가 돌아가시고 엄마는 가족들과 같이 송정리에 자주 가지는 못했다. 하지만 엄마는 계속 그들과 접촉했다. 아버지는 빚을 지고 어머니는 번 돈을 천리교에 계속 헌금을 하다 보니 집이 가난에 허덕이게 만든 원인이라 생각했다. 그 교주가 아픈 엄마에게 다가와서 말하려고 했다. 나는 그 교주에게 엄마한테 와서 말하지 말고 그만 나가라고 하였다. 그 말을 무시하고 엄마에게 계속 다가와 이야기를 하려 했다. 그동안 참아왔던 인내심의 한계에 도달했고 많은 사람들이 있는 응급실에서 소리를 질러 나가라고 하였다.

'당신들 사이비가 그동안 우리 집을 망하게 했어.'

이렇게 말하고 싶었지만 그렇게 대놓고 사이비라고 말할 수 없었다. 내 상황은 뉴스에서 봐왔던 뻔한 레퍼토리 같았다. 사이비 종교에 빠진 신자들이 가정을 돌보지 않고 돈만 가져다 바치다 패가망신당하는 이야기들은 간혹 뉴스로도 들어보았을 것이다. 사리 분별없는 맹목적 믿음의 결과가 현실로 다가온 것 같아 그들을 끊어내고 싶었다.

"내 엄마라고! 당신들 때문에 우리 집 망하게 생겼어도 아무 말 안 했어! 더 이상 우리 엄마 찾아오지 말아!"

집이 어렵지만 엄마의 삶을 존중할 수밖에 없었다. 아버지와 이혼을 안 한 것만으로도 엄마가 대단하다고 느꼈고 그동안 아버지에게 아픔도 많았을 엄마에게 무슨 종교를 믿든 어린 내가 엄마에게 가족을 돌보라고 말할 수 없었다. 그냥 엄마는 내가 보는 평범한 세상의 기준에 부합되지 않는 사람이고 엄마를 누군가에게 보여준다는 것은 어려운 일이라 생각했다.
초등학교를 다녔을 적 전방(가게)에 놀러 갔다가 천리교를 믿고 있는 신자였던 그분이 내가 안경을 쓴 것을 보고 시술을 해준다고 하였다. 그분 무릎에 머리를 눕혔다. 바늘 같은 것으로 눈을 찔러 시술을 했었다. 나뿐 아니라 형제들도 가끔 했었던 것으로 기억한다. 어떻게 시술하는지는 모르겠지만 눈이 따끔따끔거렸다. 신음을 내면서 버텼고 시간은 5~10분 정도 걸렸다. 한번이 아닌 주기적으로 시술을 받았다. 그렇게 해서 눈이 좋아진 적이 없었다. 실명을 하지 않아 다행이라 생각했다. 그들의 논리는 아마 이런 것일 거라 생각한다. 눈에 바늘을 찌르면 당연히 실명을 할 수 있다. 실명할 수 있다는 두려움이 눈에 더 확장된 감각을 제공할 것이고 더 눈을 크게 뜨려는 본능이 치료가 된 것 같다는 착각을 하게 만든다. 종교를 세우고 그 믿음을 더 확장하기 위한 콘텐츠들을 계속 연구하다 생긴 무리수일 것 같다는 생각이 든다. 과학적으로는 증빙이 된 것은 아니지만 플라시보 효과에 믿음이 부족하다는 소극적인 자의식이 시술의 효과를 믿게 만들어 냈을 것 같다는 생각이다. 그런 시술을 받지 않아도 갑작스레 시력이 좋아지는 때를 느낄 때가 있다. 바이오리듬 상 어떤 날은 눈이 좋을 때가 있는 거다. 바이오리듬 상태가 좋아 시력의 상태가 평소보다 좋은 날 시술을 받은 다음 날이었거나 시술로 인한 공포(시력을 잃는 것 아닌가 또는 시력이 나아지지 않으면 이 종교에 대한 믿음을 어떻게 유지해야 하는가?)가 바이오리듬을 바꾸게 됐거나 할 수 있을 것이다. 수많은 사람이 똑같은 시술을 받았는데 까마귀 날자 배 떨어졌을 몇 명이 맹목적인 믿음을 전파시킬 수도 있다.

천리교의 시작은 일본이다. 약떡과 약소금, 약종이를 사람들에게 제공했다. 아프면 약떡과 약소금을 먹고 아픈데 약종이를 붙이면 치료된다고 엄마는 믿었다. 전형적인 사이비 같다는 생각도 든다. 천리교 전체가 그런 건지는 모른다. 적어도 엄마에게 접한 경험을 이야기하는 것이다. 살날이 얼마 안 남은 외할머니, 친할머니한테도 약떡과 약소금을 먹게 하다 보니 저게 가능할까?라는 물음표가 너무나 많았다. 항상 엄만 내가 아픈 것처럼 보이면 나에게 약떡과 약소금을 먹였다. 어린 시절의 내게는 부모가 해준 것이기 때문에 먹히겠지만 나이가 들면 들수록 말도 안 되는 사실이라는 것을 알게 된다. 지금은 엄마도 약떡과 약소금은 안 먹는 것 같다. 그래도 엄마의 종교에 대한 믿음은 변함이 없었다. 플라시보 효과에 대해서 이해한다면 어느 정도 효과는 있을 것이라는 것은 맞겠지만 그것이 올바른 지속적 치료법이 아니라는 것은 이성이 있는 사람이라면 대부분 동의할 것이다. 인천 부평에서 살 때였는데 아침에 출근할 때 가끔 부평역 지하상가에서 어떤 사람이 그 종교의 이름을 가슴에 매단 상태로 기 운동 같은 것을 하는 것을 목격했다. 불교에서는 이단이라고 하지만 규모는 큰 것 같았다. 그것을 통해 나는 불교도 정치라는 것을 하고 있다는 것을 어릴 때부터 이해하게 되었다. 천태종과 조계종, 역사 시간에도 공부는 제대로 하지 않았지만 이단이 생기는 이유가 무엇일까? 불교가 석가모니라는 한 사람의 가르침을 존경하면서 생긴 종파인 것인데 그것이 어느 누가 다르게 이야길 한다면 그것을 보수적으로 지키려고 하는 사람과 새롭게 해석하려는 사람들 사이에서 분열은 생길 수밖에 없는 것임을 이해한다. 그렇게 불교의 어두운 이면까지 고민하게 됐다.

# 폐쇄병동에 끌려가 봤어?

:

사회에 나와 처음으로 병동에 갇히게 되었을 때는 정말로 상실감이 컸다. 군대 같은 경우 앞으로 안 봐도 그만인 사람들이라 생각하면 됐지만 사회에서는 가족들과 아끼는 지인들, 내 삶의 터전에서 내 정신적 치부를 노출하게 되는 거였다. 병동에 들어가면서 치아 상태가 너덜너덜하고 피부 상태도 좋지 않은 환자복을 입은 사람이 눈에 띈다. 병동 내에서 저지당하는 날 쳐다본다. 그는 입에서 침을 질질 흘렸다. 여유가 없는 정신 상태였던 나는 기분이 너무 나빠 그 사람을 보고 분노에 찬 소리를 질렀다. 그 사람에겐 미안하지만, 괴물과도 같은 몰골의 사람의 상태와 동격화될 리 없다 생각하며 독방으로 끌려가는 동안 소리를 질렀다. 노숙자 앞에서 그들을 존경한다고 했던 말들이 무색한 정신상태였다. 평생 이곳에 갇혀 지내야 한다는 극단적 생각도 들었다. 내 삶이 이곳에서 끝날 것 같다는 생각에 소릴 질렀고 질러댔다. 그때의 날 다시 생각해 보면 나는 그저 온실 속 화초로 자랐던 약하디 약한 멘탈의 소유자였을 뿐이다. 실패를 죽음과도 같은 공포처럼 여겼던 약점투성이 애어른이었을 뿐이었다.

내가 정신질환자라는 것을 사람들이 알면 이제껏 겪어왔던 모든 인맥들이 끊기게 될 거라 믿었다. 그렇게 힘들게 살았는데, 연극을 하면서 군대보다 더 힘든 곳에서 경험했다고 생각했는데 무너지고 또 무너지고 또 무너질 수밖에 없었다. 적어도 내가 당시 봐왔던 세상의 안전함이 좌절의 실전 속에서는 정말 아무것도 아님을 알게 되었다. 좌절이 있을 거라는 것을 감지하면 그들 앞에서 매번 먼저 매를 맞으려 노력하며 피해왔다. 하지만 더 이상 그 방법은 통하지 않았다. 노력의 끝에 보상이 아닌 처벌이 기다렸다. 다시 일어서는 것이 두려워 아무것도 못 하는 그 병동 안에서 끝없이 다시 생각했다. 머릿속 생각을 비워내는 것을 못 해 생각이 떠오를 때마다 발전시키면서 무언가가 이루어질 수 있다는 착각을 반복하게 된다. 그 생각들은 사라지고 이전의 기억을 다시 끄집어내어 이어서 생각하려 했지만 무슨 생각을 한 건지 정확히 기억이 나지 않는다. 꿈을 꾸다 일어나면 그 꿈이 무엇인지 기억하기 어려운 것처럼 그러한 상태가 반복됐다. 이 병원에 갇히게 된 이유를 어떻게든 합리화할 이유를 찾아내고 다시 세상에 나가 내가 맞다는 것을 관철시키기 위한 생각들을 했다. 마지막엔 '무엇 때문에 이걸 하는 거지?'라는 원초적인 질문에 막혀 다시 모든 생각들이 사라지고 만다.

병동 안에서는 가만히 있어도 배고팠다. 식사가 맛이 없는 것도 있지만 재미가 없는 것이 가장 큰 것이었다. 미래가 없는 깨어있는 시간에 존재한다는 것 자체가 스트레스였다. 책방에는 TV가 있었는데 매번 다른 환자들이 들어와 재미없는 프로그램을 틀어댄다. 기회가 생길 때마다 채널을 돌려보려 했지만 여러 사람이 사용하다 보니 기회가 흔하진 않았다. 겨우 기회를 얻어서 TV 채널을 돌려본다. 재미있는 예능프로그램을 찾아볼 수 없었다. 뭔가 적으려고 해도 다른 곳으로 뻗어나가는 생각들로 집중이 안 된다. 형이 보내준 멘사 논리책을 풀려고 해도 몇 문제 풀다가 피로감에 바로 책을 덮는다. 이미 내 몸은 논리가 결여된 정신체인데 이 책이 내게 어떤 의미인지 알 수가 없어진다. 언제 이곳에서 나갈지도 모르는데 의미 없이 시간을 보내고 있으니 너무나 고통스러웠다. 밤에는 자기 전에 FM 라디오를 들으면서 연예인들의 목소리를 들으면서 잠을 청한다. 유행하는 노래도 한두 번이고 사연도 한두 번이지, 내가 있는 미래가 없는 이곳에서 듣는 세상의 이야기는 우울함을 극도로 끌어내는 데 도움을 줬다. 침대에 누워 가만히 있고 싶어도 뒤척인다. 다시 복도를 왔다 갔다 하면서 생각하고 다시 희망에 부풀다가 다시 기가 죽어버리고 이러한 시간을 매일같이 반복한다. 어떤 생각을 해도 결국 좌절에 빠져 잠이 든다. 약을 먹어도 이런 감정은 계속된다. 잠을 아무리 자도 나를 위로할 수 있는 최고의 수단은 잠을 자는 수밖에 없었다. 거기서 더 나아가 잠을 잘 수 없을 정도로 자게 되면 깨어있어야 하는 고통스러운 시간만이 존재해야 잠이란 시간이 보약이 되는 희귀한 경험을 한다. 깨어있는 것이 고통이고 식사를 하는 것 또한 고통이며 무엇을 본다는 것 자체도 심리적인 고통이 찾아오는 것이 너무나 신기했다.

이 정도면 질환이나 약이 문제가 아니라 그 이상의 무엇이 나를 미치게 만들었다는 합리적인 의심이 든다. 그러나 이것에 대한 도움을 청할 수 없었다. 폐쇄병동은 정신적으로 올바르지 못한 상태를 보여주는 사람들이 가득한 곳이었다. 내가 내 상태를 말하더라도 그런 상태가 일반적인 사람들이 많기 때문에 내 정신적 고통에 대한 의견을 말하는 것이 의미가 없다고 여겼다. 나는 그 시간을 모두 버텨냈다. 그냥 나는 그들이 정의하는 질환에 대해 아무런 의심을 할 수 있는 권리를 갖지 못한 상태로 그곳에 묶여 사회적 난동을 막기 위한 정신적 강압적 치료를 받을 뿐이었다. 그것을 버티지 못했다면 폐쇄병동 독방에 갇히는 상황으로 다시 가게 됐을 것이고 그로 인해 사회로 돌아가는 데 시간이 더 걸리거나 아예 밖으로 나가지 못하게 만들었을 것이다. 폐쇄병동 안에서 보이지 않는 암묵적인 룰을 지키기 위해 정신적 스트레스를 어떻게든 감추려 노력했다.

이 문제를 풀기 위해 인생의 다섯 살이라는 기억부터 가져와야 했다. 도대체 왜 이러한 기억들까지 들춰가면서 나를 모두 갈아엎어야만 했는지 모든 것을 부정해보지 않는다면 하나의 결론으로 도달하지 못한다는 것이 내 생각이었다. 죽을 것 같은 상황을 여러 번 겪다 보니 다시 그 상황이 왔을 때 폐쇄병동 시스템을 자체적으로 만들어 생각들의 흐름과 행동들의 흐름을 스스로 관찰하도록 집중했다. 고통이 익숙하다 보니 생기게 된 침착성인지 모른다. 트라우마가 익숙하게 되면 드라마가 되고 드라마가 익숙하게 되면 인생을 극복하고자 하는 드림(꿈)이 된다. 하지만 꿈 때문에 흥분하게 된다면 그 꿈은 똥이 될 것이고, 그 꿈을 이루고자 나아가는 태도에 흔들림 없이 편안하다면 당신은 스타(별)가 될 것이다.

저녁에는 간식 타임이 있다. 간식비는 가족들이 돈을 지불해야 했다. 지불된 비용 안에서 빵이나 우유 같은 간식을 사 먹을 수 있었다. 돈이 들어오지 않으면 그 간식을 신청할 수 없었다. 병원 안에 있는 동안에는 돈을 벌지 못하고 있는데 입원 비용에다가 간식비까지 들어간다는 사실에 이곳에 계속 있으면 있을 수록 가족들에게는 부담이 될 것 같은 큰 미안함이 들었다. 당시 부모님은 돈을 벌지 못하는 상황이었다. 형과 여동생이 경제생활을 했는데 형이 많이 고생했다. 말은 못했지만 내 잘못된 생각의 선택으로 인해 병동에 갇히게 될 때마다 항상 미안한 마음이 들었다. 아버지가 없을 때 형은 아버지 같은 존재가 됐다. 그가 힘든 것을 내색하는 것을 자주 본 적이 없다 보니 시간이 가면 갈수록 형이 마음 한편으로는 불쌍하다는 생각을 한다. 초등학교 어린이회장 선거 때도 부모님이 형편에도 없는 돈을 쓰는 것에 눈치를 본 나인데 병원 안에서 없는 병원비에 없는 간식비를 나를 위해 지출해야만 하는 형의 사정에 내가 이 병원에서 먹는 간식이 목구멍에 맛있게 넘어가도 그것이 오래 가면 안 될 것이라는 마음은 계속 쌓여만 갔다.

# 씁쓸한 카운터 펀치

:

간식을 아껴먹는 사람들도 있고 간식을 아껴놔서 나눠주는 사람도 있었다. 나눠주는 사람 중에는 어떤 여자아이가 있었다. 그 아인 얼굴이 곱디고운 아이였다. 얼굴도 막 못생긴 것이 아닌 귀여운 편에 속했다. 어리게 보였지만 성인쯤으로 보였다. 도대체 왜 병원에 들어왔는지 사연이 궁금했지만 굳이 묻고 싶지 않았다. 나는 그들과 다르다는 것을 마음속 깊이 믿고 싶었었다.

밤늦게 아르바이트가 끝나고 집에 돌아갈 때 어두운 밤거리를 혼자 다니면서 머릿속에서는 강도가 나타나면 날 보호할 수 있도록 주머니 속 송곳을 떠올린다. 주머니 속 날카로운 집 열쇠를 만지작거리면서 함부로 건든 사람이 나타나면 공격하려고 생각한다. 아는 사람들이 많으면 그러한 생각을 덜 하지만 아무도 날 지켜줄 수 없는 곳에서는 이런 생각을 갖게 된다. 그리고 난 그 생각을 펼칠 기회를 폐쇄병동 안에서도 갖게 되었다.

병동 안에서 남녀가 성적으로 문제가 된 사건이 있었다고 한다. 그로 인해 병동 안에서는 남녀가 대화하는 것을 경계한다. 나 또한 그 규칙에 충실하려고 노력했다. 그 아이가 눈에 띄었지만 굳이 가까이 가려고 하지 않았다. 어느 날 그 아인 나에게 다가와 먹을 것을 주었다. 도대체 왜 나에게 주려고 하는지 이해가 안 됐지만 나는 배고팠다. 감사하다 생각하며 그 아이가 주는 간식을 먹었다. 어느 날은 갑자기 내가 있는 방에 찾아와 먹을 것을 준다. 나는 고마웠다. 먹어도 먹어도 맛없는 식사 때문에 배고픈 나를 챙겨주는 사람이 생긴 거라서 좋았다. 그 아이를 생각하는 나의 마음은 먹을 것을 주는 날 동정하는 사람, 그 이상 그 이하도 아니었다. 귀여운 것은 좋았지만 그래봤자 그 아이도 비정상이니까 여기에 왔으니 잘못했다가 피곤해질 수 있겠다 싶었다. 얻어먹기만 한 게 미안했는지 그 여자아이를 찾아보고 챙겨줄 게 있는지 살펴보게 된다. 그리고 어느덧 대화도 하게 되는데 순간 남자 간호사가 나를 의심한다는 것을 느끼게 된다. 성별이 다르다는 이유만으로 병동의 남자 간호사는 그 여자아이와의 관계를 의심했다. 나는 신경이 곤두섰다. 절대 여자를 좋아해서가 아니라 먹을 것을 준 사람에 대한 고마운 감정이었다. 그전에도 사건이 있었으니 그렇게 판단할 수도 있겠으나 간호사는 신중해야 했다. 결국 간호사가 여자아이와 나를 갈라놓고 통제하는 사건이 발생했다. 나와 그 아이를 발정난 동물처럼 취급했다는 것을 느꼈다. 당시 나는 울부짖었다. 이것을 문제화할 수 있는 논리를 펼칠 수 있는 정황에 대한 설명을 할 자신이 있었다. 독방에 갇힐 뻔한 그 여자와 내가 결국 다시 풀려났지만 바로 그 남자 간호사는 나를 독방에 불러 이야기했다. 본인이 잘못했다는 것을 인정한다는 분위기였다. 그리고 이 일을 절대 밖으로 말하지 않았으면 좋겠다는 것이었다. 하지만 나는 이것을 기회로 삼았다. 울부짖었고 인권에 대한 침해를 받은 것이 분명했다는 것을 알고 가족에게 연락했다. 병동 안에서는 환자의 인권을 침해하는 행위에 대해 보고할 수 있는 문서가 있었다. 그것을 쓸 일이 있을까 하는 생각도 들었지만 반대로 당한다면 어떻게 해서 다른 사람들에게 알릴 수 있을까 하는 생각도 들었다. 폐쇄병동에는 볼펜이 없다. 자해를 할 수 있기 때문이다. 글을 쓸 볼펜도 못 쓰는 병동 안에서 어떻게 남들에게 알릴 수 있을까? 결국 해볼 수 있는 건 공중전화기로 가족들에게 연락하는 방법밖에는 없었다. 전화카드에 잔액이 얼마 남지 않은 상태로 형에게 연락해서 울부짖었다. 여기에 있었던 내가 인격적으로 당한 치욕적인 사건으로 인해 무섭다고 했다. 형은 그 연락 이후로 나를 병원에서 데리고 나오기로 했다. 환자들과 문제가 있었던 것이 아니라 그들과 잘 지내고 있다가 남자 간호사의 잘못된 판단으로 인해 인격 차별을 당한 사건으로 그 병원을 나가게 된 것이다. 여자아이와는 헤어졌지만 그 아이가 아무 일도 없길 바라는 내 마음은 사치였다. 병원에 입원한 지 3~4달 만의 일이었다.

하루빨리 퇴원하기를 바랐다. 가족들에게 중간중간 연락하면서 나는 멀쩡하니까 빨리 이곳에서 나가게 해달라고 부탁했다. 하지만 병원 밖으로 나가게 할 그 판단은 어느 누구도 쉽게 할 수 없었다. 그러한 상황 속에서 남자 간호사가 실수한 빈틈을 통해 병원을 퇴원하게 되었다. 형의 경제 사정도 그렇게 좋은 것은 아니었다. 내 병원비, 간식비, 본인 생활 비용도 있을 것인데 그래봤자 형도 사회 초년생 수준이다 보니 많이 부담이 됐을 것이다. 하루빨리 나가서 돈을 벌어야 한다고 생각했다. 밖으로 나가자마자 현실을 체험한다. 처음 겪는 몸 상태가 아님에도 불구하고 재기하는 데 있어서 엄청난 고통을 겪는다. 의사 표현을 해야 할 때도 버퍼링이 심해진다. 버퍼링을 깨고 싶을 때마다 머릿속은 패닉을 뚫으려는 고통이 느껴진다. 살기 위해 좌절감을 느끼며 노력해서 표현해야만 했다. 말을 더듬게 되는 게 화가 나는 고통을 느끼면서 표현한다. 버퍼링을 뚫을 때마다 고통의 심정이 매일같이 수십 번을 반복한다.

약을 꾸준히 먹는 조건으로 사회에 적응해야만 했다. 약을 먹으면 이러한 증상은 더 심해진다. 일을 구하려고 하는데 당연히 쉽지 않다. 결국 전에 다녔던 마트에서 아르바이트를 하게 된다. 수산 코너 옆 굴비 코너였는데 그 일을 하면서 수산 코너 일도 도왔다. 업체가 다르긴 해도 수산 코너가 메인이라서 그쪽 눈치를 보지 않을 수도 없었고 그들이 날 고용하는 데 힘이 있었기 때문에 수산 코너 일도 같이 해 줄 수밖에 없었다. 매일 약을 먹고 일하려고 노력했다. 하지만 쉽지 않았다. 약을 먹으면 어떻게든 일에 지장이 있었다. 일을 하는 내내 정신력이 희미해 쓰러질 것 같았다. 월급은 전보다 더 받았지만 그에 비해 받는 스트레스는 더 심했다. 약을 먹지 않는 날이면 그러한 스트레스는 덜했다. 결국 다시 약을 끊게 되었고 10개월간 마트에서 일하면서 이대로 살 수는 없을 거라 생각했다. 그동안 모은 돈을 가지고 2012년 1월, 서울로 올라가서 살기로 했다.

# 가야 할 운명

:

    갑자기 서울 생활을 하겠다는 이야길 듣고 가족들이 걱정하지 않을 순 없었다. 연고가 있지만 굳이 연고라고 하기도 그러한 관계의 서울 이모, 그들의 가족과 인사한 기억도 없는데 엄마는 서울 이모와 연락을 자주 한다. 엄마에게 의지할 수 있는 그러한 마음은 없었다. 가족들이 날 의심하는데 다른 가족들에게까지 만약의 사태에 대한 피해를 끼치기 싫었다. 가족과 같이 있을수록 힘들어지면서도 안전하다는 것은 맞다. 하지만 병이 재발할 수 있는 것에 대한 가족들의 두려움과 의심은 나를 정상적인 사회인으로 바꿀 수 있는 희망을 저버리게 만든다.

    20대 중반쯤, 유튜브에서 우연치 않게 조울증에 걸린 환자의 사연을 찾아보게 되었다. 그 당시 조울증 환자에 대한 사연을 찾아보는 것은 정말 어려웠다. 그는 40대였고 조울증 약에 의지하면서 살고 있었다. 그의 나이 든 부모는 사회생활을 할 수 없는 그를 탐탁하게 여기지 않았다. 그는 부모에게 의지를 하고 살고 있었다. 삶을 바꿀 의지는 보이지 않았다. 그는 조울증 약을 먹은 환자들 특유의 기운이 없어 보이는 산송장의 기분을 풍겨냈다. 내 젊음이 평생 저 모습이어야만 하는 건가?라는 물음이 생겼다. 누구에게 평생 의지하면서 살아야 하는 건가? 가족들이 내 주위에서 사라지게 된다면 나는 어떻게 되는 걸까? 그러한 원초적인 고민을 하게 되었다.

갑자기 아버지의 뒷모습이 떠오른다. 아버지의 마지막 뒷모습을 보고 나서 일주일 뒤 아버지는 길거리에서 쓰러졌다. 그리고 몸에 철이 박힌 채 목포에 한 병원에 이송이 되자마자 돌아가셨다. 아버지는 일을 하려고 새우잡이 배를 타려고 했는데도 거기에서도 쫓겨났다. 아버지가 돌아가실 때 아버지 친구들은 찾아오지 않았다. 내 남은 60년 이상의 삶 동안 아버지의 끝과 같은 삶을 향해 간다고 느껴진다면 어떻게 하겠는가? 내 주위에 모든 것들이 한순간에 아무것도 아닌 것들이 되어버렸는데 60년간 산송장처럼 살다가 길거리에서 죽을 것을 기다리겠는가? 이렇게 극단적으로 해야만 의사들이 알아들었을지 모르겠다. 의사들은 내게 그러한 삶을 기다리라고 하는 것과 마찬가지 처방을 내렸다. 이러한 내 집안 사정을 그들은 알 필요는 없다. 그러나 분석하자면 결과적으로 저렇게 살라고 말한 것이 된다. '보호자가 없다면 그들은 누구에게 보호받을 수 있는가?'라는 물음이 도대체 합당하지 않다면 세상의 노숙자들은 왜 있는 건지에 대한 질문을 정신과 의사에게 물어본다면 어떤 대답을 해줄 것 같은가?

나는 평생을 포기하는 삶에 동의할 수 없었다. 나는 나를 믿고 싶었다. 그들이 아직 나를 잘 모르는 거라고 생각하고 싶었다. 분명 내 마음 안에서는 이대로 살면 안 된다는 의지가 있었다. 죽어도 포기할 수 없었던 아직 겪어보지 않은 내가 살고 싶은 삶을 만나기 위해 가족들을 떠나야만 했다. 마트에서 아르바이트하면서 모은 돈 중에 생활비로 쓰다가 남은 300만 원을 가지고 서울 생활을 하기로 결정했다. 물론 형은 날 걱정했을 것이다. 하지만 지난 10개월 이상을 잘 해내 왔던 내 모습을 보고 결국 보낼 수밖에 없었을 것이다. 그리고 형 또한 알고 있었을 것이다. 형의 몫은 내가 스스로 그 길을 찾아내길 바랄 수밖에 없다는 것을 말이다. 형보다 똑똑하고 현명한 줄 알았다. 형의 깊은 속뜻을 나이가 들어가면서 이해한다. 아무리 나보다 학교 성적이 뒤처지고 똑똑한 판단을 못 하는 사람이라고 보이더라도 그가 집안의 리더라는 역할을 하면서 경험한 영역은 다른 것이었다. 같이 성장해가는 시간에서 형의 깊은 속 마음은 내가 뛰어넘을 수 있는 것은 아니었다. 아버지가 돌아가시고 나서 형은 내가 어려울 때마다 언제나 보호자 역할을 했다. 어렸을 때 괴롭힘을 당하기도 했지만 시간이 지나면 지날수록 그는 나에게 든든한 존재로 남는다.

20살 때 연극학원비를 벌러 서울 고시원에 살면서 아르바이트를 했던 경험을 떠올려 이번에도 자연스레 고시원을 구한다. 아직도 그날을 기억한다. 2012년 1월 31일, 내 스스로가 살 곳을 결정한 발자국을 내딛은 첫날이었다. 서울 마포구 공덕동에 월세 35만 원 고시원에서 시작하게 된다. 그날 눈이 펑펑 내렸다.

이전에 생활했던 고시원은 공용 화장실을 사용했는데 쓰려고 할 때마다 누군가가 쓰고 있으면 불편했던 기억 때문에 이번 고시원은 화장실이 방 안에 있는 방을 골랐다. 30만 원까지 마지노선으로 보다가 화장실이 붙어있는 방은 5만 원이 더 추가되었지만 당시엔 화장실이 가장 중요하다 생각했다. 3~4평밖에 안 되는 방 안에 화장실과 샤워실이 있는 구조였다. 문을 열면 겨우 문을 열 정도의 공간이 존재했다. 월 35만 원이라는 금액이 부담스러웠지만 고시원에서 제공해주는 밥과 라면과 김치를 식사비용을 대신해 충당하는 방법으로 비용을 상쇄시키려 노력했다. 맛없는 중국산 김치였지만 돈을 아끼려 저녁마다 꾸역꾸역 먹었다.

　고시원에 들어가자마자 대형마트에 들러 이불과 세면도구 등 필요한 물품들을 사러 갔었다. 물건들을 사고 정리하다 보니 100만 원 가까이 써 버리게 되었다. 돈이 떨어지면 안 되니 빨리 일을 구하기 시작했다. 배운 일이 도둑질이라고 서울에 올라오자마자 구했던 일이 보조출연이었다. 한 겨울이다 보니 야외 촬영할 때는 너무나 추웠다. 그때 당시 보조출연 했던 퓨전사극 드라마가 기억난다. '옥탑방 황세자'였는데 1화 촬영분이었다. 당시 촬영장소가 서대문 쪽이었다. 아침 8시까지 모여 대기를 하는데 손발이 너무나 시렸다. 촬영하는 스태프들이 나타났고 포졸 역할을 위해 얼굴에 수염을 붙였다. 수염을 붙일 때 묻히는 접착제 냄새가 심했다. 포졸 옷 또한 냄새가 심했다. 제공해준 신발을 신었는데 발이 어는 느낌이 들 정도로 추웠다. 대기를 하면서 발을 계속 주물렀다. 촬영하는 데 두어 시간이 걸렸던 걸로 기억한다. 촬영이 끝나고서는 수염을 알콜로 바로 떼는데 냄새가 심하다. 오후 12시가 되어서 집에 돌아갔다. 당시 5만 원 정도 받았던 걸로 기억한다. 4시간에 이 정도로 번다는 것은 많이 버는 것이었다. 하지만 발이 시린 것과 얼굴에 붙인 수염 냄새로 인한 고생 때문에 사극을 자주 하는 것은 피하고 싶었다. 보조출연을 하면서 배우 쪽은 꿈도 꾸지 않았다. 대사에서 걸릴 게 뻔했으니 말이다.

　고정적으로 할 일을 구하다가 고객센터 전화를 받는 일을 도전하게 되었다. 사람과 마주치는 일도 아니었고 전화로 응대하는 것이 뭔지 잘은 몰라도 교육을 해 주는데 교육받는 기간에 교육비가 나온다. 말로 사람을 상대하는 일인데 배운 대로 하면 어려운 게 없을 거라고 생각했다. 콜센터 일을 하면서 보조출연은 자연스레 안 하게 되었다. 돈을 많이 벌려고 하는 것보단 서울에서 적응하는 것이 중요했다.

　심적으로 힘들었던 경험 때문에 콜센터가 힘들다는 이야기는 아무것도 아니었다. 나만큼 심적으로 고생해본 사람은 없다고 생각했고 어떻게든 논리로 고객들을 상대하려고 노력했다. 마트에서 일했던 성실함으로 그곳에서 열심히 노력했다. 업무에 대해서 모르는 것을 불안해했고 업무에 대해 빨리 익혔다. 그리고 매월 상위권에 도달했다. 하지만 나에게는 단점이 있었다. 부조리한 대우에 대해 참지 못한다는 것이었다. 상급자에게 매번 항의하고 다투고 하는 일이 많았다. 내가 알고 있는 업무와 다르게 계속 처리를 하면 무조건 따졌다. 그 회사는 그렇게 해도 먹히는 분위기였다. 그러나 그렇게 하면 그 회사에서 위로 올라가는 것이 어려운 것임을 몰랐다. 진급이라는 개념 자체도 뭔지 모르고 다녔다. 그저 일을 할 수 있기만 하면 됐었다. 시간이 지나 그 회사에서 만난 회사 동료들과 친분을 쌓았다. 하지만 내가 정신질환을 갖고 있다는 사실만은 숨겼어야 했다. 실적도 항상 상위권, 업무 쪽으로도 항상 주위에서 인정받는다. 회사를 계속 다니다 보면 개인역량을 추가로 요구하게 되거나 바뀌는 것들이 생긴다. 그럴 때마다 매번 나만의 방법으로 타협을 하고 적응했다. 다사다난한 많은 일들을 겪으면서 그 회사에 애정이 쌓여갔다. 콜센터 특성상 많은 사람들이 아르바이트로 들어왔다가 며칠만에 나가기도 하고 거기서 관리자로 진급해 회사에서 더 나은 직급으로 올라가기도 했다. 그것을 보고 나도 꿈을 꾸고 싶었다. 가장 마음에 들었던 직책은 업무 기준을 알려주는 강사라는 교육직이었다. 그 자리가 내게는 특별해 보였다. 아무것도 모르는 나에게 회사는 업무를 배우게 할 수 있도록 교육을 해 준다. 그것도 너무나 친절하게 알려줬다. 그들은 매번 하는 질문에 바로바로 열심히 알려준다. 돈을 벌기 위해 배우는 것을 무료로 알려주는 것도 모자라 친절하게 도와준다. 마트 수산 코너에서 배웠던 교육의 분위기와는 너무나 달랐다. 업무를 알려주는 것은 기업의 일이라고 할지는 모르겠지만 갓 상경한 두려운 상태로 접했던 모든 것들이 목포에 있을 때와 너무나 다른 분위기라서 감사했다.

교육을 받는 직원들을 이해시킬 수 있는 강사라는 직업이 너무나 멋져 보였다. 연극을 했던 나로서는 강단이 무대와 같았다. 무대 위에 설 수 있다는 것이 너무나 멋있어 보였다. 다시 꿈을 꿔도 되는 걸까 희망을 가지게 된다. 강사라는 직업은 연극과는 다르게 대본을 똑같이 외우지 않아도 된다는 것이 가능성을 꿈꾸게 했다.

하지만 이 회사에서 나에겐 강사라는 역할의 기회가 오지 않았다. 나보다 늦게 들어왔지만 집안이 좋고 실적도 상위권으로 낸다는 신입이 먼저 진급하는 일도 생겼다. 그 애가 나보다 먼저 진급했다고 이런 일이 다 있냐며 주위 동료들이 회사에 험담을 했다. 날 높게 사준 동료들이 고마운 것도 있지만 틀어진 관리자들과 사이를 좋게 해야만 앞으로 나아갈 수 있었다. 사내 정치에 대해 관심이 가게 되었다. 하지만 난 마음속 깊이 그들을 속이고 있다는 마음은 버릴 수 없었다. 조울증이 언제 재발할지 모르는데 그들은 평범한 사람이고 나는 언제든 그들을 포기해야만 하는 사람이라 생각했다. 평범한 직장인이 될 수 없었다고 생각한 나머지 노력한 결과에 비해 회사에 요구할 수 있는 것이 없는 줄 알았다. 나의 호흡과 사회의 호흡은 너무나 달랐다. 회사의 호흡에 대해 배우려고 노력해도 항상 때가 되면 성급하게 판단하고 왜곡하게 된다.

그래도 3년 가까이 이 회사에서 근무하면서 조울증으로 문제를 일으키지 않은 것만으로도 너무나 감사했다. 나름대로 행복하게 회사 생활을 잘 유지하고 있었다. 여자를 소개시켜 주는 회사 동료들도 몇 명 있었다. 국비지원을 받으면서 강사 교육을 받기도 했다. 그 과정에서 같이 공부하던 여자분께 그분의 친구를 소개받았었다. 약자 편에 서서 들으려 하고 모르는 것이 있으면 찾아서라도 친절히 알려주고 문제를 해결해 주려 하는 성격 때문에 주위 사람들에게 많이 보답을 받았다. 한때는 여자 친구도 사귀었다. 내 인생에 모든 것들이 하나씩 풀려나가는 느낌이었고 더 이상 조울증이 없는 내 삶을 찾는 기분이었다. 가끔 주위 사람들이 이해할 수 없는 분노를 하면서 끝까지 부당한 것을 해결해내려는 것을 빼면 내 삶은 크게 문제가 없었다.

30살이 되면서 여자 친구와 사귀는 과정에서 한가지 고민이 생겼다. 내가 콜센터에 다니기 때문에 돈을 많이 벌지 못하고 있다는 듯한 말을 했었다. 2014년 당시 주 5일, 야근도 없이 실수령 월 200~230 이상 버는 것은 쉽지 않은 일이었다. 그곳에서 포기하지 않고 계속 일했다면 지금보다 훨씬 더 많은 월급을 받았을 것이다. 여자 친구의 친구들이 잘나가는 것도 있었겠지만 여자 친구가 결혼을 생각하지 않을 수 없었던 나이기도 했고 주위에서 흔들리게 하는 요소들이 많았을 것이다. 아직 난 결혼까지는 생각할 여력은 없었기에 나와 결을 달리 봐야 하는 그 사람과는 헤어질 수밖에 없었다.

현실이 날 버리는 것이 두려웠다. 그 애와 헤어지는 이유가 돈 때문이라는 것이 너무나 싫었다. 그 여자는 현실적이었다. 내겐 현실적인 것이 없었고 사람들에게 인정받는 것이 전부였던 사람이었다. 아무리 세상이 돈이 전부라고 해도 정의감으로 살면 모든 것이 용서될 줄 알았던 사람이었다.

# 첫 집의 의미

:

3년간 열심히 일해 모은 돈으로 월세를 벗어나 전세를 알아보게 되었다. 그러한 과정에서 인천 부평에 집을 구하게 되었다. 신길역 근처에 있는 회사에서 많이 떨어지긴 했지만 인생 최초로 집을 갑자기 사버리게 되었고 집 사는 일이 어렵지 않다는 것을 알게 되면서 나는 갑자기 성공했다는 기분을 맛보게 된다. 집 없는 삶을 10여 년간 살다가 신용이라는 것을 통해 큰돈을 빌려 내 명의의 아파트 한 호수를 얻게 된다는 것이 삶이 바뀌는 기분을 주기 충분했다. 원래는 전세를 생각했었다. 전세를 알아보려 근처 부천에 부동산을 찾다가 기획부동산에 들어가게 되었고 그러다 그분들이 융자에 대해 알려주었다. 그동안 돈을 안 쓰면서 열심히 저축했고 신용 생활도 꾸준히 했기 때문에 융자로 큰돈 대출이 가능했다. 수중에 있는 돈과 퇴직금을 합쳐 3천 2백만 원을 마련했고 1억 2천 정도의 융자 대출을 받아 인생 최초로 신축 아파트에 한 호수를 매매한다. 집을 사는 것은 내게는 먼 미래와 같다고 생각했었다. 이런 방법으로 집을 살 수 있었다는 것을 왜 몰랐을까? 하지만 계획대로 전세로 가지 않고 집을 산 그 일로 인해 앞으로 겪을 일들은 상상을 초월했다.

이사하는 날 1톤 트럭을 불러 원룸에 있던 많은 짐들을 옮겼다. 혼자서 겨우 모든 짐을 옮기고 난 후 쓰러졌다. 밤이 되어 깨어났다. 아직 정리되지 않은 짐들을 쳐다봤다. 내 집이라는 공간이 있다는 것을 느꼈다. 짐을 혼자서 다 옮기다 보니 몸이 성하지 않은 기분이 들었다. 움직임이 무거웠다. 정리되지 않은 짐들을 한동안 쳐다봤다. 무엇 때문에 이렇게 달려왔을까 한계까지 몰아붙여 내 것을 얻어낸 나 자신에게 고생했다고 토닥여주고 싶었다. 그 생각과 동시에 아무도 없는 내 집이라는 공간 속에서 목이 막히도록 펑펑 울었다.

집들이를 하면서 회사 직장 동료들을 초대하게 되었다. 혼수로 자동차를 할 테니 같이 살자는 진심인지 농담인지 모르는 제안을 해오는 사람도 있었다. 그 집에서 첫 겨울이 왔다. 보일러를 틀어 집안을 따뜻하게 만들지 않아도 이중창으로 외풍이 막혀 따뜻한 겨울을 보낼 수 있었다. 어떻게 집이 이럴 수 있는지 너무 감사했다.

그 감사함과 동시에 고민이 들었다. 정착에 대한 생각을 집을 사고 나서 그제야 하게 된 것이다. 집값이 오르면 이사갈 때 돈을 벌 것 같다는 생각에 월 이자만 낸다 생각했었고 정착이라는 단어는 나에겐 어울리지 않았다. 나는 결혼이란 말이 무서웠다. 내 약점을 이해해줄 사람은 없다고 생각하고 두려워했다. 병이 재발할 것에 대한 의심을 해소할 수 있어야만 했다. 어떤 이가 다가와도 나를 의심하고 그들을 의심했다. 내 병을 이해할 수 있는 사람은 존재하지 않는다는 결론에 이르러야 했다. 지금으로 보면 그 생각이 맞았다. 정신에 대한 문제는 자신이 결국 모든 것을 결정해야 한다. 정신은 온전히 자신의 것이라는 자명한 사실을 헷갈리지 말아야 한다. 그래야만 스스로 답을 찾을 수 있다고 생각한다. 2015년 당시 집을 샀을 때로 돌아가 열심히 회사만 다녔다면 지금과는 다른 안정적인 삶을 살았을지 모른다. 결혼을 했을지도 모른다. 조울증이 재발하지만 않았으면 말이다.

# 다시 시작된 꿈

:

집주인이 된 후 나는 안정감이라는 것에 대한 의문이 들었다. 집을 사면 그곳에서 내 목표는 끝인가 하는 물음이었다. 나는 여기서 더 성공할 수 있는 사람이란 확신이 들었다. 그러나 그 확신을 현실로 만들기 위해서는 지금 내가 있는 위치에서 더 성장을 해야만 했다. 거기에서 들었던 의문은 '성공이란 무엇인가?'였다.

'도대체 성공은 어떤 사람이 하는 걸까? TV에서 나오는 성공을 외치는 많은 사람들은 도대체 어떻게 살았던 걸까?'

이제껏 일하던 방식처럼 기준이라는 것에 집착했다. 성공도 기준이 있을 것이라는 생각에 지금 상태에서 더 나은 성공을 하는 사람이 되고 싶었다. 무대에서 많은 사람들에게 이야기를 하는 어떤 영향력 있는 사람이 막연히 되고 싶었다. 그나마 그 분위기에 가까운 직업은 내 기준으로는 강사였다. 멋진 강의들을 줄곧 시청을 했고 강사 모임도 용기 내 나갔다. 강사를 하기 위해 얼마나 많은 준비를 해야 하는지, 강사를 하기 위해 프리랜서의 삶이 얼마나 힘든지 그들의 대단한 실행력을 보면서 나는 한낱 직장인에 불가하다는 생각이 들었다. 일이 끝나면 놀고 싶고 쉬고 싶은 게 우리네 직장인의 특성이라면 특성일 텐데 강사들은 강의가 끝나면 다시 자료들을 정리해야 하며 다음 강의

**탈출(Escape the living corpse)**

를 준비하기 위해 수많은 시간을 투자해야 한다. 그것을 극복할 수 있냐는 물음이 들었다. 강사라는 직업은 사람들을 가르치기 위해 전문성을 갖고 가르치려는 분야에 대해 공부를 열심히 해야 하며 무대에서도 강사만의 루틴에 맞춰 교육생들과 호흡을 하면서 혼자서 모든 것을 운영해야만 한다. 연극과는 아주 다른 레벨의 것이었다. 연극을 했다는 그 경험 가지고 지적으로 한참 부족한 내가 이 분야를 도전하는 것은 꿈과도 같은 생각이었다. 그러나 회사에서는 항상 상위권을 유지하면서 업무를 잘 모르는 사람들에게 가르쳐 주는 것이 즐거웠던 나머지 하룻강아지가 강사의 꿈을 계속 꾸게 된다.

연극을 했던 경력을 살려 어떻게든 무대에서 스스로 떠들어 볼 생각이었다. 돈이 없어도 배우라는 직업으로 평생을 일하면서 무대 위에서 죽으려 했던 어릴 적 로망은 사라졌다. 찢어질 듯한 가난은 이제 싫다면서 무대 위에 강사라는 직업으로 돈도 벌면서 사람들에게 좋은 영향력을 끼치고 싶었다. 하지만 강의 하나를 준비하는 과정을 직접 해보게 된다면 강사를 꿈꾸는 수 많은 사람들은 이 일이 결코 만만한 것이 아님을 알게 된다. 멋으로 하려고 했다면 시작조차 하기 어려운 일이라는 것을 알게 된다.

처음엔 막연히 무대 위에서 좋은 이야기를 하는 강연가를 꿈꾸었다. 강사라는 직업을 하면 강연가처럼 강연을 할 수 있다고 생각했다. 강사는 강연을 하지 않고 강의를 한다. 정해져 있는 제한된 주제에 목표를 두고 사람들에게 정보를 전달하거나 교육을 한다. 강연은 강의식으로 이야기하지만 주제가 제한되지 않는다. 평소에 생각했던 주제들에 대해서 도전이 가능하다. 그러나 강연을 하려면 대부분 사람들에게 관심이 가는 유명인이 되어야 하는 경우가 많다. 유명인이 아닌데 어떻게 유명인이 되어야 하는지 방법을 찾기 어려웠다. 나는 다시 원초적인 질문을 해봤다.

처음 내가 연극을 하게 된 이유는 무엇인가? 사실 나는 연예인이 되고 싶었다. 하지만 내 얼굴이 잘생기진 않았다. 그냥 막연히 잘생기고 예쁜 사람들을 자주 보고 싶었고 나도 잘생긴 사람이었으면 좋았을 거라고 생각했다. 그리고 그들이 무대위 에서 쇼를 하면 박수받는 것처럼 나도 쇼를 해서 박수를 받고 싶었다. 연예계로는 갈 수 없다는 냉정한 판단에 차라리 냉정하게 그들을 이기는 방법은 실력밖에 없다는 가장 우월한 회피 사유에 걸맞는 정당한 직업은 예술의 영역인 연극밖에 없었다. 평소에 연극에 관심도 없어 보였던 고등학교 친구가 갑자기 연극과에 지망한다고 한다. 초중고 시절에 장기자랑이나 댄스 경연대회에 나가 입상도 했던 나인데 그러한 면에서 그 녀석보다 훨씬 더 잘할 것 같았다. 친구의 용기가 무대를 택하는 직업을 소심하게 생각했던 나에게 자극이 되었다. 그래서 연극을 택하게 되었다. 그러면서 겉으로는 예술을 선택했다며 속세의 연예인처럼 빛이 나는 것보다 훨씬 가치 있는 것들을 찾겠다고 정신승리를 했었다. 그런 것을 떠올려봤을 때 단순하게 난 유명한 사람이 되고 싶고 박수를 받고 싶어 강사를 한다는 것이었다. 현실에서 더 나아간다면 이전에 포기했던 무대로 다시 성공하고 싶었다. 하지만 내게 강연가가 될 무기 같은 경력은 존재하지 않았다. 강사가 강의를 너무 잘해서 경력이 되어 강연가가 될 수도 있는 방법도 있긴 하지만 그 길이 내 길이라고 여겨지진 않았다. 이미 정해져 있는 강의 분야는 몇십 년을 해온 경력자들이 시장에 많다. 그러한 사람들 가운데 특출나야만 강연가를 생각해볼 수 있다. 그것이 아니라면 나만의 특별한 경력이 필요했다. 하지만 당시 내게는 고객센터에 다니고 있는 일반 상담사였을 뿐이었다. 극단에서 했던 경험 또한 말단업무만 했다 보니 내세울 경력이 전혀 없었다.

강사들을 존경한다는 의미로 강사 모임에 참여했었다. 그러면서 강연가가 되어 강연을 하는 모습을 떠올려보며 연습한다. 본인만의 철학과는 상관없는 어디서 들었던 진부한 이야기들을 다시 짜기워 허상 같은 말만 할 수 있을 뿐이었다. 그런 이야기를 떠들어 대는 사람이 어떤 영향력을 끼칠 수 있는 강연가가 될 수 있을지는 미지수였다. 지적 교양이 너무나도 부족한 내가 사람들에게 영향력을 끼치는 이 분야에 도전한다는 게 정말 어리석음 그 자체라고 봐도 무방할 정도였다. 난독증으로 인해 책을 가까이 하지 못했다. 그 당시까지 완독한 책은 심하게 말하면 '어린 왕자'가 다였다. 극단에 있으면서 난독증을 극복하고자 '태백산맥' 10권 중 9권까지 읽었던 기억은 있지만 등장인물 이름을 외우지 못해서 중간중간 스토리가 어떻게 흘러가는지 정확하게 기억을 하지 못한다. 역사적 사실만 기억날 뿐이다.

책을 많이 읽는다고 해서 강의를 무조건 할 수 있는 것은 아니겠지만 차이는 분명 존재한다고 생각한다. 지금 이렇게 글을 쓸 수 있는 수준까지 온 것 또한 책을 계속 읽었던 것이 많은 도움이 되었다.

지적으로 뛰어나진 않았지만 열정적으로 강사 모임을 다녔다. 그러면서 대학교 교수, 현직 강사분들, 방송 출연하시는 분, 책을 내고 활동하는 강연가, 강사를 꿈꾸는 3~40대 직장인들과 어울리게 되었다. 그들의 스펙을 들어보면 나의 대학교 중퇴라는 스펙과는 비교하기 어려웠지만 비벼보고 싶었다. 모임회비를 내고 그들이 준비한 강의를 듣는다. 강의가 끝나고 그들과 회식을 하면서 이야기할 기회가 많았었다. 그들에게 내 상황을 공유하면서 용기를 얻는다. 강의를 데모해 볼 기회도 얻어보고 조금이나마 강사처럼 사는 기분을 느낀다. 훌륭한 강연가처럼 뭔가 사람들에게 영향력을 끼칠 수 있는 이야기들을 하고 싶었다. 그러나 막상 하려고 해도 뭘 해야 할지 몰랐다. 막연히 유명한 사람이 되어야 한다고 생각만 했다. 사람들이 내가 하는 행동과 가르침으로 인해 깨우쳐 환호하고 고마움을 느끼길 바랐다. 실력도 없는데 그들과 함께하면 '언젠가는 되겠지?'라는 소극적 생각만 했었다.

# 가문의 비밀

:

2017년 3월 2일 내 신분증의 이름이 바뀌었다. 이전의 이름은 아버지가 지어주신 이름이었다. 한문도 제대로 모르는 내가 이름을 쓸 때 쓰는 한문을 잘못 골랐을 정도로 막 골랐다. 이름을 바꾸는 과정에서 나의 정신은 다시금 엄청난 시련을 겪게 되었다. 아버지가 지어준 이름을 바꾸는 이유가 너무나 가슴이 아팠기 때문이다. 아버지의 죄를 고백하고 얻은 이름이었다. 개명 사유는 다음과 같다.

'아버지가 내 목에 칼을 들이밀고 어머니를 망치로 때렸다. 내 이름이 불리울 때마다 아버지가 했던 행동이 머릿속에 떠오른다.'

어렵지 않게 신청이 받아들여졌다. 과거에는 개명을 신청하는 것이 어렵다고 했지만 최근엔 개명이 쉬워졌다. 물론 내 사유가 개명의 합당한 사유는 된다고 본다. 개명을 신청하고 통보를 받는 과정에서 나는 천륜을 저버린 처벌을 받는 감정을 겪어야만 했다. 개명 사유의 기억은 5살 때쯤이었다. 아버지가 어떤 것 때문에 화난 건지는 알 수 없지만 당시 술은 취하지 않았던 것 같았다. 그럼에도 불구하고 아버지는 망치로 엄마 허리를 때렸다. 그리고 그 현장을 목격한 나에게 다가와 칼을 목에 대었다. 그 순간 내가 할 수 있는 것은 없었다. 그러고 나서 아버지는 무슨 말씀을 하셨던 것 같은데 기억이 나질 않는다. 두려움에 가만히 내 목숨을 그대로 아버지에게 맡겼다. 얼마 지나지 않아 칼을 내 목에서 거둔 아버진 그 자리를 떠났다. 5살짜리 꼬마가 아버지가 다가와 목에 댄 칼을 어떻게 피할 수 있었겠나? 무슨 잘못을 한 건지 아버지의 행동이 어떤 의미인지 아무것도 모른 상태로 멍할 수밖에 없었다. 그저 살아있었기에 다행이라는 생각만 더 했을까?

그 일을 겪은 후 아버지는 다시 정상인으로 돌아갔다. 엄마도 참 희한한 게 그러한 수모를 당했으면서도 아버지가 돌아가실 때까지 끝까지 챙겼다. 엄마 같은 여자가 세상에 존재할 수가 없다고 생각한다. 이러한 경험이 형제 중에 나만 있었을지 모르겠다. 이런 이야길 군이 할 필요가 없으니까 말이다. 물론 집안 이야기이기 때문에 공개한다고 해서 집안 어른들이 좋아할 일은 없다. 그러나 나는 그의 이야기에 힌트를 얻었다. 존 F.케네디 대통령의 조카이자 에드워드 케네디 전 상원의원의 아들인 패트릭 케네디가 쓴 회고록에서 그는 그의 가문에 대한 비밀을 고백했다. 가문이 했던 훌륭한 일들이 많았지만 명 뒤에 암은 존재한다는 사실을 말하고 싶어했다. 약물 중독이라든지 뒤에 있던 비정한 일들에 대해서 말이다. 그로 인해 그는 집안에서 인정받지 못하는 사람이 되었지만 그는 그의 삶을 찾으려고 노력했다. 그는 조울증을 겪고 있었고 조울증을 극복하기 위해 수많은 일을 하였다. 조울증을 겪는 동료 의원 집으로 방문하여 그를 걱정했다.

물론 나는 그의 가문에 비해 그렇게 대단한 가문이라고 말하고 싶은 생각은 없다. 내 가문 중에 유명한 사람이라고 한다면 연예인 중에는 가수 BTS 뷔, 진, 배우 현빈이 있겠다. 무한도전의 김태호 PD 또한 같은 광산 김씨다. 인구수도 80만 명이라 김씨 중에는 그렇게 많은 비중을 차지하지 않지만 광산김씨라고 하면 양반 가문으로 인정받는다. 예능 살림남의 김승현 씨 가족 또한 광산김씨를 소재로 이야기가 자주 나왔다. 광산김씨는 신라시대 신무왕의 셋째 왕자 김흥광의 후손으로 고려의 개국공신이며 고려시대 조선시대 통틀어 양반 가문 중 힘이 막강한 가문이었다. 그러한 가문이란 이름으로 인해 내가 얻을 수 있는 혜택은 단 하나도 없었기에 노예제도가 없어지면서 얻게 된 가문의 이름일 수도 있겠다 싶었다. 그러나 양반 가문의 이름을 얻으려면 그만큼 돈이 많았어야 했다. 모르긴 모르지만 우리 집안은 자수성가 또는 금수저 집안이었다는 뜻이 된다. 큰 집은 큰형이 경찰 공무원을 하고 있을 정도로 집안에서 공부하도록 계속 밀어주었지만 나는 이상하게도 공부를 잘하면 말리는 형국이었다. 어릴 적 큰집의 작은형에게 족보를 보면서 교육을 받은 기억은 나긴 하는데 정확하게 어떤 파인 건지는 아직도 제대로 기억하지 못한다.

  가문을 지키기 위해서는 그만큼 희생이 필요했을 것이다. 암을 가리기 위해 가족들은 얼마나 힘들었을까? 내가 상담을 했었던 조울증 환자분들, 조울증 환자 가족들 중 서울대 출신 또는 고학력에 관계된 사람들이 있었다. 상담을 많이 해본 것은 아니지만 그들의 이야길 들어보면 집안의 엄숙한 환경이 공통적이었음을 알게 된다. 이것을 일반화할 수는 없지만 고학력의 부모들의 아이들 중에는 될성싶은 아이가 있을 것이고 떡잎이 자라기가 어려운 아이들이 눈에 밟혔을 때 그러한 아이들이 힘들게 자랐을 수도 있을 것 같다. 고학력과 관계가 없는 평범한 사람들을 상담할 때는 다양한 에피소드들이 있었다.

　관찰자 시점으로는 절대 답을 찾을 수 없는 것이 조울증의 현실이다. 병의 치료를 할 수 있는 주체는 병을 겪고 있다고 판단되는 당사자 본인이다. 이것이 전제가 되지 않는다면 그가 갖고 있는 내재적인 사람의 본질적 태생으로 인한 전개되는 모든 이야기들은 사회적으로 왜곡되어 해석될 여지가 높다. 정신의학을 공부한 의사들이 현장에서 환자들을 진단한다. 그들은 자격증을 따기 위한 질환에 대한 시뮬레이션 등 다양한 공부를 했다. 하지만 질환을 경험 한 사람은 아니다. 감정적 공감 능력은 떨어질 수밖에 없다. 정신과 의사, 그들은 감정노동자가 아닌 지식 서비스 업자에 가깝다. 환자가 환자를 치료한다고 이미 질환을 겪고 있는 환자들을 만나보라고 권장하기도 한다. 그러나 처음 이 질환을 부여받은 때부터 나는 이 질환을 인정할 수 없었다. 의사들은 이 감정을 알 수가 없다. 경험한 적이 없기 때문이다.

Whatever it takes 1 —
# 날 지배할 수 있을까?

# 조울증에 대한 고찰, 이 병을 극복한 것인가?

:

조울증을 극복했다는 영상을 유튜브에 올리고 나서 조울증 질환을 겪고 있는 분 또는 환자 가족들의 연락을 받게 되었다. 상담을 장시간 해주거나 만나게 되는 경우도 있었다. 그들과 이야기하는 과정에서도 공부는 계속됐다. 내가 조울증을 제어한다는 것이 사실이라 믿고 있는데 그것에 대한 확신을 더 갖기 위해선 남들도 동일하게 나와 같은 방법이 가능할지에 대한 의문이 들었다. 내가 병식을 인지하고 치료가 된 게 맞다면 조울증은 치료가 가능한 질병이 돼버린다. 그러나 속으로는 이미 알고 있었다. 다른 사람들은 나와 똑같은 이 길을 가는 것이 불가능하다. 내 모든 것을 뒤집어 까면서 모든 재산을 몰수당하면서까지 겪었던 고통 이후에 조울증을 극복할 수 있다면 이것이 치료법이라고 하기엔 접근성이 분명 떨어진다. 벼락 맞아서 살아남을 확률과 다름없다. 잘못된 확신을 갖고 주장을 했다가 내가 아닌 그들이 조울증의 극단적인 상황이 재발될 수 있다고도 생각했다. 이러한 위험을 굳이 감수해 가면서까지 영웅이 되고 싶은 것은 아니었다. 내가 경험한 것이 거짓말이 아님을 증명하고 싶었을 뿐이었을 것이다. 이 분야로 유명해지고 싶지 않다. 죽다 살아본 사람들의 대부분은 유명세

보다 내가 앞으로 할 일이 무엇인지 감당할 수 있을 만큼 집중하는 것에 더 행복을 느낀다. 정신질환은 변수가 너무나도 많아 한 사람의 경험으로는 감당하기 힘든 분야임은 틀림없다. 석가모니 또한 그가 부처의 깨달음을 얻었을 때 부처가 되기 위해 본인이 겪은 고통을 남들에게 똑같이 겪으라고 하면서 설파하기엔 어렵다는 것을 알았다. 부처가 되는 것은 누군가가 알려준다고 되는 것은 분명 아닐 것이다. 석가모니는 부처가 되는 길을 알려주기 위해 제자들에게 그의 경험과 지식을 공유했다. 열반에 오른 존재 자체로 있어 준다는 것이 주는 의미는 크다.

조울증은 답이 나온 질환이 아니다. 2017년 서판길 UNIST 교수팀이 뇌의 신호전달 단백질인 피엘씨감마원(PLCχ1) 기능 이상이 조울증 발생의 핵심 요인이 될 수 있다는 사실을 유전자 조작 쥐 실험으로 밝혔다. 그런데 그것이 감정의 이입이 되는 사람이 어떤 이유로 그 질환이 발생이 될지는 누구도 예측할 수 없었다. 어찌 보면 그것은 밝혀낼 수 없는 불가능한 영역이다. 메커니즘을 밝혀냈을 뿐이지 한 사람이 살아온 20년이나 가까운 그 사람이 살아온 모든 감정·생활 패턴을 다시 공부하는 것에 대해 어떤 교육이 필요할지는 아무도 정의 내리지 못한다. 아무리 약이 더 좋아졌어도 부작용이 존재한다. 조울증 약을 복용한 수많은 환자들이 말하는 졸음이 오며 무기력해지는 증상, 그 증상을 평생 안고 살아야 한다는 것을 의사들은 크게 감정적 공감을 할 수 없다. 내가 느끼는 의사들이 환자를 대하는 방법은 본인이 배운 지식들을 적용했을 때 부작용들이 있을 경우 이것에 대한 대처 방법이 이것저것이 있는데 그저 이것을 해 보고 저것을 해 볼 뿐이다. 환자는 그저 연구 대상처럼 실험되어 진다. 의사들은 환자들이 무엇 때문에 그러한 감정적 오류를 일으킨 건지 고민만 한다. 의사들도 힘들게 노력해서 배운 지식을 알려주면서 시도해 보는 것이지만 환자들의 제대로 된 치료의 길을 찾도록 도와주지 못할 거라면 연구 대상을 대한다는 표현이 맞을 것 같다. 조울증 연구의 업적은 조울증 환자들을 제대로 된 삶을 찾아주지는 못하는 희망 고문을 할 뿐이다. 그러나 희망 고문이 있더라도 노력하지 않는 것보단 노력하는 것이 낫다는 것은 당연하다. 모든 것은 사회적 안녕을 위한 행위인 것임을 이해한다. 하지만 동시에 당신 인생의 행복 질량의 잠재력을 평생 잠재우고 살아야 한다는 것을 의사들에게 맡겨야 함을 이해해야 하는데 나 같은 경우는 그것이 보통 어려운 것이 아니었다.

그렇다면 약을 먹지도 않고 부작용을 최소한 할 수 있는 방법은 없는 것인가? 그 답은 당신이 성공하는 사람들의 원칙을 따를 수 있냐는 것에 물음을 던져보는 것부터 시작해야 한다.

일어날 때까지 일어난 것은 아니다. 이것은 생존본능과는 전혀 반대되는 말이다.

스피노자 또는 마틴 루터가 말했던 "내일 지구가 멸망한다고 하더라도 한그루의 사과나무를 심겠다." 소설 『노인과 바다』에 파도 앞에 죽음을 당당히 맞이할 수 있는 용기. 이순신의 '필사즉생, 행생즉사'의 마음가짐을 떠올려 본다. 죽음이 두려워 피하게 되면 그 녀석에게 매번 졌다. 지게 되면 갖고 있는 많은 아이템을 떨군다는 느낌이다. 지고 또 지고 또 졌다. 실패가 지긋지긋할 정도로 졌다. 그렇게 되면 주위에는 아무것도 남지 않는다. 그래도 남아있는 것들을 모두 버릴 수 있다면 그것이 기회라는 생각을 할 수 있을까? 밑바닥으로 가는 것이 두려운 사람은 절대 가지 못하는 그 길을 가게 되는 것이다. 다 알고 있는 성공담인데도 불구하고 정말 그 길을 선택할 수 있는 용기는 누구나 다 존재할까? 하지만 나는 나락의 길에서도 단 한 번의 성공을 간절하게 바랐다.

어릴 적 형제들과 나는 달랐다. 아버지의 술주정에 형제들은 피했지만 나는 피하지 못했다. 피하면 죽을 것을 아는 것처럼 술 취한 아버지를 피할 수 있는 기회가 와도 그 자리에 머물렀다. 그 상태로 아버지의 구박을 온몸으로 받았다. 공포의 피드백 태도가 형제들과는 달랐다. 앞서 언급한 목에 칼이 들어온 아버지의 기억이 내게는 정언적 명령처럼 그의 존재 앞에서 어떤 죽음의 공포 앞에서도 도망가지 못하는 무능력한 장난감이 되었던 것이다. 그러한 태도에 형제들은 당연히 답답해했다. 도망갈 수 있었던 상황에도 도망가지 않았던 내가 생각했던 감정은 희생이라는 것이었다. 피하지 않아야 나중에 더 큰 고통이 오지 않을 것이라는 감정이었다. '보복당하지 않기 위해'라는 시스템이 작동되었다. 그 결과 도망가지 않는 나를 보고 아버진 더욱 화가 난 상태다. 사람이 화가 나면 주위에 화를 낼 분풀이 대상이 존재하게 되면 결국 화를 내게 된다. 화를 낼 사람이 없으면 스스로 생각하다 감정이 사그라들기도 한다. 그런 걸 잘 몰랐던 나는 아버지의 설교에 그대로 맞닥뜨렸다. 아버지의 말씀에 대답하다가 갑자기 아버지는 침을 뱉는다. 뺨을 맞거나 몸에 체벌이 가해진다. 이런 태도는 수학 공부할 때 많은 도움이 되긴 했다. 알아낼 때까지 그 자리에서 피하지 않았기 때문이고 아버지를 대할 때와는 다르게 답이 나와 끝이 있어서 좋았다.

　물론 이것이 단순히 그 시대 아버지들이 하는 옛사람들이 하는 행동이라고 말할 수도 있다. 나 또한 자식들을 마음대로 체벌하는 시대의 아버지라고 이해하고 싶다. 하지만 그런 식으로만 치부하게 되면 내 인생의 숙제는 절대 풀리지 않는다. 영화 '나비효과'의 주인공이 아기 때로 돌아가 했던 행동처럼, 내가 살고자 한다면 아버지를 이야기 해야만 하고 나를 모두 풀어야만 했다.

　이 해석은 모든 조울증 환자들에게 도움이 되지 않을 수 있다. 하지만 적어도 나라는 사람이 기록한 역사가 많은 사람들에게 도움이 될 수 있음을 믿는다. 명확한 것은 나의 모든 치명적인 약점을 공개하는 과정에도 고통이 존재한다. 그리고 그 고통을 고통이 아닌 것처럼 익숙하게 만든다. 고통의 기억을 이겨냄으로 더 이상 조울증에 대한 잠재성이 약점이 아닐 수 있다는 것이다. 또 하나의 나를 발견하는 과정이 어떤 것인지를 알게 된다면, 태초의 태어났을 때 내가 했던 행동들을 기억하지 못하고 있지만 그것이 나라고 하는 것이 왜인지부터 깨닫게 된다면 당신의 조울증 치료가 불가능한 것이 아님을 나는 응원하고 싶다.

# 수학적 삶

:

만 30세라는 이른 나이에 집주인이 되었고 그것이 내겐 정착의 의미로 마음의 큰 안정을 줬던 것은 사실이다. 다만 나에게 안정이라는 것이 어떤 의미인 건지 나 스스로에게 묻는다면 그것은 아직 풀지 않은 숙제가 존재한다는 생각을 하게 된다. 누군가와 같이 살 수 있을까? 나는 성공을 할 수 있는 사람인가? 내가 어딘가에 정착할 수 있는 사람인가? 이 동네에서 계속 살아도 되는 것인가? 삶에서 행복을 느끼려 하는 순간 약을 먹지 않으면 언젠가는 조울증이 발생할 수 있다고 말해준 의사의 치명적 설명이 떠오른다. 정말일까? 정말 약을 먹지 않으면 도대체 언제 병이 다시 재발하는 걸까? 나도 모르게 재발한다는데 나는 약을 먹지 않으면 시한폭탄인 존재인 걸까?

약을 먹지 않고 사는 이상 조울증 전과자라는 꼬리표가 달리며 사는 기분을 보통 사람이 갖고 살아갈 희망을 꿈꾸며 이루는 순간순간마다 매번 느껴야 한다. 꿈의 욕심이 매번 자격지심이 되어 삶에 어느 행복도 가당찮은 도둑 행복을 갖고 살고 있다는 죄책감을 느끼게 된다. 도대체 왜 그런 생각을 하는지 궁금한가? 재발 했었기 때문이다. 동일한 질환으로 재발한 건지는 이해할 수 없다. 하지만 의사가 기록하기로는 조울증이라는 것으로 다시 병원에 들어갔기 때문에 인정을 해야 하는 것이었다. 병원에 들어가기 전 모든 것들의 상황이 왜 일어난 건지 모르는 상태로 조울증이라고 판단한 근거는 군대에서 발병한 전과가 있기 때문에 그것에 근거해 판단을 하는 것이 쉬워진다.

조울증이라는 진단을 하기 위해서는 적어도 6개월 동안 환자를 관찰하는 것이 필요하다고 하는 것이 전문가의 소견이다. 물론 극단적인 환자의 상태를 보고 조울증이라고 판단할 수도 있다. 다만 이것이 조울증이었는지 아님 조현병이었는지 판단하기 어렵다. 나 또한 내가 병원에 들어가기 전까지의 모든 과정을 스스로 기억하고 있기에 적어도 환청이 들렸다기보다 내가 그렇게 해야만 하는 당연한 기분의 상태였다는 감정이 들었기에 확률상 조울증에 가깝다는 생각은 든다. 처음 군대에서 조울증이라고 진단하고 나서 약을 한 달간 먹고 사회에 나섰을 때는 정신이 눌린 상태였다. 뭣도 모르고 세상의 압력에 제압당해 사회의 권위에 그대로 적응해야만 했다. 처음 알게 된 이 병에 대해서 찾아보게 된다. 그리고 나는 내 병에 대한 의심을 하기 시작한다. 6개월간 나를 관찰하지도 않았는데 조울증으로 진단하였다는 것이 내게 잘못된 꼬리표를 붙여주었다는 억울함으로 의심하게 된다.

약을 먹지 않고 생활할 수밖에 없었던 가장 큰 이유는 일상생활이 불가해서였다. 약의 부작용이 일상 생활을 못 할 정도로 고통스러웠고 그걸로 인해 내 무의식은 언젠가 재발할지 모른다는 사회적으로 표현하고 있는 '조울증 환자'라는 꼬리표를 불현듯 떠올리며 살아가야만 한다. 조울증이 무엇인지 전혀 몰랐기에 의사가 말한 진단명이 내 잘못이 아닌 것처럼 말해줘서 고맙지만 태어났을 때부터 억울한 사람이 돼 버렸다. 그 질환을 인정하게 되면 그동안 자라면서 내 의지대로 표현하면서 인정받은 모든 감정들이 내 것이 아닌 것이 돼 버리고 만다고 생각했다. 내가 옳다고 느껴온 삶의 모든 감정들이 나로 산 것이 아닌 것처럼 내 인생을 부정당할 거 같았다. 그래서 그 병을 인정하기 힘들었다. 조울증이 발생하기 전 내 인생은 사회가 원하는 것들을 매번 잘 대답해줬다고 생각했다. 그래서 어른들에게 인정받으면서 살았다. 아버지에게 그렇게 맞고 살았는데, 그런데도 사회에서 비뚤어지지 않으려 그렇게 노력했는데, 그냥 처음부터 당신의 머릿속에 잘못된 회로가 존재하기 때문이라고 관찰자들은 정의한다. 그 오랜 기간 동안 도대체 어디서 어떤 감정들이 잘못 인식됐었던 것이었고 그로 인해 어부지리로 얻은 것들은 무엇이며 어떤 감정들이 도대체 옳았던 건지 엄청난 혼란이 오지 않을 수가 없었다. 조울증을 인정하느니 차라리 내가 그것들을 인정하지 않고 이겨내는 것이 내가 그동안 살아왔던 사람들과의 감정을 그대로 당위성을 갖고 살 수 있는 유일한 방법이었다. 조울증 환자들은 세상과 살아가기 위해 약을 먹는다. 하지만 난 조울증이 찾아오면 이겨내고 싶었다.

감정이 몸을 감싸면 그 순간 모든 상상력이 동원이 되기 시작한다. 그 상태가 시작되면 생각이 꼬리에 꼬리를 무는 것이 끝없이 발동된다. 이 상황이 왜 발생하는 것인지에 대해 이제는 이론적으로 설명이 가능하지만 당시에는 사회라는 권위에 발등을 찍히게 되면서 머리에 쇠고랑을 찼었다. 그 모든 이론들을 능가하는 자신만의 철학이 없으면 병의 재발은 막을 수 없음을 인정한다.

1이라는 숫자에 1을 더하면 2가 된다. 2라는 숫자에 1을 더하면 3이 된다. 2라는 숫자에 1을 빼면 얼마인가? 처음 산수를 형에게 배울 때 나는 3이라고 답했다. 이것이 1이라는 것을 깨닫기까지 일주일이 걸린 것 같다. 그동안 형은 계속 나에게 빼는 것을 알려주었지만 나는 계속 더했다. 형은 힘들어했다. 하지만 나는 그것을 깨닫는 순간 산수가 너무 재밌어졌다. 형의 답답한 모습을 보면서 더하고 빼기쯤은 누구나 다 빨리 배우는 줄 알았다. 어렵게 빼기를 배운 순간 사람과 소통하는 큰 자산이라고 생각하게 되었고 삶이 어렵지 않을 것이라고 생각한 그 어린 꼬마는 좋아했다. 그리고 그 꼬마는 고3까지 수학으로 먹고 살았다. 문과임에도 상위권 반으로 가게 된 것도 수학 모의고사 성적 때문이었다. 수학은 포기하지 않으면 결국 열리게 되는 학문이라는 믿음 때문이었다. 초등학교 6학년 때도 수학부에 들어 갔지만 올림피아드 경시대회에는 한 번도 나간 적은 없다. 수학 점수를 높게 맞아야 한다는 다른 학생들의 목표와 달리 수학을 푸는 것을 도전하는 것이 재미있었다. 누구나 수학을 포기하기 쉽다는 중2 시절, 수학 이해력이 높은 아이들이 A반에 들어가고 나머지는 B~D 반에서 수업을 받았다. 한 달마다 반 배치는 달라진 것으로 기억한다. A반의 선생님은 젊은 선생님이고 B~D 반에서 수업하는 선생님은 할아버지 선생님이었다. 못하는 아이들을 위해서 반을 배분하는 것이 아닌 따라올 테면 노력을 배로 해야 수학을 알려주겠다는 형식이었다. 학부모들은 이를 알 턱이 없었다. 그저 학교에서는 아이들의 진도에 따른 수업 분위기를 고려해서 해야 하는 정책인 줄 알았을 것이다. B반 이하로 떨어진 아이들은 다시 A반으로 들어가기 힘든 구조였다. 적어도 B반 이하 선생님의 가르침 수준으로는 그랬다. 그러나 나는 상관없었다. 누구나 다 포기하고 싶다고 하는 상황에 한계를 느끼는 것이 당연하다 생각했다. 그것을 이겨내기 위해 스스로 시간을 투자해 공부하기로 했다. 그리고 A반에 들어가게 된 순간 나는 이 어려운 시기를 극복했다고 생각했다. A반은 수업의 질 자체가 달랐다는 것을 깨닫고 다시는 B반 이하로 떨어지면 안되겠다고 생각했다.

고등학교 때는 춤을 추다 보니 고1 때 공부를 잘 하지 않아 전교 중간 석차까지 떨어졌다. 그러다 고2 때부터는 현실을 직시해 공부를 해야만 했는데 다른 과목은 몰라도 수학은 다시 시작해도 자신 있는 과목이라 수학을 기초로 다른 과목들을 잡기 시작하고 고2의 끝 무렵 10월 모의고사 때 수학만 전교 1등을 차지하게 되면서 고3 스카이 반(내신과 모의고사의 비중을 선생님들만의 기준을 두어 전교 1등부터 33등까지 뽑았다) 에 들어가게 되었다. 문과임에도 불구하고 언어영역과 사회탐구가 약한데도 불구하고 수학을 잘하면 문과에서 유리하다는 이유로 들어갔다. 용의 꼬리로 사느니 뱀의 대가리가 되라는 말이 있는데 스카이 반 안에서는 용들의 꼬리로 살았어야 했다. 하지만 스카이 반 밖에서는 내가 용의 머리들 중 한 명으로 보였을 것이다. 물론 나는 반 안에서 적응이 어려웠다. 생전 공부를 잘하는 친구들 위주로 같이 있지 않다 갑자기 과학고에 진학한 기분으로 공부를 했어야 했다. 시험을 보더라도 반 안에서는 하위권을 전전해야만 했다. 전교 성적으로

봐야만 그나마 잘하고 있다는 안도감을 취한다. 친구들의 실력들을 보면서 좌절하지 않고 그에 어울리는 사람이 되기 위해 하루에 4시간을 자면서 공부를 했다. '사당오락'이라고 4시간 자면 붙고 5시간 자면 떨어진다는 말은 그 당시 유행이 아니었다. 그럼에도 나는 선배들의 말대로 4시간을 자고 공부하면 조금이라도 될 줄 알았다. 그 결과 수업시간에 자거나 깨어있더라도 집중하지 못하거나, 쉬는 시간에 계속 자게 된다. 수능이 끝나고 한국교원대에 간 전교 1등 녀석이 하는 말이 있었다. 교과서 위주로 공부했고 잠도 하루에 7시간 이상 무조건 잤다고 한다. 수업 시간에는 수업을 듣는 것에 집중했다고 한다. 물론 그 녀석은 고1 때부터 공부를 한 녀석이라 고3 때 수업만 복습해서 잘 들어도 되는 친구였다. 하지만 난 고3 때부터 갑자기 공부를 하느라 벼락치기를 해야만 했다. 그 녀석은 나중에 후배들에게 대학 성공담을 들려줬고 나는 실패담을 들려줬다. 실패를 한것에 대해 전혀 부끄러워 하지 않았다. 차라리 그런 것들이 다른 사람들에게 도움이 될 수 있는 경험담이 되길 바랐다. 내 페이소스로 후배들은 잠시 대학에 대한 공포감에서 해방될 수 있었다. 나를 보고 반면교사를 삼으라고 할 수 있었다. 실패해도 나처럼 긍정적인 모습을 갖고 살라고 말할 수 있었다. 실패가 계속되면 언젠간 성공할 거라는 믿음을 갖고 말이다. 다만 언제까지 실패만 말해야 할지를 몰랐다.

　모교에 찾아가 후배들에게 강의하는 것이 좋았다. 한 3~4번 정도는 강의하러 간 것 같다. 처음 할 때 1시간 반가량 하면서 아이들이 너무나 즐거워하는 모습을 보면서 나에게도 강의의 재능이 있어 보였다. 나중에 알았지만 여학생들이 있는 반은 외부인이 와서 인생 이야기를 해 주면 분위기가 좋을 확률이 높다. 남학생이든 여학생이든 얼굴의 미모가 강의를 집중하게 만드는데 도움이 되기도 하겠지만 여학생들이 있으면 외부인의 신선함에 대해 긍정적이다. 두 번째 선배 강의를 하러 갈 때는 마가 낀 기분이었다. 이전과 같은 즐거운 분위기를 느끼기 위해 노력해 강의를 했지만 전과 같은 분위기가 아니었다. 그랬다. 오후 2시가 되면 어떤 사람도 그 분위기를 살리기 어렵다. 학창 시절 밥 먹고 오후 1시에서 2시 정도가 되면 잠이 오는데, 잠을 안 자기 위해 참으면 미치는 듯한 기분을 느낀다는 것을 잊고 살았다.

강의를 할 때 나지막이 내 개인 핸드폰 번호를 칠판에 적었다. 설마 연락이 올까 했지만 거의 연락은 오지 않았다. 하지만 딱 한명 연락이 왔던 적이 있었다. 여자아이였다. 이상한 애인가 싶었지만 나중에 중앙대를 진학했다. 지금 연락되는 선후배는 한 명도 없다. 사회의 열정이 있었을 때나 관계가 좋았을 뿐이지 지금은 그러한 것에 연연하지 않는다. 추억이라고 생각한다.

나는 머리가 좋은 편이 아니다. 감추어진 어려운 무엇인가가 존재한다면 그것을 찾아내는 것을 도전하는 과정이 좋을 뿐이었다. 시간이 걸리더라도 머릿속에서는 언젠가는 풀어낼 수 있을 거라는 믿음이 가득했다. 외우는 것을 전혀 못 했다. 대사 한두 줄을 외우기 위해 몇 시간이 걸리고, 3줄을 자연스레 무대에서 읊기 위해 3일 이상이 걸렸다. 난독증이 있었다고 하지만 수학 문제를 푸는 것을 설명하는 것은 달랐다. 외우지 않아도 논리만 이해하고 있다면 머릿속에서 적합하게 꺼내어 풀어 설명한다.

이것이 가능했던 이유는 뭘까? 모든 것은 생존본능과 연관된다. 생존이라는 영역에 있어서 언어영역은 순간적인 측면에서 크게 중요하지 않다. 오히려 언어논리의 절차가 위험한 상황에 방해가 된다고 판단되는 경우가 많다. 생존에는 순간 판단력이 중요하다. 누군가가 당연하다고 생각할 것들을 먼저 파고들고 다른 것들을 계산한다. 그 계산되는 것들 중에 다음으로 가장 발견될 논리적인 것들을 머리에서 대입하고 연산한다. 위험한 순간에 "위험해!"라고 말하는 것이 생존 확률을 높일까? 아니면 위험한 조짐을 발견하는 순간 위험을 제거하기 위해 어떻게 행동할 것임을 미리 인지 해놓고 기다리는 것이 생존에 더욱 도움이 되겠는가?

수학을 공부하게 되면서 자연스레 뒤통수를 칠 것들을 미리 대비한다. 그리고 거기에서 더 뒤통수를 맞으면 화난다. 반박이 가능한 말도 안 되는 논리. 그 문제를 낸 수학자는 자기의 세상에 있는 기준만을 판단하는 수준에서만 문제를 낸다. 나중에 풀이집을 보면 상식인 양 원래 그렇다는 냥, 반박될 논리에 대해서는 전혀 개의치 않고 이 문제를 풀 사람들을 프레임으로 가둔다. 그래 놓고 출제자의 의도를 운운하는데 그게 상식에 부합한 내용도 아니고 사지선다도 아닌 주관식일 경우 아주 미칠 노릇이다.

가장 큰 화를 내게 하는 논리는 외워야 한다는 것이다. 그만큼 수학은 평등하다고 믿었는데 외워야 하는 것을 말한다면 평등하지 않기 때문이다. 배운 공식을 통해 답을 스스로 찾아내는 과정이 생존본능을 활용한 것 같다. 답을 찾아내 생존했다는 쾌감을 느끼게 만든다. 시간이 걸리는 문제일수록 정복하는 감정은 커진다. 시간이 걸려도 답을 찾을 수 없을 때 답안지를 보면서 허무함을 느낀다. 머릿속 끄집어낼 그 녀석을 못 찾고 결국 답안지를 보고 슬퍼한다. 시간이 지나 똑같은 문제를 다시 보면 답이 외워졌다면 그 문제에게 나는 진 것이다. 수학 문제 푸는데 몰입할 때는 시간이 가는지 모른다. 시간을 이 정도까지 써도 되는가 할 정도의 생각이 든다. 하지만 학생에게는 문제를 푸는데 시간의 한계가 있다. 그 문제에게 진 것을 인정해야만 다른 문제들을 풀 수 있었다.

수학을 좋아하는 성향을 생존본능과 연계하여 생각해야 하는 이유는 바로 어릴 적 트라우마와 관계가 있다. 다섯 살 때 겪었던 아버지의 이해할 수 없는 행동, 이후 자라나면서 겪게 되는 가정폭력, 술에 취한 아버지를 신과 동일시하면서 순간 어떻게 해야만 맞지 않고 인정받고 편하게 살 수 있을지에 대한 머릿속 고민은 살기 위한 생존본능을 키우기에 급급할 수밖에 없었던 것이다. 아무리 아버지에게 올바른 대답을 해보려고 해봐도 답이 떠오르지 않아 가만히 있다가 맞는다. 말을 어떻게든 내뱉으려 하다 얼버무려야만 했던 아이가 결국엔 맞고 또 맞고 하다 보니 맞지 않기 위해 생각해야만 했고 긴장해야 했다. 맞을 것을 대비하면서도 그 긴장의 끈은 항상 예상치 못할 때 충격으로 풀어지면서 넋을 잃어갔다. 그러다가도 살기 위해서 정신을 차리기 위해 어떻게든 버티려 안간힘을 쓴다. 여기서 내가 폭주를 한다면 아버지에게 죽임을 당할지도 모르니까. 술을 깨실 때까지 기다렸다가 왜 그랬냐고 따지려고 해도 아버진 금세 사라지거나 다시 그날 술을 마셔 따질 권리조차 박탈당하기 일쑤이다.

　무력함 속에 무엇이든 하려고 했던 생각 덩어리의 무게만큼 수학 문제를 풀 지구력을 갖게 된 것이었다. 그렇게 맞아도 아버지는 아버지였다. 아버지가 다시 돌아오면 아버지에게 답을 구하고 싶었지만 답안지를 구하지 못했다. 가장 화나는 대답이었다. 원래 그렇다는 것, 변수, 외워야 하는 것이 돼 버린 것이다. 그러면서 그 억울함을 어딘가에 풀어야 한다고 했을 때 통하는 곳은 수학이라는 과목이었다. 수학 문제를 정복하는 것은 내 생존 확률을 높이는 길의 쾌감을 갖게 만들었다.

　그렇다면 이것의 반작용은 없었던 것일까? 그 쾌감의 끝에는 어떤 반작용이 생기는 것일까? 아버진 내게 화낼 때 이렇게 말씀하셨다. 항상 이유를 댄다는 것이다. 그만큼 게을렀다. 이유가 없으면 움직이지 않으려 했으니 말이다. 당연히 그 이유는 이유가 있었다. 생존 본능을 썼으니 그만큼의 대가를 지불해 달라는 것이었다. 감정적으로 동의가 되는 대목이다. 살기 위해 발악했는데 인정해주라는 표현이 잘 못 된 것은 아니다. 자기가 키운 자식이 정상적인 표현을 하지 못하는 상태로 자라나는 것을 모르는 부모의 탓이기도 하면서도 이유를 대라니, 참으로 그 이유를 왜 내가 모르고 있는지도 아이러니했다. 생존을 하기 위한 감정을 썼으니 인정해달라는 당연한 권리였는데 이유를 대지말라는 것이 뭔가 내 감정이 잘못되었음을 교육받아야 하는 상황에 억울함의 감정이 발생해야만 했다. 대가가 없는 상황이 생기면 결국 움직이지 않게 된다는 것이다. 내 주위에 칭찬을 잘 하는 여자가 있다면 총대를 잘 매게 되는 것은 뻔하다.

탈출(Escape the living corpse)

# 찾아와야만 했던 조울증

:

생각의 비약이 심한 내용들이 많다. 내가 했던 행동들의 감정을 그대로 기록하는 것들이니 읽다가 말도 안 된다고 생각했을 때 이 사람은 미쳤다고 생각하고 읽거나 건너 뛰는 것을 권장한다. 그러나 이러한 생각의 비약에 대한 기록을 일일이 다 적는 것은 그럴만한 이유가 있다. 기억을 모조리 끄집어 낼 수 있어야 어딘가에 묶여있는 생각의 끈을 다시 풀어낼 수 있다는 것을 나는 알고 있다.

착한 남자, 많이 들어보는 말이다. 그 말을 여자가 남자에게 대놓고 말하면 그것이 욕이라고 한다. 2015년 그 당시에는 욕이 아니었지만, 그 말을 왜 하는 건지에 대한 성찰을 심오하게 했었다. 일에 대한 기준을 남들에게 열심히 설명할 자신이 있었다. 동료들이 일을 못하고 헤매고 있을때 문제를 해결해주는 적이 많았다. 신입이든 모르는 사람이든 말이다. 내가 하는 데로 하면 일 처리가 다 되었기에 그로 인해 그들은 내게 리더의 직책을 하고 있냐, 아님 강사냐고 물어보는 사람들이 있었다. 여기서 리더란 상담원 중에서도 일 처리 능력이나 조율 능력이 뛰어나 상담과 관리의 업무를 동시에 맡는 직책이다. 이후 관리자의 직책으로 대부분 올라간다. 내가 리더 같다는 말은 날 우쭐 댈 수 있게 하는 기분 좋은 칭찬이었다. 나이가 많은 동료에게도 내가 아는 업무 지식을 이해하기 쉽게 설명해 주었다. 동료 중에는 내게 고마움을 표현하는 직원들도 많았다. 회사에서 부조리한 일들이 있으면 대신 총대 매는 일도 하였다. 그것은 반대로 회사에서 승진할 수 없는 사람이라는 뜻이기도 하다. 융통성이 없어 보이는 사람이었다. 관리자가 하라는 말을 잘 듣지 않았고 그들이 내놓는 기준을 충분히 충족하면 나의 일은 다 한 것이라 생각했다. 3년 넘게 회사에서 리더가 되거나 팀장이 되진 못했다. 실적 상위권을 매번 석권했고 우수사원상을 매년 받았지만 나보다 늦게 들어온 나이 어린 친구가 리더가 되면서 뭔가 잘못 돌아감을 알면서도 인정을 해야 할 것은 해야만 했다. 그 순간에도 나는 나보다 어린 친구에게 더 배울 것이 있을 것이라 그 친구와 친해지려고 노력했다. 무엇이 그에게 배울 것이 있을까 공부하기 시작했다. 그 어린 친구가 리더가 됨으로 사내에서도 정치라는 것이 존재한다는 것을 공부하게 되었다. 다른 동료들이 내게 그랬다. 경력도 오래됐고 실적도 항상 우수한 내가 리더가 될 수 없다는 이유가 라인이 있기 때문이라는 것이었다. 그때도 나는 그걸 믿고 싶지 않아 그 친구가 배울 것이 있기 때문에 됐을 것이라 믿었다. 그 친구는 차도 있고 집이 있는 집안이라고 들었다. 생각하는 것 또한 배운 사람 같았다. 겸손한 것은 물론이고 원하는 것에 대해 솔직하게 표현할 줄 알았다. 가식으로 가득한 나의 머리와는 달랐다. 일을 잘 하면서도 감투를 찾아 쓸지 모르는 나와는 달랐다. 한번은 다른 팀 팀장과 이야기를 나누다가 "넌 참 착한 남자다"라는 말을 들었다. 순간 이 말이 너무나 고민이 되기 시작했다. 그 전부터 그 말들을 몇 번 들었지만 그땐 이 말을 매번 듣는다는 게 이상하다고 느낄 정도였다. 정말 내가 착해서 이렇게 사람들을 돕는 것인가? 하는 물음이 생겼다. 착한 게 아니라 내 약점을 감추기 위해 이제껏 사람들에게 먼저 총대를 매고 문제를 해결했던 것이다. 그러면 아무도 나에게 나에 대해 더 안 물어 볼 것 같다. 내 논리에 약점이 발견되면 결국 정신질환자라고 말하지 않았다는 거짓말을 했던 게 들키게 된다고 생각했다. 아무도 내가 정신질환자 경력이 있다는 걸 신경 쓰는 사람이 없음에도 불구하고 말이다. 물론 정신질환자의 경력이 있음을 누군가가 알게 된다는 것이 대수롭지 않은 일이라고 할 수도 있지만 당시 사회 초년생인 나는 하나만 잘못하면 모든 것이 잘못될지 알았다.

아무리 생각 회로가 꼬인다고 하더라도 이렇게 연결이 되는 것일까? 라고 물어보는 사람들이 있을 거라고 생각한다. 하지만 물음의 회로가 꼬여 여기까지 연결되어야 말이 된다. 바람을 피우면 티가 나는 것처럼 사람의 감정은 거짓말을 할 수 없게 되어있다. 거짓말을 할 수 없어 거짓말을 자꾸 하게 되면 미치게 되는 것이다. 거짓말을 하는 것이 자연스러운 사람은 소시오패스가 되는 것이다. 이 감정의 숙제를 풀지 못했다면 조울증이라는 병에 평생을 잡혀 살아야만 했을 것이다.

나는 착한 남자가 아니었다. 약점을 감추기 위해 내가 모른다는 것을 인정하지 않고 보이는 것들을 도와줄 수 있는 사람이 되어야만 했다. 보이는 것들이 모두 풀 수 있는 문제라고 생각하고 무조건 풀어대야만 했다. 그들이 날 의심하지 못하게 만들려고 했다. 막상 부딪쳐 못

풀 것처럼 보이면 흥분하게 되고 그것을 어떻게든 밀어붙여 해결해야만 했다. 문제가 있을 때마다 모르는 것이 있으면 안 됐다. 나도 모르는 나에게 잡히기 싫었기 때문에 언제 갑자기 그것이 튀어나와 사방을 어지럽히게 되면 회사를 그만두게 될지 모른다는 공포감을 행복함을 만끽할 때마다 떠올려야 했다. 2010년도에 내가 겪은 사회는 정신질환을 갖고 있는 것을 공개하기 꺼려 했다. 정신과 진료를 가려 연차를 사용한다 보고할 경우 회사에 소문이 퍼질 것이 뻔했다. 소문이 퍼지면 주위 사람들에게 따돌림을 당할 것이라고 생각했다. 정신질환을 갖고 있다는 것을 숨긴 죄인이라는 무의식 속에 그들에게 행했던 많은 도움은 생존본능이 작동시킨 완벽함을 추구했을 뿐이다. 사람들은 내가 화를 내는 모습을 보지만 나는 그게 당연했다. 안 되면 안 되기 때문이었다. 양보해도 될 것도 밀어붙여서 결국 되게 만들어야만 했다. 주위 사람들은 나보고 너무 완벽하려고 하지 말라고 한다. 하지만 난 그 말이 뭔지 모른다. 그들을 속인 비정상인이라는 마음으로 살아갔으니까, 빈틈을 보여주면 그들에게 약점을 잡힐 것이라는 생각이 들었다. 조울중이란 질환이 무엇인지 아는 사람이 주위에 없었는데도 불구하고 그러한 죄책감이 인생의 꽃다운 20대 시절의 절정의 시기마다 병원에 강제 입원되었다. 꿈이란 것은 절대 꾸면 안되는 사람, 노력해도 절대 안 되는 사람이라는 감정의 노예라는 조울중 딱지가 20대 초반에 붙여져 10년을 버텼다. 고객센터 업무는 정신적으로 난이도가 있는 직업임에도 불구하고 나는 그 일을 3년하고 8개월을 넘게 일하면서 조울중이 극적으로 발생한 적이 없었다. 물론 중간중간 사람들과 트러

블이 있을 때 조짐은 있었겠지만 심각해졌다는 것을 인식하는 수준은 결국 병원에 끌려가야만 알게 된다.

　단약을 하며 회사에 다니면서도 기회가 되면 정신의학과에 들려본다. 간혹 약을 다시 먹어야 할 것 같다는 생각에 들르게 되면 의사들은 한결같이 기분에 대해서만 이야기하고 약만 타고 가라고 한다. 길게 이야기가 될 것 같으면 결국 잘라야만 한다. 길게 이야기하다가도 무의식적으로 그들이 언제 다시 나를 병원에 집어넣을지 모르는 존재라고 생각한다. 마음이 불안해도 그저 괜찮다고 자기도 모르게 거짓말하게 된다. 사실 조울증이 뭔지도 모르는데 기분이 어떠냐고 물어보는 게 그냥 이때쯤 뭔가 불안해서 그냥 와봤다고 말하기도 민망하다. 이사로 또는 이직으로 인해 기존에 병원에서 다른 병원으로 옮기게 될 때마다 의사의 반응은 그러했다. 혹시나 내 마음을 이해해줄 수 있는 친절한 사람일까 기대를 조금이나마 했지만 역시나 배려받지 못한다. 배려를 받는 순간 나는 말이 많아지면서 결국 배려받지 못하게 만드는 것도 있었을 것이다. 이러한 이유를 원초적으로 해석할 사람은 정신의학과 의사는 아니었던 것이라 생각하게 된다. 여러 매체를 통해 얻은 결론은 당시 임상심리상담을 받아 봤다면 어땠을까 생각하게 된다.

　임상심리학과 전문의들은 그 사람의 환경을 모두 살펴본다. 발병 당시에는 임상심리학에 대해 전혀 몰랐다. 처음 군 병원에 갇혀 밀려오는 공포감에 살기 위해 해야 하는 말을 모두 꺼냈을 때 가족이 나에게 했던 나쁜 행동들을 모두 고백하느라 바빴는데 도대체 왜 이 사람이 이러한 행동을 하는지 뿌리부터 보고 연구해줄 사람은 아무도 없었다.

'착한 남자'라는 말, 지금 여자에게 듣는다면 내게 욕했냐고 하면서 농담을 하고 넘어갈 일이다. "나 알고 보면 나쁜남자다!"라고 하면서 은근히 받아치는 것 또한 유쾌하다. 내 장점을 이야기하면서 그 부분만 착하다고 인정해도 된다. 그런데 당시엔 그 말을 너무 진지하게 받아들였다. 그럴 수밖에 없었다는 것은 내가 거짓말을 해서는 안 된다는 생각 때문이었을 것이다. 그로 인해 내가 그동안 잘못 이해하고 있던 삶에 극단적인 보상심리가 찾아왔다.

'착하지 않은데 도대체 왜 나에게 착하다고 하지? 그렇게 착한 사람에게 3년이 넘도록 열심히 해도 날 승진 시켜주지 않는 거지? 착한 사람은 매번 당해야만 하는 거야? 이용당하기만 하는 건가? 다른 사람보다 일을 더 하는데 왜 이 회사는 날 무시하는 거야?'

지금 하고 있는 일보다 제대로 된 일을 하고 싶었다. 회사 생활을 오래 한 것이 처음이다 보니 올라가지 못하더라도 그저 내 실력이 미천하다고 생각해서 노력한 만큼 돌아오지 않는다고 하더라도 상관하지 않았다. 더 노력할 게 있다고 믿었다. 그러나 이제는 착한 사람이 되고 싶지 않았다. 착한 사람이 분명 좋은 것은 맞는데 그러한 사람이 돼서 내게 남은 건 나보다 늦게 들어온 사람이 라인을 잘 타서 올라가는 현실, 더 기다려도 아무도 날 도와주지 않는다는 허무함, 시간이 지나면 다른 사람이 또다시 승진한다. 그들보다 내가 더 일을 잘하는

데도 말이다. 그러면서 착한 사람이 되는 것이 싫어지기 시작한다.

　고객센터의 팀장들이 상대하는 고객들은 민원 고객들이 많다. 그 중 악질의 고객을 상대하는 경우가 다반사일 것이다. 팀장이 되려면 그들을 상대하는데 도가 터야 한다. 그들 중에서도 나와 같은 성향의 일 처리를 하는 관리자가 있었다. 그 사람의 특징은 아무도 믿지 않는 사람이었다. 자리 이동도 잦았다. 그만큼 능력이 있다는 뜻이기도 했다. 처음으로 내가 사내 강사를 도전했을 때도 그 사람은 왜 보고도 안 하고 했냐고 물었다. 내가 멍청한 것이었다. 그도 그의 라인을 아무도 모르게 다 갖고 있었다는 사실을 몰랐다. 적어도 미리 보고만 했다면 날 밀어주거나 때를 보고 기회를 주었거나 했었을 것이다. 하지만 난 그것들을 모조리 무시했다. 회사를 보는 눈이 전혀 없었다. 말 그대로 아무도 안 믿은 게 죄다. 3년 8개월을 다녔는데도 불구하고 멍청했다. 나만 알았다. 하고 싶은 것은 바로 해야만 했다. 회사에서 처음으로 욕심낸 자리니까 좌절되면 다음은 없는 애처럼 회사에 애정이 떨어져 버렸다. 그들처럼 되는 것은 불가했다. 불현듯 그들에게 수많은 배신감이 들었다. 언제 그들이 내 비밀을 알아내게 되면 날 신고할지도 모른다는 피해의식이 가득했다. 입사 후 초반에 관리자들과 트러블이 있었다는 이유로 이 회사 안에서는 절대 승진하지 못할 것이라고 한 소문들이 현실이 되었다고 믿었다. 그냥 가만히 그들과 같이 일하는 것이 좋았다가 사내 정치 이야기에 어느덧 피해의식이 학습되어 나도 승진을 꼭 해야 하는 사람인 줄 알았다. 실적이 좋은 것은 분명했으나 난 누굴 관리할 상태의 사람이 전혀 아니었다.

그동안 회사를 다니면서 바쳤던 열정과 헌신이라는 감정은 좌절감과 배신감으로 바뀌어 회사를 그만둘 때 숨긴 발톱을 꺼내버렸다. 같이 다녔던 직장동료들에게 들었던 안 좋은 소문들을 퍼트리고 정말 친했던 회사 동생에게 하루 종일 쓰디쓴 욕을 퍼부었다. 그들이 내게 잘못했다고 말할 것을 기대했다. 콜센터 상담사들의 약점들을 물고 늘어지는 악덕 중에 악덕 고객의 행동을 서슴지 않았다.

난폭한 행동으로 기대했던 결과는 없었다. 그 회사를 그만두면 무엇을 할 것인가 아무것도 정해진 게 없었다. 회사 사람들이 좋았는데 갑자기 그 승진에 대한 욕심이라는 것에 결과가 없다는 이유로 회사에서 큰 소동을 내면서 나온다. 회사를 나온 김에 내 행동이 어떻게든 옳다는 것을 주장하려는 요식행위로 그 답을 찾기 위한 누구도 하지 않을 행동을 선택했다.

아버지가 돌아가셨을 때 대법원에 갔던 것처럼 이번에는 청와대로 갔다. 나도 이 글을 쓰면서 당시 그놈이 정말 미친 거 같다는 생각이 든다. 그러나 진짜 갔다. 아무도 안 할 짓을 한 것이다. 다음에 내가 미쳤다면 안되는 영어로 뉴욕에 가서 택시를 잡을 것 같다. 하지만 다음 이야기에 그와 맞먹는 이야기가 있다.

# 무엇을 상상하던 그 이상

:

청와대가 뉴스에서 나오는 건 보지만 대부분의 국민들은 어디에 그게 있는지는 알 필요가 없었다. 가 본 적도 없었고 어딘지도 몰랐다. 그냥 택시를 타고 청와대에 가자고 했다. 택시기사 아저씨 또한 청와대가 어딘지 잘 모르는 것 같았다. 뭔지 모르지만 그곳에 꼭 가야만 답을 얻을 수 있다는 확신으로 가득한 상태였다. 택시 내비게이션으로 청와대 주소 검색이 안 됐다. 2015년에 청와대는 지도에서 검색하지 못하게 했던 걸로 기억한다. 청와대 근처를 겨우 찾아 내려 그곳에서 청와대를 물어물어 찾아갔다. 겨울이 깊어지는 밤이었다. 청와대에 들어가는 앞문에 도착해서는 막상 무엇을 해야 할지 몰랐다. 앞문에는 경찰 경비가 있었고 계속 그들을 보면서 우물쭈물했다. 긴 시간 대치하다 근처의 CU 편의점에 들어갔다. 그러다 갑자기 거기서 일하는 점원에게 태권도에 대한 말도 안 되는 이야길 했다가 CCTV로 그 장면을 목격한 편의점 사장이 들어와 나를 쫓아냈다. 그 사장이 다시 나가고 난 다시 편의점에 들어갔다. 그리고 경찰이 편의점을 찾아왔다. 나는 그 편의점을 나와야만 했다. 그리고 청와대 앞을 계속 서성였다. 그리고 아무것도 할 수 없었다. 청와대 앞 경찰들이 내 행색을 보고 의심할 수 있겠다 싶었다. 머리에서 작동한 프로세스는 승진이라는 것을 하려면 도대체 누구에게 물어봐야 할까, 그것은 국가의 최대 책임 기관인 청와대에 누군가에게 물어본다면 답을 해주지 않을까 하는 그런 말도 안 되는 생각만 존재했다. 보초를 서는 경찰들 앞에서 서성거리다가 도망가는 일을 반복했다. 한번은 진짜 경찰들이 날 잡으려고 하는 액션을 하기도 했다. 겨울 점퍼를 입어도 밤새 그곳에 가만히 있다 보니 추위를 느끼는데 고통스러웠지만 몸이 아프진 않았다. 뭐 한다고 사서 고생을 할까 싶었으나 이 시간을 버티면 답은 나올 것이라고 생각했다. 그러다 결국 새벽을 넘기고 그 자리에서 벗어나는 결정을 하게 된다. 경복궁역 3번 출구로 들어갔다가 그곳에서 묘한 기분을 느낀다. '이곳이 핵을 숨긴 곳인가?'라는 기분이 들었다. 그러다 갑자기 김정일이 한국에 나도 모르게 들어왔다는 생각이 든다. 청와대 근처를 다시 방황하다 그 근처에 간첩들이 활동하고 있다는 생각에 공포감을 갖는다. 아무 인과 없는 생각들이 나를 지배하고 있다가 순간 나는 정신을 잃었다. 이후 어느 길가에서 잠이 깼는데 그때부터 나도 모르는 내가 나를 조종하는 느낌이 들었다. 답을 얻기 위해 무엇인가 해야 하는데 그것이 무엇인지 알려주는 듯한 기분에 편안함이 가득했다. 그곳이 내 세상이라는 감정에 푹 빠졌다. 그리고 이제껏 겪어보지 못했던 새로운 생각들이 떠올랐다. 예전 강사학원에 같이 다녔던 강사 지망생 동료가 소개해준 여자가 떠올랐다. 회계사 일과 배우 일을 하는 분이었다. 그 여자와 내가 이 나라의 왕과 여왕이 될 운명이라는 시나리오에 빠지게 된다. 그녀와 난 텔레파시로 연결되어 있다고 믿는다. 수학처럼 증명이 가능한 객관적인 이야기와는 전혀 동떨어진 물리

**탈출**(Escape the living corpse)

적으로 증명되기 어려운 이론을 무턱대고 믿고자 했다. 한 번도 접하지 않았던 모르는 세상에 갑자기 들어와 진리에 빠진 기분이었다. 말을 하지 않아도 옆에 없어도 그들은 서로 소통이 된다고 믿는 그것을 '텔레파시'라고 한다. 그 여자 또한 텔레파시에 관련된 소재의 웹드라마를 촬영한 적이 있다. 텔레파시라는 것을 사용할 수 있다는 맹목적 믿음으로 그녀를 상상한다. 때가 되면 이 나라의 왕이 되기 위해 봉인이 풀리게 되어 모두를 다스린다는 생각을 믿은 것이다. 그녀가 예뻤던 것은 사실이다. 소개팅할 때 그녀를 배려했었다. 그녀가 사는 곳 근처에서 보기로 했는데 처음 가는 곳이라서 미리 사전 답사를 하고 어디에서 볼지 미리 방문을 했었다. 소개팅을 중개해준 지인에게 건네받은 이야기는 왜 애프터가 없는지 궁금해했다고 한다. 처음으로 해본 소개팅이라서 애프터를 어떻게 할지 몰랐었다.

경복궁 2번 출구 라인 쪽에 민석'S 카페에 들어갔다. 인터넷 입시 강사 설민석 선생님이 하는 카페인 줄 알고 들렸던 그 카페에서 음식을 시키고 점퍼를 벗고 그곳을 나왔었다. 점퍼 안에는 청색 정장을 입었었다. 그리고 경복궁역 3번 출구 쪽 바로 앞에 위치한 카페 2층에 들어갔다. 지금은 다이소가 있는 위치다. 노트북으로 작업을 하고 있는 어떤 여자 앞에 무작정 앉아서 그 사람을 뻔히 쳐다보는 미친 자신감을 보였다. 그 사람이 내게 무슨 말을 할 것이라는 생각이 들어왔던 것 같다. 그러자 그 사람은 기분 나쁜 표정을 짓고 금새 그 자리를 떠버렸다. 마음속으론 이미 이 나라의 왕좌의 권력을 갖게 될 것이라고 생각하고 있었다. 이제껏 모르는 누군가에게 함부로 해봤던 적 없던 내가 아무렇지 않게 사람들의 기분을 나쁘게 해버렸다. 머지않아 그곳을 떠났다. 감각대로 가기만 하면 나를 맞이해 왕이 되는 행사를 하는 것을 발견하게 될 것이라 믿었다. 관계자들을 만나면 어디로 들어오라고 알려줄 것이고 비밀스럽게 모든 행사가 진행될 것이라 생각했다. 텔레파시가 조금씩 힌트를 주고 있고 그것이 날 그 길로 인도한다고 생각했다. 막연한 의식의 흐름에 따라 몸을 움직였다. 한겨울에 왕이 되는 수여식에 가려면 연예인들이 하는 행동인 따뜻한 옷은 걸치지 않는 멋을 부려야 한다는 생각이 들었다. 현대판 왕은 청색 정장을 입고 다닌다는 설정이 마음에 들었다. 그 추운 날씨에 정장을 입고 의식에 따라 서울 경찰청과 경복궁역 근처를 배회했다. 서울에 살면서 갈일이 전혀 없는 곳이고 난생처음 가보는 곳이었는데 왠지 모를 푸근함이 느껴졌다. 근데 그것은 그냥 그 순간 날씨가 잠깐 풀려서 그런 기분이 느껴졌던 것이다. 피곤함의 누적과 함께 다시 추위를 느끼게 되었다. 아무런 생각없이 왔다 갔다 했는데 어느 덧 점퍼를 벗은 그 카페로 돌아왔다. 점퍼를 챙겨서 나갔다. 그리고 건너편에(경복궁역 3번 출구 라인) 멋들어진 할리스 카페로 들어갔다(카페 마크가 왕관이다). 카페 옆 주차장에서 누군가 나를 모셔갈 것 같은 기분이 들었다. 기다려도 당연히 아무도 오지 않는다.

그 카페를 나서게 되었고 나는 그때부터 내 몸을 가눌 수가 없었다. 내 의지대로 몸이 움직여지지 않는 것이었다. 의식의 흐름과 몸 관절에 전기의 충격이 가끔 드는데 그 기분이 이끄는 대로 그대로 발길을 옮겼다. 그러다 국립고궁박물관에 들어가게 되는데 거기에 전시된 모든 것들이 나의 잊어버린 기억을 가르치기 위해 준비된 코스라는 생각 속에 빠진다. 그러다 어딘지 모르는 근처 산골로 들어간다. 갑작스레 '마리오네뜨'라는 개념이 떠올랐다. 연극을 했을 때 선생님이 이 내 머리에 들어와 날 조종한다는 생각이 들었다. 그 이유의 합리성에 대한 논리의 입력은 내가 왕을 하기 위해서는 존경하는 사람이 날 조종해야 갑작스러운 왕위식에서 국민들에게 날 보여줄 수 있다는 것이었다. 난 그것이 가능하다고 믿었다. 당시 대통령이 누군가에게 조종당하고 있었다는 뉴스로 대한민국이 흉흉했다. 무속인을 통해 대통령이 조종당하고 있다는 것이 불가능하지는 않겠다는 막연한 생각이 들었다. 청와대에서 일급 비밀인 마리오네뜨에 대한 비기를 내가 속했던 극단 사람들에게 전수했다는 생각이 떠올라 설득이 됐다. 당시 청와대는 누구도 모르게 사람을 없앨 수 있다는 소문이 있었다. 안 믿다가 죽으면 안 된다는 생각이 들었다. 그래서 그냥 믿기로 했다. 말도 안 되는 생각들이 떠오르는 대로 받아들였다. 이 비기는 이승과 저승의 경계에서 사용하는 금지된 영역의 기술이기 때문에 만약 내가 잘못 이해하는 순간 선생님은 저승에 영혼이 갇히게 될 수 있다고 한다. 그래서 난 선생님을 보호하기 위해 그 생각대로 행동하게 된다. 산에 오르면서 무엇을 할지는 알 수는 없었지만 선생님을 보호하기로 마음먹었다. 실체가 있지도 않은 그러한 상황에 생각들이 들어오면 들어오는 대로 모두 실행하게 되었다. 그러면서 정말 위험한 행동을 했다. 산의 난간에 세워 놓은 돌계단이 있었다. 그 계단 옆은 낭떠러지였다. 그 돌계단을 통해 올라가기도 하고 내려가기도 했다. 갑자기 날 저 낭떠러지에 뛰면 날 수 있을 거라고 생각이 주입됐다면 어땠을까? 적어도 사지가 크게 다쳤거나 잘못 머리를 찍어 추락한다면 죽었을 것이다. 그래도 난 선생님을 구해야만 했다. 그것을 하지 않으면 선생님은 청와대의 무서운 사람들에게 죽거나 영원히 저승을 떠도는 사람이 될 것이라 믿었다. 그러다 갑자기 날 컨트롤하기 어렵다고 하는 선생님이 무서웠다. 이러다 선생님이 잘못되면 안 된다 생각했다. 선생님이 자꾸 날 컨트롤하다 내가 흥분하기만 하면 날 컨트롤하기 괴로워하는 메시지가 생각에 주입되면서 긴장하게 만든다. 선생님과 신호가 끊긴다. 두려웠다. 선생님의 생각이 들어오길 기다렸다. 그러다 산책로를 벗어난 비포장 된 낙엽이 가득한 비탈진 곳으로 들어가게 되었다. 그때부터 나는 상상도 못 한 일을 겪게 된다.

# 과학적으로 절대 설명 불가한 현상

:

갑자기 다리에 쥐가 생겼다. 사람도 없는데 내 다리는 정처 없이 비탈진 경사길 위에서 밑으로 끌려 다녔다. 아직도 그때의 기억을 잊지 못한다. 내가 보지 못하는 무엇인가가 존재한다는 것을 알게 됐다. 쥐가 난 다리를 부둥켜 잡고 산 밑으로 몸이 끌려다니다 다시 산을 기어 올랐다. 기어올랐지만 다시금 내 다리는 산 밑으로 끌려 내려갔다. 안경도 잃어버렸고 핸드폰도 잃어버렸다. 어떻게 그곳을 벗어나야 할지 도무지 아무런 생각이 떠오르지 않았다. 보이지 않는 존재가 내 다릴 잡고 있다는 것 같았다. 그 존재는 날 저 산 밑으로 끌어다가 구석 쪽에 던져 버리려고 하는 것 같았다. 난간으로 가까이 끌려가다 결국 난간에 도착해 난간에서 떨어지지 않게 매달렸다. 거기서 더 끌려가면 안 됐다. 난간에서 떨어지면 몸이 다칠 것은 자명했다. 덜덜 떨기만 했을 뿐 내가 할 수 있는 것은 아무것도 없을 줄 알았다. 숨이 막혔던 내게 갑작스레 한가지 묘책이 떠올랐다. 숨을 죽이게 되었다가 조금씩 다리에 반응이 덜한 것을 알아챘다. 숨을 참아야만 했다. 그래야만 끌려가지 않을 수 있을 것이라 생각했다. 숨을 참으면서 팔과 손을 써서 비탈진 낙엽 바닥 길을 올랐다. 숨을 오래 참을 수 없어 잠시 숨을 쉬니까 다시 내 다리는 아래로 끌려갔다. 무서웠다. 살려달라는 말이 절

로 나왔다. 숨을 죽이는 것을 반복했다. 언제 끝날지 모르는 공포는
날 정말 미치게 만들었다. 그렇게 몇 번 반복하고 나서 겨우 내 다리
는 끌려다니지 않았다. 그래도 계속 숨을 참고 산을 올랐다. 한 번에
숨을 갑자기 몰아쉬고 다시 숨을 참는 것을 반복한다. 포장된 산책로
로 들어가기 위해 끝까지 오르다 갑자기 다리가 끌려갈 듯한 느낌이
든다. 다시 숨을 참았다. 그런 행동을 반복한 나머지 그 비탈진 곳을
겨우 벗어났다. 그러나 아직 그 현상이 무엇인지 몰랐기에 안도할 수
없었다. 오히려 많은 사람들 앞에서 더 큰 일이 날지 걱정이 되었다.
등산로에 사람들이 보였다. 어떤 아주머니가 내게 다가왔다. 내 안경
을 챙겨줬다. 나는 깜짝 놀랐다. 아무런 생각 없이 왔다 갔다 했는데
어떻게 그 아주머니는 내 안경을 챙겨줬을까? 너무나 고마운 분이었
다. 그러나 그 감사함도 잠시 뿐이었고 그 산을 바로 벗어나야만 했다.
선생님과 연극선배가 내 머리에 다시 들어와 내가 마리오네트의 비기
를 잘못 컨트롤했다고 말한다. 그리고 내 행동으로 인해 선생님은 혼
이 비정상으로 바뀌어 이승에 돌아올 수 없는 상태라고 한다. 나의 잘
못으로 인해 선생님을 잃을 것 같았다. 그 비기를 잘못 컨트롤하게 되
면 저승의 영혼들이 이승을 떠돌게 되는 일이 발생한다고 한다. 어떻
게 들릴지는 모르겠지만 무당이라면 이 말들이 꼭 잡귀가 내 몸에 들
어와 거짓말들로 나를 혼란스럽게 했다고 말할 것 같다. 정말 내 몸에
이상한 기운들이 붙어있는 기분이었다. 어떤 찝찝한 기운들이 내 몸
에 붙어 나쁜 말을 계속 해대는 것 같았다. 다시 다리에 쥐가 생길 조
짐이 느껴진다. 끌려다닐 것이 무서워 계단을 내려가는 도중 무릎을

꿇고 엎드렸다. 그 산책로를 지나다니는 사람들은 도대체 저 사람이 뭐하는 짓일까 궁금했을 것이다. 그리고 숨을 참았다. 내 위쪽에 개와 산책한 견주가 있었다. 그 개는 사납게 짖었다. 머리에 생각이 복잡해지면 개는 짖었다. 하지만 숨을 참으면 개는 짖는 것을 멈췄다. 시선이 내 쪽이 아닌 다른 쪽을 향하고 있었다. 개가 귀신을 본다고 하는 미신이 떠올랐다. 그래서 내 몸에 귀신이 붙었다는 생각을 하게 됐다. 머리를 숙이고 숨을 죽여야만 개는 짖지 않았다. 다시금 숨을 조심스럽게 쉬었다. 그러면 다시 개는 짖었다. 움츠리고 있는 날 보는 사람들은 날 미친 사람 보듯 기분 나쁜 기운을 풍기며 지나갔다. 피해를 끼칠지 모르는 사람처럼 보였을 것이다. 지나가는 사람들에게 기분 나쁜 행동을 한 것이나 다름없었다. 그 산에서 벗어나야만 했지만 그럴 수가 없었다. 길을 잃었다. 갑작스레 선생님을 살리려면 그의 본체를 찾아야 한다는 생각이 들어왔다. 그의 살아있는 본체를 찾아 그를 무당에게 데려가 그의 영혼을 다시 이승으로 데려와야 한다는 생각이 들었다. 그가 어디 있는지도 모르는데 무작정 산을 내려가 근처에 있는 곳을 뒤졌다. 내려가는 도중에 등산객들을 보면서 그들이 전생에 사람을 몇 명 죽인 건지에 대한 계산이 된다. 그중 나는 전생에 30만 명 이상을 죽인 가장 악랄한 영혼이라는 계산이 들어온다. 내 잠재력이 세상을 모조리 없앨 수 있을만한 위협적인 존재기에 내 전생의 죄를 사해야만 살 수 있다는 생각이 들었다.

알 수 없는 초행길을 계속 걷다가 모텔들이 보였고 나는 결정을 해야만 했다. 모텔 중 어디엔가 선생님의 몸이 있다는 생각이 들었다. 한 모텔을 선택하게 되었고 그곳으로 들어갔다. 모텔 주인 모르게 어느 방 한곳을 들어가려고 했다. 모텔 주인은 나를 발견했고 내가 무언가를 훔치려고 하는 도둑쯤으로 봤다. 그 사람은 날 빗자루로 때려가면서 쫓아냈다. 난 울면서 한 번만 들어가게 해달라고 빌었다. 선생님을 살리려는 생각만 했다. 결국 쫓겨나면서 도망쳐야만 했다. 경찰에 신고할 것이 분명했기 때문에 더 이상 그곳으로 갈 수 없었다. 선생님을 포기해야만 했고 다시 방법을 찾아야만 했다.

산책로에서 사람들이 없어질 때가 되어 나는 내 행동에 대해 사과를 해야 한다는 생각이 들어왔다. 그래야만 선생님을 살릴 수 있다는 것이었다. 해가 지기 전에 산책로 계단 끝까지 올라가 천 번 경례를 해야 하는 방법이 선생님을 구할 수 있는 방법이라는 생각이 들어왔다. 천 번이나 한다니 시간이 오래 걸릴 작업이었다. 그리고 난 그것을 실천하려 했다. 계단을 올라가며 계속 경례를 했다. 그때는 산책객들이 보이지 않았다. 그러한 행동이 나는 잘하는 것이라고 믿었다. 정상에서 내려오면서 경례를 한다. 날이 어두워지기 전에 해야 한다는 생각이 들었다. 그러지 못하면 선생님을 구하지 못할 거라는 믿음이 있었다. 실패하면 안 된다 생각했다. 천 번 경례는 물리적인 시간으로는 불가했다. 올라갔다 내려갈 때까지만이라도 경례를 해 보자 생각했다. 실패해도 시도라도 해 보자는 생각이었다. 내 이상한 행동을 목격한 사람이 분명 있었을 것이다. 산에서 내려오는 길에 경례를 하는데 해가 지고 있었다. 순찰을 도는 경찰이 내 아래에 보이는 도로에서 멈춘다. 산책로에서 경례하는 나보고 내려오라고 한다. 나는 그럴 수 없다고 하기 보다 말을 건 그 경찰에게 살려달라고 말했다. 하지만 경찰은 그런 말을 한 나를 보고 겁을 먹은 건지 경찰차를 다시 타고 자기 갈 길을 가버렸다. 그리고 해가 지고 만다. 나는 갑작스럽게 몸이 자유로 워짐을 느낀다. 선생님과도 모든 통신은 끊김을 알게 된다. 겨울 산길 에 어둠은 빠르게 다가왔다. 정신이 없다 보니 안경이 어디에 있는지 도 몰랐다. 칠흑 같은 어둠 속에서 안경을 벗은 채로 처음 보는 밤 산 길을 내려갔다. 산에서 겨우 내려와 어느 편의점에 들어가 물을 하나 사서 마셨다. 다행히 지갑은 잃어버리지 않았다. 그렇지만 핸드폰은 잃어버린 것이다. 그리고 아직 정신이 돌아오지 못한 것을 알게 되었 다. 그 상태로 난 알 수 없는 곳으로 향했다. 아마 강동쯤이지 않았을 까? 택시를 타고 알 수 없는 곳에서 내리게 됐다. 내 몸에 귀신들이 아 직도 붙어있는 기분이 들었다. 그 동네에 알 수 없는 과일가게로 향하 게 됐다. 그 아주머니에게 도움을 청했다. 혹시 무당을 불러줄 수 있 냐고 물었다. 그랬더니 선뜻 그 아주머니는 내 도움을 무시하지 않고 자신이 알고 있는 무당에게 연락을 했다. 그리고 그 무당은 일을 끝내 고 돌아오고 있는 중인데 시간이 걸린다고 했다. 나는 빨리 와달라고 요청했다. 내 몸에 귀신들을 떼어내기 위해서라고 하면 아주머니가 이 상하게 볼까 해서 무당을 봐야만 한다고 말했다. 밖은 추웠기에 어쩔 수 없이 근처에 카페에 가 있겠다고 했다. 그분에게 더 이상 폐를 끼치 면 안 됐다. 카페에서 기다리다 내 다리가 갑자기 떨리기 시작한다. 난 다리를 부여잡고 어떻게든 버티려고 노력했다. 갑작스레 친형이 생각 났다. 그 순간 카페의 여직원에게 핸드폰을 빌려달라고 했다. 그리고 형에게 전화를 걸었다. 형은 내게 무슨 번호냐고 물어본다. 형에게 핸드폰을 잃어버렸다고 했다. 카페 직원분의 전화기를 빌려서 전화를 했다고 했다. 형은 내게 일단 집에 들어가 있으라고 말한다. 그래서 나는 형의 말대로 집에 들어가려고 시도했다. 무당이 오기 전에 그곳에서 벗어나게 되었다. 당시 나의 집은 인천 부평이었다. 어딘지 모르는 그곳에서 택시를 타고 가려고 시도 했다. 그 순간에도 불안한 감정이 계속 올라왔다. 택시를 겨우 탔다. 택시기사는 내 불안해하는 행동들을 보고 뭔가 잘못됐다는 느꼈을 것이다. 어떻게 될지 모르는 내 감정 상태를 감당하지 못해 목적지 중간에 내리게 되었다. 그때부터 다시 시작이었다. 그곳에서 또 의식의 흐름에 따라 정처 없이 방황하게 되었다. 내가 선생님의 영혼을 구하지 못한 이유로 그 선생님의 아내 분인 다른 선생님이 내 머리에 들어와 내 어머니의 영혼을 저승에서 죽이겠다는 공포스러운 생각이 들어왔다. 죽은 상태에서 영혼을 죽이면 저승에도 존재할 수 없는 설정, 드래곤볼이란 만화에서 이미 알고 있던 내용이다. 그것이 정말인지도 알 수 없는 이야긴데 나는 다시 무작정 믿어야만 했다. 너무나 두려웠다. 내 전생의 죄들로 인해 엄마의 영혼이 사라지는 결과까지 이뤄지면 안 된다 생각했다. 한적한 길거리에서 몇명의 행인들을 보면서 그 공포는 점차 약해지고 있었다. 결국 이 모든 것은 엄마와 전화만 된다면 정신질환인 것임을 이해하면 된다 생각했다. 그러기 위해서는 전화기가 없는 상태로 아무런 정보전달을 받지 못하는 내가 해야 할 일은 집에 어떻게든 살아서 도착해야 하는 것이었다. 생각을 하면 계속 어떤 생각이 주입되었다. 그래서 절대 집에 가려는 의도를 가지면 안 됐다. 그렇게 하면 다시 나의 행동을 조작할 만한 공포스러운 생각이 들어오게 될 것만 같았다. 어떻게든 의식하지 않고 자연스레 눈에 띄어지는 정보들만 의지해서 집에 들어가는 것을 시도해야만 했다. 택시도 절대 의식하고 타면 안 됐다. 도망가고 싶다는 의도를 갖는 순간 나는 다시 어디론가 끌려갈 것임을 예측했다. 최대한 나도 모르게 보이는 것들에 의지해 어디론가 향하면서 계속 걸었다. 내 생각을 지배하고 있는 게 만약 귀신이라면 이 귀신은 내가 달아나려고 하는 감정을 갖는 순간 공포의 감정을 폭발시켜 혼비백산하게 만들어 미치게 만드는 것 같았다. 그래서 아무 의도를 갖지 않고 눈에 보이는 것들을 심심할 때까지 기다렸다. 아무 생각 없이 가야만 그 대가로 귀신들이 잠깐 나에 대한 집중력을 잃고 있다고 생각되면 기회를 봐서 얻는 정보들 중 의식적으로 집으로 가는 방향을 선회하는 방식으로 가야만 했다. 멀더라도 절대 빠른 길을 가려고 의식하면 안 됐다. 그렇게 하다가 자연스럽게 택시를 다시 탈 때까지 계속해서 걸었다. 택시 타는 것이 급해서 타는 것이 되면 절대 안 됐다. 최대한 내가 마음이 내키기 전까지는 의도적으로 택시를 타지 않으려 노력했다. 그렇게 하는 순간에도 집에 가지 못하게 하려는 생각이 주입되었다. 하지만 그 생각을 최대한 무시하려고 의식하지 않으려고 노력하고 돌아 돌아 결국 택시를 타게 되었다. 최대한 정상인 척 택시 아저씨에게 노력했다. 서울에서 인천으로 향하는데 중간에 부천으로 들어가는 길목에 들어섰을 때부터 다시 불안감이 고조되었고 갑자기 아저씨에게 중간에 내리겠다고 말했다. 어느 공장이 있는 길에 들어가게 되었고 다시금 선생님은 내 머리에 들어와 어머니의 영혼을 없애버렸다는 이야길 해댄다. 인적이 없는 그 거리에서 어떻게든 내가 나도 모르게 자연스럽게 그곳을 떠나려고 시도했다. 그러나 생각이 생각을 물고 어머니의 영혼을 없애버리겠다는 분노와 저주가 섞인 생각들이 주입되면서 공포가 계속됐다. 그 생각들이 사라지기 전까지 그곳에서 떠나질 못했다. 사람들이 한 명씩 보이기 시작하면 난 정상인인 척 아무렇지 않은 척 해야만 했다. 몸이 말을 듣지 않고 모르는 사람에게 덤벼 수도 있겠다는 참사가 생각났고 그것을 막아야만 한다는 생각이었다. 의도를 갖지 말아야만 했다. 내가 내 생각을 추적하지 못하도록 최대한 자연스럽게 가야만 했다. 그 공장 거리에서 한 시간 가까이 배회하다 결국 내 머리에 생각들은 사라졌다. 다시 집으로 가기 위해 걷기 시작했다. 가까운 지하철역을 찾아봤지만 너무 멀었다. 걸어가기라도 해야 했다. 한두 시간 이상을 계속 걸어갔다. 부천의 어느 도심에 도착하면서 사람들이 보인다. 지옥에서 살아 돌아온 사람이 된 것만 같았다. 내 행색은 정말 구질구질하기 짝이 없었다. 행인들 옆을 자연스레 지나가려 했다. 그들의 분위기와 내 분위기는 이질감이 들었다. 7호선에 있는 부천종합운동장역에 들어갔다. 밤 8시쯤이었던 걸로 기억한다. 지하철만 타면 집에 도착할 수 있다고 생각했다. 거의 끝났다고 믿었다. 우연인지는 모르지만 지하철이 오는 안내판이 점검 중이라고 뜬다. 그 시간이 너무 길어 불안해져만 간다. 7호선을 이용하면서 그러한 점검이 계속되는 상황은 처음이었다. 내가 와서 그런 건가 싶었다. 까마귀 날자 배 떨어진다는 생각보다 나 자체가 그곳에 부정적 일을 몰고 온 덩어리라고 여겨졌다. 지하철을 기다리는 사람들을 경계하는 시간은 길어졌다. 기다리는 시간이 곤혹스러웠으나 버텨냈다. 결국 지하철이 도착했고 지하철을 탔다. 다행히 아무 일 없이 집에 도착하고 말았다. 그 후 집 안에서 나는 고꾸라져 버렸다.

다음 날 새벽 친형은 나를 데리러 엄마와 같이 인천으로 향했다. 새벽에 도착한 형의 차에 타게 되었고 그런 후에도 계속 이해하기 어려운 말을 해댔다(당시 대통령에 관련된 소문들에 대한 말도 안되는 해석을 해댔다). 같이 차를 탔던 식구들에게 이상한 말을 해 가면서 난 그들과 같이 어디론가 가고 있었다. 아직도 내가 왕좌에 앉기 위해 비밀스레 이동하는 것으로 생각했다. 하행으로 가는 것 같았고 가는 도중 차에서 내리게 되었다. 성인 남성 2명에게 잡혀 스타렉스 차량에 옮겨 타게 되었다. 엄마도 그 차량에 같이 타게 되었다. 그 차량 안은 담배 냄새가 찌들어 있었다. 성인 남성 한 명은 운전을 하고 두 명은 내 팔을 잡고 놔주지 않았다. 불안함이 극도로 치달아 올라 결국 욕을 해댔다. 차 안에 있던 모든 사람이 그 욕을 계속 들었다. 중간에 엄마는 내리게 되었고 처음 보는 그 사람들과 함께 어디로 가는지 모르니까 공포에 떨었다. 마침내 도착한 곳은 예전에 가보았던 나주의 정신병원이었다. 병원 내부로 끌려가면서 소리를 질러댔다. 몸이 찢어질 듯한 기분이 들 만큼 계속 소리를 질렀다. 소리를 지르며 도착한 곳은 의사와 형이 같이 있는 진료실이었고 거기서도 나는 의사에게 화를 냈다. 의사는 형과 몇 마디를 나누고 나서 바로 날 입원시키는 것을 허가하였다. 나는 그대로 병원에 병동으로 끌려간다. 그들은 주체 못하는 나의 흥분 상태를 잠재우기 위해 내 팔다리를 독방의 침대에 묶었다. 두 번째이다 보니 그 전에 봤던 백발의 어느 사복을 입은 담당자가 나를 제지하는 것을 쉽게 생각했다. 그리고 나 또한 익숙한 모습에 여기가 끝인 것을 알아챘다. 그리고 순순히 조용히 잠을 청하고 가만히 다시 잠을 깬다. 그리고 묶여있는 내 팔다리를 보고 풀어달라고 요청한다. 잠잠해졌으니 그들도 이제 나의 팔을 풀어주고 병동 생활을 하도록 허락한다.

# 리셋

:

두 번째이지만 그전에 봤던 병동의 환자들, 이가 빠져 나를 쳐다봤던 그 사람은 아직도 거기에 있더라. 병동 안에서 챙겨야 할 규칙을 알려주는 환자복을 입은 환자 같지 않은 분도 기억이 난다. 추운 겨울이다 보니 씻을 때마다 정말 곤욕이었다. 변기도 앉아 있을 때 상반신이 가려지는 위치까지만 칸막이로 가려져 있다. 얼굴 위쪽은 가려지지 않는다. 누군가 볼까 봐 긴장되서 변도 잘 나오지 않았다. 정신병동은 환자들이 어떤 행동을 할지 모르기 때문에 변소 간이 막혀 있으면 안 되는 것 같다. 누군가 날 볼 수 있다는 긴장감에 변비가 심했다. 306부대에서 신병교육대대를 가기 전 대기를 하면서 변을 제대로 보지 못하는 기분을 병원에 있는 동안 계속 겪는다.

정신을 차릴 때까지 병동에서 지낸다기보다는 모든 것을 차단시켜 아무 생각을 하지 못하도록 한다. 그 무엇도 할 수 없게 하는 시간이 길어지면 그 모든 잡념은 지쳐 아무 의미 없게 돼 버린다. 결국 머리가 리셋이 된다. 누군가와 의사소통을 할 필요도 없고 정해진 시간이 되면 밥을 먹고 약을 먹고 켜진 TV나 보고 책방에 들어가거나 폐쇄병동 안에서 계속 돌아다닌다. 허락된 시간에 병동 근처를 산책하기도 하며 간간이 정신치료 프로그램을 실시한다. 그곳에서 알게 된 어떤 동생은 내 얘기를 잘 들어주었는데 역시나 그 아이도 정신적으로 문제가 있다는 걸 알게 됐다. 아버지 이야길 하면서 말도 안 되는 이야기와 함께 비이성적인 감정을 내비추기도 했다. 나중에 병동에 나와서 그 아이는 내게 연락을 시도했다. 연락이 부담스러워 연락을 피하는 내게 상스러운 메시지를 보냈는데 뭔가 위험하다는 생각도 들었다. 폐쇄병동 안에 있는 어떤 환자에게도 쉽사리 호의를 보내면 안 되는 것임을 다시 한번 깨달았다.

폐쇄병동을 들어가면 기약 없는 매일을 보내야만 했다. 이전에는 3개월이면 나갔다. 그래서 3개월을 기다렸는데 아무런 연락이 없다. 더 기다려야 함을 알고 나서부터 불안해하기 시작했다. 나는 집을 가지고 있었고 그 집에 들어가는 대출이자와 관리비를 낼 통장의 돈이 떨어져 가는 것을 신경써야 했다. 집을 지키기 위해 어떻게든 사회에 복귀해야 한다고 생각했다. 형에게 내 상황을 말하고 사회에 다시 나가게 되면 약을 꾸준히 먹기로 약속했다. 나도 모르는 나인데도 사회가 지배해주는 것을 승인하기로 타협했다.

그러나 그 약속도 얼마 가지 못했다. 가족들은 목포에서 생활을 했고 나는 인천에 집이 있었기 때문에 약을 먹는 것을 가까이서 감독하는 것은 불가했다. 결국 나 스스로가 약속에 대한 감독을 해야만 했었고 이 약속은 지키기 어려울 수밖에 없었다. 리셋이 되어 나왔기 때문에 모든 행동은 굼뜨게 된다. 일을 구하는 것 자체도 정말 어려웠고 사람과 대화를 한동안 하지 않다 보니 의사소통이 원활하지 않았다. 약을 먹으면 약 기운에 말이 더 어눌해진다. 생각을 해도 생각대로 말이 나오지 않는다. 생각대로 말이 안 나오는 것까진 괜찮은데 약기운에 생각이 멈춘다. 그래서 말하려고 하다 오해를 사기도 쉬워졌다. 결국 사람과 가까이 지내기도 어렵다. 어떻게든 돈을 벌기 위해 회사를 다니길 간절히 소망하는 마음으로 면접을 봤다. 이력서에 다녔던 회사 이력을 적는다. 중간에 회사를 그만둔 내 사정을 이야기하는 것은 정말 어려운 일이었다. 대부분 개인 사유라고 말하면 그것이 좋을 것 같지는 않지만 면접 볼 때 대부분 그렇게 이야기하더라. 이전 회사를 왜 그만둔 거냐고 물어볼 때 그 회사하고 안 맞았다고 하면 좋게 보지 않는다. 다른 일을 하고 싶었다고 말해도 말 같지 않았다. 솔직하게 건강상 그만두었다고 말하게 되면 스스로 위축되기 시작한다. 말도 어눌해진다.

면접을 보고 회사에서 연락이 오길 기다린다. 그리고 떨어졌다고 한다. 그날은 마음이 무너진다. 돈은 떨어졌고 어떻게든 일은 구해야겠고 다시 다른 면접을 볼 때마다 이것이 마지막이길 속으로 빈다. 안 그래도 밑바닥까지 떨어진 자존감에 불씨를 확 꺼트린다. 일을 잘 할 수 있는 상태가 아니지만 어떻게든 비벼보려고 한다. 아버지가 돌아가시기 전에 새우잡이 배를 타려고 갔다가 쫓겨났던 것처럼 그것보다 더한 비참한 감정은 없었을 것이라 생각하지만 면접을 계속 떨어지면서 아무짝에도 쓸모없는 인간이 되었다는 마음 상태로 빠질 것만 같았다.

겨우 운 좋게 예전에 근무했던 일과 비슷한 업종의 고객센터로 들어갔고 거기에서 교육을 받으면서 사람들과 부딪쳐 가면서 머리를 쥐어 짜내면서 시작했다. 굳은 머리를 풀어내는 과정은 그때로 다시는 돌아가고 싶지 않다는 감정을 느끼게 할 만큼 정신적으로 버티기가 너무 힘들었다. 몸을 재활하는 과정만큼이나 굳은 머리를 재활하는 것은 너무나도 고통스럽다. 2012년 서울에 올라와서 4년 가까이 지내면서 가꾼 대부분의 대인관계가 무너져버린 나는 누구에게도 더 이상 의지할 수 없어졌다. 사람을 사귀는 것이 더욱 어려워졌다. 약을 먹어야만 그때로 다시 돌아가지 않는다는 걸 알면서도 약을 먹으면 산송장의 기분으로 세상을 사는 게 사는 것 같지도 않게 평생을 사는 것이 무슨 의미가 있나 너무나 곱씹게 된다.

# 정신과에 갈 수 있어요?

:

도대체 왜 가족들은 나를 고향으로 데려가지 않은 것일까? 이것은 가난과 연계되어 있다. 형제들은 자기 삶을 살아야 하고 엄마는 종교인이 되어 돈을 벌지 못한다. 누구도 날 챙겨줄 수 없는 상황이다. 그들은 그들의 삶을 살아야 한다. 누구도 비난할 수 없었다. 나를 이끌어줄 사람은 나밖에 없었다. 내가 아닌 다른 모든 사람들은 내 감정을 이해할 수 없는 사람들로 정의를 해야만 했다. 언제 갑자기 나를 벗어나 전처럼 그들을 하대할지 모른다. 나는 너무나 궁금했다. 정신질환을 갖고 있는 사람이 가족이 없고 혼자가 된다면 정상적 사회생활이 어렵다면 그것을 책임질 사람은 누가 되는 것인가?

정신질환을 갖고 사는 사람이 사회에 적응하기 위해 어떤 것들을 선택할 수 있고 알아가야 하는지에 대한 교육을 받았다면 혼자서도 복지의 혜택을 이용해 사회에 잘 적응해서 살 수 있었을까? 조울증으로 사건이 일어날 때마다 돈이 떨어질 때가 한두 번이 아니었다. 당시 정신질환에 관한 복지 시스템 교육을 받았다면 이러한 제도를 이용해서 사회에 어떻게든 적용해보려고 하지 않았을까도 생각해 본다. 안 그래도 힘들게 모았던 돈이었다. 그럼에도 불구하고 그 돈이 모두 사라진다. 그동안 고생했던 보상심리로 인해 정신질환 치료에 돈을 쓰기 싫었다. 잃은 만큼 다시 돈을 벌어야 한다고 생각했기에 돈이 모이기 전까지 치료에 돈을 쓰는 것에 소극적이었다. 한두 달 치 약을 타 먹는 것 정도는 용인할 수준의 마음이었다.

'회사에 다니면서 병원에 당당히 가겠다고 연차를 낼 수 있을까?'

당시에는 정신질환에 대한 인식이 좋지 않았고 지금은 좋아졌다고 주장하는 사람이 많아졌다. 유튜브에 정신건강학과 의사들이 나와 정신질환에 대한 편견을 없애려고 노력한다. 나의 입장에서는 너무 가식적이라고 생각이 되더라. 그들의 노력을 비하하려고 하는 것은 아니다. 하지만 그들은 환자들의 마음을 제대로 이해할 수 없는 것이 팩트다. 이해하기 어렵다. 그러면서 약물이 정답인 것처럼 의학지식을 말해 댄다. 정신질환에 대한 치료를 하는 것을 두려워하지 말라는 것이 세상에 어떤 긍정적 효과를 내든 간에 나는 그들의 가식이 보이는 입장이다. 당연히 훌륭한 인격을 갖춘 분도 있겠지만 아픔의 깊이만큼 그들이 겪는 감정의 공감 능력은 절대적으로 일반인과 같을 수밖에 없다. 물론 요새는 임상심리상담도 하기 때문에 많이 좋아졌다고 보지만 그것 또한 비용에 대한 부담은 있다. 심리상담을 안 해 보려고 한 것은 아니다. 한번은 회사에서 같이 일한 형이 폭력을 행사한 충격에 한 심리상담 사무실에 용기 내어 들렀는데 한번 상담하는데 15만 원 정도의 비용을 내야 하더라. 나는 그들의 노력을 무시하고 싶지는 않지만 내게는 한번 시작하면 평생을 그 서비스 비용을 내야 하는 것을 인정해야 한다고 생각했다. 그런 점을 봤을 때 돈을 모을 수 없겠다는 생각을 했고 버는 월급이 얼마 안 되는데 버는 족족 심리상담에 비용이 다 나간다면 모은 돈 없이 정신질환의 노예가 되어 평생을 살 것 같다는 생각이 들었다.

하지만 나는 이 병을 어떻게든 극복하고 싶었다. 이 병을 갖고 사는 환자들이 정상이 되고 싶은 감정을 갖고 있다면 이 생각은 당연한 것이다. 이 병이 뭔지 스스로 극복하지 않는 한 돈이 떨어지면 가족이 없는 사람들은 노숙자로 전락할 수도 있다. 극단적으로 생각해 보면 연고가 없는 환자들은 비명횡사하게 될 수도 있다.

처음 이 병을 알게 되었을 때 국가에게 의지할 수 있는 방법이 도대체 뭘까 고민했다. 군대에서 의병 제대를 하면 국가유공자를 신청할 수 있는 자격조건에 대한 문서를 준다. 국가유공자라도 되어야 나도 모르는 이 병 때문에 아픈 것에 대한 보상을 받을 수 있을 것만 같았다. 군대 내에서 열심히 일을 했고 포상 휴가는 너무 쉽게 받았다. 이후 정신적으로 힘들었다. A급 병사가 한순간에 무너졌는데 군대 내 부조리가 있다든지 그러한 상황을 고발하는 기회도 주어졌었다. 정신이 나간 상태에서는 어떤 주장도 효과가 없었다. 변호사라도 쓰고 싶었지만 집에 돈이 없었다. 나 스스로를 돌아본 결과 아무한테도 도움을 청할 수 없다는 것이 현실이었다. 지금에 와서 생각해 봤을 땐 이건 내 정신적 문제였고 나만이 풀어야 할 인생의 숙제였다.

만약 20대 사회 초년생이 조울증에 걸렸다면 그들이 나와 비슷한 환경이라고 해 보자. 회사에서 정신질환이 있다고 병원에 간다고 연차를 쓰겠다고 쉽사리 말할 수 있을까? 지금은 정신의학과에 문을 두드리는 것에 대한 편견이 사라진 것은 맞다. 하지만 난 그들이 진심이 없다고 생각한다. 그리고 그들은 완치가 불가하다는 경험적 소견을 내야만 한다. 그것이 그들에게 잡힌 통계일 테니까. 논리적 오류를 범하는 그들을 신뢰하기가 어려웠다. 정신이라는 것은 본연이 자신의 것인데 그것을 제어하는 것은 약물로 가능할 뿐이라고 단순하게 말한다. 약물은 치료제가 아니다. 억제제일 뿐이다. 그들의 말대로라면 모든 사람은 정신을 조작해 부자가 될 수 있어야 한다. 그것은 불가능하다. 차라리 자수성가한 부자들이 어떻게 성공한 건지 공부를 하라고 하는 게 낫다. 그들은 일반 사람들이 불가능한 일을 해낸 사람들이다. 그들은 사람의 본성을 거슬러 현실을 이겨낸 사람들이다. 자수성가한 부자는 존재 자체로 사회적 영향을 끼친다. 그렇다고 부자가 되는 방법을 따라 하는 것이 무작정 가능한가 물어봤을 때 물론 리스크가 존재한다. 석가모니도 부처가 되었을 때 자신의 방법을 누군가에게 설명하기 어려웠다고 한다. 석가모니가 부자인가? 물론 부자라고 하긴 어렵다. 하지만 사회적으로 성공한 인물은 분명하다. 그의 정신이 현재 불교의 정신이다. 도대체 성공이 무엇이길래 이렇게 사람들은 집착하는 걸까? 그곳에 도달이나 할 수 있을까? 많은 사람들이 이러한 생각을 하는 것은 당연하다.

성공이란 나는 이렇게 생각한다. 절망을 극복해 낸 존재인 것이다. 그것이 돈이 되었든 어떤 환경이 되었든 그 모든 것은 개개인들에게는 상대적인 것이며 그 모든 것은 사회에는 현실적인 것이다. 존재함으로 영향력을 끼칠 수 있는 내공이 돈의 형태로 존재할 수 있으며 그의 영혼의 가치를 존중하고 인정하고 믿어주는 명예로서 존재할 수 있는 것이다. 돈이 중요하다고 말하지 않는 사람이 가진 업적 그 자체가 돈의 성질과 비슷한 에너지를 갖고 있다. 언제든 영향력을 끼쳐 돈의 흐름을 만들어 내기도 한다. 종교든 기업의 성공한 총수든 사람의 신뢰를 갖고 살아가는 정치인이든 간에 각자의 분야에 영향력을 갖고 살아간다.

우리는 이런 성공한 사람들을 보고 '꿈을 꾼다'라고 말한다. 다만 성공한 사람의 현재 성공의 결과가 처음부터 꿈은 아니었을 수도 있다. 자신이 어떤 존재이길 바라지 않았지만 숙명이라고 생각되어 그 길을 가야만 하는 사람이 존재한다. 그러한 예가 변호사 출신이었지만 평화 운동가로 살아야만 했던 '마하트마 간디'다. 그는 변호사로 돈을 벌 수는 있었지만 돈이 중요하지 않은 비폭력 평화주의자가 되어 인도의 정신적 위인이 되었다. 왜 그는 폭력을 겪고 나서야 마음이 바뀌게 된 것일까? 어떤 사람은 보복을 생각할 것이고 아니면 더 힘을 키워 그들이 자신을 무시하지 못하게 할 수도 있었을 것이다. 하지만 그는 숙명을 선택해 나아가 세상을 움직일 수 있을 정도의 세계적 위인이 되었다.

꿈은 모두에게 꿀 수 있는 것이라고 말할 수 없다. 살아야 하기 때문에 가야 할 길이 된 것뿐인 사람도 존재한다. 어린아이들에게 꿈이 있어야 한다고 말하는 것은 좋은 말이 아니다.

'누군가에게 꿈이 되지 않더라도 이번 생에 해야 할 너만의 것을 발견하고 인생을 즐겨라.'라고 하는 말이 훨씬 아름답다고 생각한다. 그렇게 살다 보면 그 삶이 누군가에게는 또 꿈이 된다. 그 꿈을 꾸는 자는 꿈을 이루기 위해 노력하는 사람이 된다. 정년퇴직을 꿈꾸는 사람도 있겠지만 정년퇴직이 끝은 아니다. 늙어서도 죽기 전까지 우린 무언가를 계속 해내야만 한다. 결국 자신이 죽기 전까지 할 수 있는 일을 하며 살아가는 것이 인생의 전부라고 생각한다. 끝까지 할 수 있는 일을 하는 것이 사람의 인생의 마지막까지 외롭지 않게 사는 길이라고 생각한다. 장례식장에 아무도 오지 않는다고 하더라도 살아있는 동안 주어진 시간 동안에 할 수 있는 일을 최대한 하고 가는 인생이 성공한 것이라 생각한다.

Whatever it takes 2 —
# 끝없는 도전

# 폭풍은 계속된다

:

2016년 봄, 겨우 합격한 고객센터에서 꾸역꾸역 하루하루를 보냈다. 첫 월급에 인센티브가 생각한 것과 달랐다. 상담사 관리시스템도 엉망이었다. 결국 업무에 적응하지 못해 그만두게 되었고 다른 일자리를 알아보았다. 다음으로 구직한 곳은 지역 케이블 현장 판매직이었다. 케이블과 인터넷을 팔기 위해 생판 모르는 사람들을 직접 찾아가 케이블 상품을 팔아야 했다. 아파트에 상주하여 매일 출근하기도 한다. 아파트 한 동에 꼭대기 층부터 1층까지 내려가면서 명함을 돌리며 벨을 누른다. 안에서 문을 열어주면 영업을 시도한다. 동네 길거리를 걸어다니며 사업장에 들어가 영업 시도를 하기도 한다. 차가 있어야 편했을 텐데 결국 체력에 부치기도 하고 적성에 맞지 않아 그만두게 되었다. 다음 직장은 영업 텔레마케터 업무였다. 열심히 하면 돈을 많이 벌 수 있겠다는 희망을 갖고 하루 종일 열심히 전화를 돌렸다. 부재가 계속되고 통화연결이 되더라도 거부에 연속의 나날이다. 현장직보다 인센티브를 더 받긴 했지만 노력에 비해 벌지 못한다는 생각이 들었다. 하루 종일 전화를 돌리는 일에서 벗어나고 싶었다. 사무직이 눈에 들어왔다. 기획 부동산업무가 뭔지는 잘 몰랐지만 그곳에 인사과 직원을 모집한다고 하여 면접을 봤다. 면접 현장에서는 인사과 직은 이미 자리가 찼다면서 영업직을 제안한다. 그리고 영업직을 택하지 않으면 거기서 돌아가야 할 것 같은 분위기를 풍긴다. 돈을 더 벌 수 있을 기회라는 생각에 지금 영업직을 하고 있는데 못할 것이 없다고 생각했다. 지금 다니는 직장을 그만두기로 결심하고 기획부동산 영업직으로 취직을 하였다. 그때가 2016년 11월이었다. 8개월 만에 직장을 4번이나 옮겼다. 이번에 옮긴 회사의 급여조건은 이랬다. 월 150만 원을 기본급으로 하고 소개비를 적게 받기, 3개월 후는 기본급 없이 순수 인센으로 받는다. 다른 하나는 처음부터 기본급 없이 인센 제도로 하는데 한 건당 200만 원의 소개비를 받는 것이다. 기왕 돈 번다고 결심했는데 처음부터 무급으로 소개비 인센티브로 선택하기로 했다. 식사는 팀장이 제공했다. 그곳에서 영업을 열심히 배우고 돈을 많이 벌어서 인생을 바꿀 거라는 꿈을 꿨다.

아침에 일어나 모델하우스로 출근을 한다. 사무실에는 사람이 너무나 많고 자리가 좁게 배치가 되어있다. 한 팀의 라인에 나와 같은 영업사원들이 자리에 앉게 된다. 오전 8시가 되면 사무실에 각 팀의 영업사원들이 비좁은 자리에 모두 앉는다. 그리고 자신들의 대본을 읽기 시작한다. 부동산 영업 TM을 하기 위해 입을 푸는 워밍업을 하는 것이었다. 한 번에 수많은 인원들이 대본을 읽을 때 그 기운은 정말 압도적이었다. 나는 그 기세에 눌리지 않기 위해 연극을 했다는 자부심으로 발성을 크게 낸다. 내 발성은 그 험악한 분위기를 파고들 정도로 전달력은 좋았다. 여러 팀이 같이 있다보 니 팀장이 내게 팀 경쟁 구도에서 기세에 밀리지 않으려 일부러 더 크게 하라고 격려도 했다. 팀 동료들과 함께 까치산역 길거리에서 전단지를 뿌리면서 입을 풀었던 대사들을 내뱉는다. 목동 현대백화점 부근에 길거리에 터를 잡아 지나가는 돈 있어 보이는 사람들에게 말을 걸어 영업을 한다. 그 과정에서 배운 것도 많았다. 지나가는 할머니에게 다가가 말을 붙여 영업을 시도했는데 구미가 당기지 않았는지 그 할머니는 자신이 월세소득을 월 500만 원을 번다고 관심이 없다고 말했다. 월세소득만 500을 받으려면 부동산 부자일 것임은 틀림없었다. 월 200도 겨우 벌까 말까 하는 내가 이런 부자들과 말을 섞는다는 게 신기했다. 부자들이 어떤 생각을 가지는지 간접적으로 접할 수 있는 기회였다. 부동산 조건이 좋으면 그리고 듣는 귀가 있다면 그들은 관심을 갖고 답을 한다. 다만 내가 갖고 있는 지식이 짧아 그들을 사무실까지 데려오는 것이 어려웠다. 좋은 조건을 제시하면서 밀어 붙이라는 회사에서 제공하는 시나리오를 확신하지 못했다.

영업을 하다가 연락처를 얻고 사무실로 어떻게든 사람을 데려오면 그때부터 경력직 팀장이 계약 조건을 고객에게 확신을 주고 계약과 대출 등 후처리를 모두 안내할 수 있게 시스템 되어있다. 사람을 데려오면 하면 계약이 한 번에 이뤄지지 않더라도 계약이 될 확률은 높았다. 그러한 시스템에 대해 나는 아무 생각이 없었다. 돈을 많이 벌어야 하는 간절한 생각 때문에 일 하는 게 아니라 '현장에 있으면 어떻게든 되겠지?'라는 생각이 강했다. 감정 없이 매일같이 소리만 질러대다 영업하려 사람에게 다가가 상품을 설명할 기회가 와도 매번 실패했다. 연극할 때도 그게 가장 문제였다. 대사를 읊는데 자연스럽지 못했다. 소리만 질렀다. 대화를 해야 하는데 일방적으로 질렀다. 어떻게든 일찍 회사로 출근해 더 준비하고 연습해봤자 결과가 없었다. 오전 8시마다 발성하는 것도 하루 이틀이지, 결국 팀장에게 불려가 다른 사람들이 보는 앞에서 욕을 1시간 내내 들었다. 이게 하루 이틀 일이 아니었다.

두 달이 넘도록 아무 소득이 없었지만 팀 분위기를 만들기 위해 열심히 일했다고 생각했다. 그 열심히 일한 대가로 실적이 없다고 매일 욕으로 답변하는 팀장 때문에 결국 우울해졌다. 그동안 함께 했던 동료들이 날 어느 정도 의지했다고 믿었기 때문에 내가 그만두면 그 팀은 많은 문제가 있을 거라 생각했었다. 일을 그만두자마자 몇몇 동료들이 얼마 안 가 그만두었다는 소식을 나중에서야 들었다. 그 회사는 수많은 사람들을 무작위로 취직시키고 한두 달 두고 봤다가 영업을 못 하면 욕을 하면서 분위기를 험악하게 만들고 사람을 나가게 만드는 시스템을 갖고 있었다. 회사에서는 주기적으로 부동산 영업을 통해 성공한 사람들이 강의실에서 좋은 강의를 해준다. 하지만 그 이면에는 적성에 맞지 않는 실패자들의 수많은 아픔이 있었다. 돈을 벌기 위해 결과를 내야 하는 것은 알겠지만 패배자를 자를 수 없으니 다른 방식으로 회사를 나가게 만드는 행동들을 겪으니 이것이 내 딴에는 불의처럼 느껴졌다. 나뿐 아니라 동료들에게도 그런 피해가 갔을 거라고 생각했다. 결국 나는 분노가 가득한 억울한 미친놈이 되고 말았다.

조울증을 극복하기 위해 연구를 한답시고 경조증 상태를 공부하고자 했다. 가볍게 흥분하는 수준을 경조증이라고 하는데 이것도 조울증의 하나의 증상이다. 이러한 증상을 보여주는 CEO들이 많다고들 한다. 경조증을 자유자재로 다룰 수 있는 것이 조울증을 극복할 수 있는 정답이라고 생각했다. 하지만 어느 순간 생각이 생각을 물고 결국 답답한 내 머릿속 생각 구조가 폭발하게 되고 가족들에게 몹쓸 욕을 하게 되고 주위의 모든 지인들에게 헛소리를 하고 다녔다. 세월호에 대한 이야기였다.

2014년 4월 16일, 세월호 참사가 있었다. 슬픈 사건이지만 당시 내겐 아무 일도 아니라고 생각했다. 내게는 남의 가족이 중요하지 않았다. 먹고 살기 위해 돈을 버는 것이 중요했다. 그렇게 살아가는 내 자신이 갑자기 너무나 미웠던 것이다. 세상이 해결하지 못하는 문제를 해결해주고 싶었다. 말도 안 되는 논리로 해석을 했다. 용의자가 죽었다는 사실에 모두 답을 찾지 못하게 되었다고 생각했다. 반대로 용의자가 죽지 않았다면 거기에 연결된 모든 사건의 배후가 밝혀진다면 진실을 찾을 수 있을 것이라 생각했다. 세월호의 잃어버린 7시간을 도대체 왜 그렇게 집착하는 것인지부터 시작해서 두들강 살인사건의 해결 실마리를 연결 해석해 시나리오를 써서 그것을 무료 변호사 상담을 통해 의논하기도 한다. 서대문 형무소 박물관에 가서 노숙자의 시체를 처리하는 방법을 발견하고 세월호 용의자의 죽음은 죽은 노숙자 시체를 이용했다고 생각한다. 영화 '용의자 X', 소설 '용의자 X의 헌신'에서 나온 '겉으로는 기하학의 문제인 것 같지만 사실은 함수 문제'라는 것에 집착했다. 수학 천재인 그는 노숙자의 시체를 이용해 살인사건을 위장한다. 노숙자들은 지문이 없거나 혹은 주민등록증이 말소된 사람들이 많다. 그들의 시체를 이용해 살인사건을 위장하는 것이 가능하다는 것이다. 신분을 알 수 없는 시체가 겨울마다 보관되는 곳이 있을 것이다. 그것에 접근할 수 있는 누군가가 국가가 됐든 어느 살인청부업자가 됐든 그 시장에서 용의자를 수사선상에서 지우고 살리기 위해 불법적으로 시체를 이용해 위장한다. 시간이 흘러 SBS 시사 프로그램인 '그것이 알고 싶다'에서 실종된 유회장으로 추정되는 시체 대퇴부에 DNA를 취집한 결과 그가 맞다는 것을 증명한 것을 보았다. 전문가들의 의견들을 통해 그 시체는 그가 맞다는 것을 의심하지 않게 한다. 물론 내부자가 있다면 시체 대퇴부에 그의 유전자가 발견될 수 있도록 하는 방법도 가능할 것이라고 보지만 합리적인 의심은 거기서 멈출 수밖에 없었다.

한참 촛불혁명이 진행되고 있는 시기에 광화문에 세월호 유족들이 거주하는 텐트에 들러 그들 중 한 명과 악수했다. 홍대 부근에 세월호 조사위원회에 들어가서 두들강 7시간의 법칙을 설명하다 미친 사람 취급을 받고 그들은 짜장면을 먹는다고 해서 밥시간에 귀찮게 하는 나를 쫓아냈다.

그 과정에서 기획부동산의 팀장과 부장, 그리고 일부 동료들에게 수많은 담지 못할 이야기들을 돌리다가 경찰에게 불려갈 뻔한 적도 있었다. 032로 걸려 오는 전화였다. 경찰서라고 한다. 이전 동료가 내가 막말을 한 것을 신고하러 왔다고 한다. 당시 나는 아무것도 보이지 않았다. 모든 것을 불신해 경찰이라고 해도 막말을 하였다. 통화하고 있는 경찰도 못 믿었다. 보이스피싱인지 어떻게 아냐면서 그 동료가 전에 내게 농담인지 진담인지 모를 이야기에 대해 언급했다. 그는 자신이 예전에 사람을 죽였다는 이야길 했었다. 왜 그 이야길 내게 한 건지 이해할 수는 없었지만 그 이야길 들었을 때 당시 느낌은 날 만만하게 보는 듯한 기분이었다. 살인자라는 고백을 한 사람을 어떻게 대해야 할지 그동안 기분 나빠도 참았던 울분을 경찰에게 분노로 토한다. 그렇게 뱉고 나서 나는 한동안 불안에 떨었다. 언제 경찰이 날 잡으러 올지 모른다는 생각이 계속 들었다. 그러나 날 잡으러 온 사람도 영장도 도착하지 않았다.

기획부동산을 다니면서 팀장이 사업자등록증을 발급하라 했었다. 그들은 내 사업자등록증을 통해서도 계속해서 구직사이트에 구인글을 올렸다. 내 이메일에는 구직을 하는 사람들의 메일이 확인되었다. 그리고 보복하기로 했다. 구직자들에게 메일을 보냈다. 부동산 회사가 사기로 사원을 모집하는 방법을 공개했다. 구직 사이트에 연락처로 등록되어 있는 곳은 기획부동산 사무실 연락처였다. 결국 구직 사이트에 민원이 많아져 내 사업자 번호로 등록되어 있는 구인글을 모두 내리게 되었다. 법적으로 저촉될 일을 했을 수도 있지만 결국 구직자들은 손해를 당한 것은 없었고 사업장에서도 그들이 손해를 받은 것을 입증할 수도 없었다. 나의 행위에 대해 직장에서 신고를 했던 것 같았지만 조사 과정에서 그들이 손해 볼 것을 고려해 고소가 취소된 것 같았다.

이후 난 페이스북 커뮤니티에서 발견되는 악의성으로 달아져 있는 댓글에 대놓고 테러를 하고 다녔다. 거기에 다시 악플이 달리면 저주를 퍼붓는 댓글을 달았다. 그 과정에 해병대 출신에 극우성향을 가진 60대 할아버지와 말싸움을 하게 되었다. 그러다 더 가면 안 될 것 같아 그분과 화해하고 친구처럼 연락하게 되었다. 막말 대 막말의 영혼끼리 만나게 되었다. 그는 비운의 운명을 갖게 된 북파공작원과 대화해보라고 연결시켜 주었다. 난생 처음 이러한 사람들과 대화를 하게 되었는데 신비한 경험이면서 내가 무엇이라도 된 것마냥 느껴졌다. 저승에 가까운 사람들과 지내는 기분이라고 할까?

갈수록 생각의 비약은 심해지니 이 부분을 고려하고 읽어주길 바란다.

KT 100번에 밤새 연락해 가며 몹쓸 이야기들을 꺼냈다. 강사 지망생 동료가 소개팅을 시켜줬던 그 여자에게 다시 집착했다. 청와대 콜센터에 연락하기도 했었다. 청와대로 가서 나락의 길을 다시 도전하게 하는 마음을 갖게 했다. 내가 청룡의 전생이었고 청룡의 기운이 나라를 다스리게 되는 것임을 생각하게 된다. 중국은 흑룡, 일본은 황룡, 2008년 11월 삿포로에 연극을 하러 갔을 때 눈이 오지 않았다. 그것이 어머니인 황룡이 나를 보호해줬기 때문에 사고가 날 것을 막았다고 한다. 그래서 날씨가 이상했다고 한다. 당시 국정농단으로 심각했던 대한민국 사회의 분위기에 전직 대통령이 대한민국에 비공식적으로 핵을 관리하고 있는 것을 쏘려고 한다는 기운이 감지된다. 청룡의 기운은 핵의 기운을 감지한다고 한다. 그것을 쏘려고 하는 기운이 감지되니 위대한 청룡의 전생을 갖고 있는 나의 입장으로는 분노를 하는 과정을 페이스북에 올려가며 미쳐버린다. 그 생각이 끝나고 나서는 다시 난 청와대로 향한다.

　이번에 청와대에 도착했을 때는 작전과장을 그렇게 찾았다. 군 경험상 작전과장이 전투의 두뇌를 뜻하기 때문이었다. 핵에 대한 문제는 안보에 큰 문제기에 그를 만나야 한다고 생각했다. 이전처럼 숨겨진 나라의 진실이 내게 응답해 줄 거라 믿었다. '육룡이 나르샤'라는 드라마에 빠져서인지 이인겸이 허구적 인물임에도 불구하고 거기에서 나온 숨겨진 역할을 한 이인겸의 어머니 가문이 광산김씨였다는 것을 말하면서 다시금 아무런 이유 없는 확신으로 사람들을 그냥 만나야 한다는 주장을 하기 시작한다. 당시 만났던 청와대를 지켰던 경찰이 동향 사람이었다는 것을 기억한다. 그는 작전과장에게 말해 줄테니 밤이 늦었으니 돌아가 쉬고 있으라고 말한다. 새벽 내내 기다렸다 이전에 청와대에서 느꼈던 꼭두각시의 기운이 도사려 온다. 새벽 5시가 되어 어떤 공포감에 사로잡혔다. 그리고 결국 하루 종일 헤매다 집에 도착한다. 그날 집으로 다시 돌아온 과정은 정확하지 않다. 저녁에 겨우 집에 도착해 집 안에서 TV를 켜 예능을 시청하다가 몸에 전기충격이 오고 나서 쓰러졌다. 어느 누구도 집에 들어온 사람은 없었다. 인생에 있어서 불가한 경험을 겪는 게 한두 번이 아닌 게 가능한지 나는 도통 이해할 수가 없었다. 그리고 난 지쳐 쓰러져 잠을 잤다. 깨고 나서는 분노해 미쳐갔다. 결국 다시 병원에 들어갔다. 그 과정에서 세월호에 대해 연관된 사람들에 대해 말도 안 되는 소릴 해대면서 병원에 끌려간다.

　이번엔 전과 다르게 바로 병원에 적응했다. 병원에 들어가는 것이 학습이 된 기분이었다. 병원에 들어가자마자 아무렇지 않게 환자가 해야 할 적응을 바로 시작한다. 그리고 바로 든 생각은 조금만 더 잘못하면 집을 잃을 수 있다는 것이었다. 한번 병원에 들어가면 대부분 3개월은 있었고 이제 3개월 이상 이곳에 머물게 되면 얼마 없는 돈이 분명 떨어질 것이었다. 이제껏 대출이자만 냈다가 원금까지 같이 상환하게 되었는데 그 돈이 한 달에 80만 원이었다. 관리비와 통신비 등등 나가야 할 자동이체를 포함하면 90만 원 정도였으니 남은 돈으로는 버티기가 어려운 상태였다. 집이 넘어가는 것은 막자고 형에게 말했고 결국 빠른 시일 내로 병원에서 나서게 되었다.

이제 나는 다시 실패를 하면 안 됐다. 아무리 내가 옳다고 생각하더라도 이 병을 갖고 있다고 최면을 걸어야만 했다. 다시 이 병에 지지 않아야만 했다. 어떻게든 내 생에 최초로 얻게 된 이 집은 지켜야만 했다. 나를 조작하고 싶었다. 정신을 개조해야만 했다. 그것이 어떻게 가능할지 나는 알 수 없었다. 며칠 내내 집에 처박혔다. 유튜브를 봤는데 그는 무당의 운명을 타고났고 절실하게 기도를 하면 자신의 운명을 바꿀 수 있다고 하였다. 30분간 한 곳에서 매일같이 가부좌를 틀고 기도를 하랬다. 그것이 유일한 방법이라고 생각하고 나는 무작정 기도를 했다. 몸이 흐트러지려고 하면 '제발'이라는 단어를 맘속에 수 차례 외쳤다. 다리에 쥐가 와도 그 고통을 끝까지 참은 후에 고통을 그대로 받아들인 끝에 무감각이 찾아왔다. 기도의식이 끝나면 몸에는 땀이 가득했다. 익숙해질 때쯤 생각은 다시 날 찾아왔다. 이 나라의 문제를 피하지 말고 즉시 하라는 것이었다. 왕이 될 운명이라는 것을 받아들이라고 한다. 처절하게 울었다. 나라의 운명을 지켜내겠다고 다짐했다. 나라의 국운과는 아무런 관계도 없는 내가 그러한 맹세를 하면서 울어댔다. 지금 해석하자면 그건 내 운명을 받아들이겠다는 맹세였다. 정말로 내가 왕이된다고 생각해서 그런 게 아니었다. 그냥 그때 들어온 생각대로 그것을 피하지 않겠다는 생각에 지껄인 이야기였고 내 운명이 앞으로 무엇이 되든 내가 그것을 받아들일 준비가 된 의식을 치른 것이었다.

# 심연의 기억을 찾아서라도

:

그 기억은 지금에서야 이제 남 얘기처럼 말할 수 있게 되었다. 그러나 굳이 말을 하려고 하지는 않는다. 그냥 내게만 특별한 기억으로 남았을 뿐이다. 5살이었을 때였을 것이다. 집 안에서 아버지는 어머니에게 화가 났었다. 그 화를 못 이겨 어머니 허리에 망치질을 했다. 날 본 후 칼을 찾았고 내게 다가왔다. 내 목에 칼을 대었다. 나는 꼼짝 없이 가만히 있었다. 그 사람은 내게 아버지였는지 아니면 내 목숨을 쥐고 있는 한 사람이었는지 분간이 가지 않았다. 목숨이 붙어있는 아무것도 모르는 강아지마냥 가만히 있어야만 했다. 잘못을 했으니 그 사람이 날 죽이려 든 것, 아니면 어머니가 맞는 걸 보고 내 입을 막으려 했던지 그때의 내 숨은 그 사람에게 달려있다 그 정도 생각뿐, '죽음이 어떤 걸까? 그냥 받아들여야만 하는 걸까?' 하는 생각만 감돌았다. 5살 때 기억이 나는가?라고 반문할 것이다. 하지만 기억하라고 한다면 기억이 나는 것이 그때의 순간이다. 도대체 어머니는 어떤 맞을 짓을 한 것인지 잘 모른 상태에서 그저 아버지는 내 목숨을 가지고 있는 사람이라 학습되었다. 다음에 다시 본 아버지는 예전처럼 가장이 되어 살았다. 그 일을 기억하고 있지만 아무에게도 말하지 못하고 살았다. 5살이 뭘 알고 사람들에게 내 아버지가 내 목에 칼을 댔고 엄마한테 망치질을 했다고 고발하겠는가? 어린 나는 아버지가 제정신일 때 눈치를 보면서 아버지를 살갑게 대하고 싶었다. 하지만 술을 마시면 다른 사람이 되었다. 그리고 난 무의식적으로 그에게 순종하게 된다. 형제들은 도망가지만 나는 그대로 있어야만 했다. 그때의 트라우마가 내 정신을 조작하고 살아왔던 것이다.

2015년 10월 직장을 그만두게 되었을 때를 기억한다. 상담의 끝은 내 이름 세글자를 말하고 끝내야 한다. 그런데 어느 순간 내 이름 3글자를 말하기가 어려웠다. 발음하기도 어려웠지만 이름을 말하기가 쉽지 않았다. 살다 보면 주민등록번호가 얼마나 중요한 건지 느끼게 된다. 가족관계가 복잡하게 되어 주민등록번호가 없는 아이들은 복지혜택을 받기가 어렵다. 그러한 아이들에 대한 뉴스를 보면서 나는 20대를 어렵게 살았지만 열심히 노력해서 돈을 모아 집을 샀다. 이 모든 건 주민등록번호가 없으면 불가했다. 그 주민등록번호는 부모님이 내게 준 것이다. 그래서 부모님이 너무 감사한 것이다. 거기에 붙는 이름은 아버지가 지어준 이름이었다. 어느 순간 내 이름을 말하기가 너무 어려웠고 왜 그렇게 된 건지 골똘히 생각하게 됐다.


'세상이 말하는 가정폭력범이 지어준 이름이니까. 그걸 나만 가슴 속에 새기고 있었으니까, 일반적인 가정폭력이 아닌 자식의 목에 칼을 들이밀었던 사건이니까. 그것을 내 가슴에 간직하고 25년을 아버지를 아버지라고 말하고 다녔는데 이러한 아버지도 아버지라고 말할 수 있냐?'

이러한 생각은 왜 조울증에 걸린 건지 답을 찾아가는 과정의 시작이었음을 의미했다.

5살 사건 이후로 중학교를 졸업할 때까지 아버지가 술에 취해 다른 사람이 되면 아버지와 대면할 때마다 난 꼭두각시가 되었다. 처음에는 아버지 말에 잘 답하다가 계속 알아들을 수 없는 말을 한다. 들리지 않았다. 무슨 말을 하는지 제대로 들리지 않았다. 입에서 무슨 말을 하는지 몰라도 그냥 내 마음대로 긴장하고 대답했다. 대답하지 않으면 맞았으니까 어떤 식으로든 대답해야만 했다. 그러면 맞지 않거나 맞았다. 무슨 말인지도 안들리는데 입 모양만 보고 어떻게든 생각을 짜내서 대답해야만 맞지 않을 희망이라도 가졌다.

할머니가 주무시는 옆에서 눈을 감은 상태에서 맞을 것을 감지도 못한 채 밟혔다. 그래서 그런지는 몰랐지만 상대방을 좋아하면 상대방이 질릴 때까지 말을 끝내지 않으려 한다. 연애의 감정이 생기면 끝없는 수다에 질려서 모두 떠났다. 연애의 감정이 아니더라도 남들이 보기엔 연애하는 것처럼 보인다고 하면 그 순간 미래가 어떻게 될지 미리 예상하고 관계를 바로 소원하게 만들어버렸다.

'날 키워주는 사람은 언제 날 죽일지 모른다. 날 때리기 전에 어떻게든 다 보여줘야 한다. 그가 웃으면 난 웃을 수 있다. 내가 그의 생각을 읽어야 얻어맞지 않을 수 있고 살 수 있다. 언제 칼을 들 지 모른다.'

내 무의식은 생존의 방식을 윗사람의 만족과 공감, 그리고 웃음을 생존의 신호와 일치시켜 왔다. 그것을 벗어나면 긴장감은 어떤 방식으로도 찾아오는 강도가 일반인과 다르게 찾아온다. 같은 반 친구들이나 직장의 동료들이 평소에 윗사람을 대하는 태도를 내 생존방식과 비교하게 되면서 감정 보상 인식체계에 오류를 일으키거나 실망을 한다. 그 결과 윗사람에게 또는 동료들에게 게을러지거나 반항을 한다. 적어도 중학교 때는 학교 선생님이 모든 학생들에게 체벌을 자주 하다 보니 모두에게 동등한 긴장감이 생겼다. 그래서 당시엔 특별한 일은 없었다. 중학교 2학년 때 선생님에게 걸려 머리가 잘렸다. 선생님은 날 사춘기로 판단했지만 나는 아무도 믿지 않았다. 생존본능에 공포감을 주었을 뿐, 그냥 굴복했어야만 하는 시간이었다.

이 모든 것을 인생의 힘든 시기라고 인식하지 않고 살아왔다. 생존 본능이 작동했기 때문에 싫다는 감정을 인식하지 못했던 것이다. 그냥 집중이 안 되면 물음표만 떠올랐을 뿐이었다. 쉬어야 하는데 계속 생각이 돌아가다 지쳐 방향을 잃을 뿐이었다. 감정을 숨기려 하는 시스템과 솔직한 내 감정은 충돌한다. 그냥 싫다고 하면 됐는데, 그냥 졸려서 잤으면 됐는데, 그냥 화내고 싶을 때 화내면 됐는데 시스템은 그러라고 하지 않았다. 트라우마가 박힌 상태에서 아버지의 술주정이 지속되어 학습이 된 시스템이 사회에서도 어느 순간 내 행동을 통제했던 것이다. 고등학교 1학년 때 한 친구가 말한 것이 아직도 기억난다. 생각이 많다고 하더라. 당시 무슨 말인지 몰랐다. 아무 생각도 안 했기 때문이다. 그러나 그 친구는 정확히 보고 있었다. 시스템이 작동하고 있었던 것이다. 난 그 시스템이 돌아가고 있는지 모르고 있었을 뿐이었다. 그 시스템을 추적하기 위해 수많은 실패를 겪어야만 했다. 실패를 하면 폐쇄병동에 갇힌다. 기획부동산 퇴사 이후 병원에 들어가 나온다. 그 이후 난생처음으로 집에다가 자체 폐쇄병동을 만들어보겠다는 생각으로 그 소용돌이에 빠지겠다고 작정한다.

시스템이 작동한다는 것을 알기 위해서는 모든 것을 걸어야만 했다. 내가 가장 아끼는 집을 걸었을 정도로 모든 걸 걸어 날릴 작정이었다.

# 끝까지 간다

:

개명을 결정하고 그만뒀던 회사에서 나를 잘 챙겨준 누나를 만나러 갔었다. 그렇게 난리 치고 회사에서 도망쳤는데 그런 날 만나준다는 게 정말 신기했다. 잘 다니던 회사를 도대체 왜 그만둔 건지 궁금하기도 했을 것이었다. 사과도 해야 했다. 회사를 그만둔 후 회사 이야기도 들어야 했고 정식으로 작별 인사도 해야만 했다.

그 누나는 자신의 아이가 건강은 좋지 않지만 머리가 영특해 특수고에 입학했다. 그 아이의 아버지는 시한부였다. 그 누나는 집안은 부유했고 원래 좋은 직장에 다녔던 분이었다. 방황의 결과로 콜센터에 다니지만 회사 내에서 높은 분들을 알면서도 조용히 사는 능력자였다. 회식 때마다 항상 잘될 친구들을 밀어주고 싶어 하고 모든 동료들을 챙겨주는, 나에게도 밥도 술도 잘 사주는 몇 안 되는 좋은 분이었다. 삶의 풍파 때문에 콜센터로 온 분이었기에 내 과거를 말하면 이해해 줄 수 있는 사람이라 생각했다. 내가 겪은 고통만큼이나 그분의 경험에 기대어 내 아픔의 이야길 들어줄 수 있을 거라 생각했다. 그 누나에게 예전 내 어릴 적 고통에 대해 이야기했다. 개명하는 이름에 대해서도 이야기했다. 참고로 띠동갑이다.

그 후 난 개명을 신청하러 법원에 갔다. 신청하는 작업은 어렵지 않았다. 인천지방법원에 들러 신청서를 작성하고 인지대, 수수료를 결제했다. 그리고 1~2달만 기다리면 된다. 예전엔 개명신청이 사유가 까다로워 어려웠지만 신청했을 당시에는 개명을 쉽게 할 수 있도록 정책이 바뀌었다.

개명 사유는 '내 이름을 부를 때마다 아버지가 어릴 때 어머니를 망치질하고 내 목에 칼을 들이민 것이 기억이 난다'라고 적었다. 얼마나 끔찍한가? 그렇지만 나는 그것을 작성하면서 마지막 글자에 획이 흔들렸다. 거짓말이라고 믿고 싶었던 것이었다.

하지만 그대로 서류를 접수했다. 뭔가 알 수 없는 싸움판에 도전장을 내밀었다는 느낌이 들었다. 그리고 집에 돌아갔다. 이후 뭔지 모를 폭풍이 나를 감쌌다. 엄청난 고통에 휩싸였다. 그리고 고향에 내려갔다. 돌아가신 아버지를 모신 납골당에 들러 술 한잔 올리고 절을 하고 펑펑 울었다. 형은 내가 걱정이 되었지만 그렇다고 내게 뭐라고 할 수 없었던 눈치다. 더 이상 나 때문에 고생하기 싫었을 것이다. 그저 잘 올라가기만 바랐을 형제들을 뒤로 한채 나는 다시 인천 집으로 향했다. 그리고 국정농단으로 어지러운 대한민국과 모든 세상의 것들을 부정적으로 바라보았다. 분노하기 시작했다. 홍길동이 아버지를 아버지라 부르지 못했다면 나는 아버지의 아동폭력 범죄에 비슷한 범죄사건에 욕설을 하는 생각없는 것들을 증오해야만 했다. 개명을 한 사유가 나 살자고 아버지를 팔았다고 생각하게 만든다. 아무리 그래도 아버지인데 아동학대를 했어도 아버지였다. 천륜을 거스르는 일을 하는 기분이었다. 대중들은 아이를 괴롭힌 아버지를 욕한다. 그러나 아이는 책임지지 않는다. 그것이 또 다른 범죄와 무슨 차이가 있는가? 아버지도 상처를 치료를 받았어야 했다. 그러한 여론은 절대 생성되지 않는다. 책임을 져야 하는 성인이니까, 그렇게 아버지는 나쁜 놈이어야만 했다. 생각없는 사회적 분노에 죄없는 자식들은 아버지가 비난받는 걸 그대로 듣고 또 상처를 받는다. 나쁜 행위 자체를 증오하기 보다 정말로 나쁜 놈이 뭔지 모르는 악성 댓글러들을 증오하기 시작한다. 죄는 미워하되 사람은 미워하지 말라는 말, 그 말이 뭔지 이해하기 싫었다. 결국 그 증오는 증오를 낳게 된다. 말도 안되는 기분나쁜 댓글을 다는 행위를 하는 사람들을 일부러 찾아 댓글을 다는데 거기에 또 싸우는 댓글이 달리면 끝없이 증오하는 댓글을 달았다. 이전에는 언론기사에 내 생각을 담는 댓글을 달면 공감하는 사람보다 비난하는 댓글이 무서웠다. 혹시라도 내 댓글에 어이없는 반응을 한다면 이유를 달아야 할 것 같아 귀찮았다. 싸우는 것이 싫어서 매번 그들의 나쁜 행동을 그대로 참아왔었다. 그러나 이제는 비판이 두려워 피하지 않겠다는 생각이 아니라 그 비판을 똑같이 당하게 하겠다는 심정으로 내 댓글에 조용해질 때까지 그들에게 대들었다. 그들을 심판하고 싶었다. 나처럼 살아왔던 사람의 상처를 너네들이 알 것 같냐는 그동안 참아왔던 보상심리가 합리적인 보상의 감정인 정의감으로 행동한다 생각하고 악플만 보이면 끝까지 찾아 감정섞인 댓글을 퍼부었다. 그 작업 중에도 청룡이라는 숭고한 전설의 이미지가 다시 내 정신을 잠식했다. 청와대 ARS가 있는 것을 찾아내 계속 연락했다. KT 100번에 연락하여 나를 인정하라는 식으로 전화를 걸어 의미없는 시간을 보낸다.

그 결과 모르는 사람이 내 페이스북 게시물에 내가 사는 곳 사진을 올리게 된다. 소름이 끼쳤다. 청와대 ARS에 연락해 답변이 올 거라고 기대하지 않고 아무 메뉴에 들어가 음성을 남겼다. 사소한 댓글 다툼으로 누군가가 날 추적해서 생명의 위협을 느끼고 있다고 음성을 기록했다. 그제야 청와대 ARS 번호로 문자가 왔더라. 청와대 ARS 번호를 수 차례 눌러 아무 데나 막 대놓고 헛소리를 했던 상태라 문자가 온 것은 뭔가 수확을 얻은 느낌이었다. 관련 민원은 경찰청에 신고하라고 하는 문자였다. 경찰서에 신고하지는 않았다. 오히려 그 문자 내용을 캡처해서 SNS에 치트키처럼 뿌리고 다녔다. 무슨 욕을 하거나 말도 안 되는 공격을 할 때마다 미친 척 문자 내용을 보여줬다. 그 이후 내게 분노를 갖게 된 녀석들은 한동안 내 페이스북 게시물에서 보이지 않았다. 거기서 더 발전해 말도 안 되는 글들을 블로그에 쓰기 시작한다. 청룡에 대한 이야기, 청와대에 대한 이야기, 예전 소개팅을 했던 여자 얼굴을 블로그에 올려 그녀와 내가 한 나라를 다스릴 운명이라는 둥, 말도 안 되는 이야길 계속 써댔다. 머리에서 지껄이는대로 계속 적어야만 했다. 세월호 이야기를 하다가 글이 블라인드가 되었다. 신고자는 세월호 참사와 관계된 유회장의 아내였다고 한다. 그것에 더 분노하여 매일 같이 그를 욕하는 글을 썼었다. 계속 내 글은 블라인드 처리가 되었다. 그러나 나는 멈추지 않았고 오히려 네이버에 연락해 내 글을 블라인드 처리한 것에 대한 항의를 했다. 기독교 신자들이 내게 항의 메일을 보냈다. 기독교 신자들에게 헛소문들이 돌아다닌다고 메일이 왔었다. 내 말도 안 되는 글이 읽히긴 읽혔나 보더라. 그렇게

탈출(Escape the living corpse)

될지는 몰랐다. 돈이 떨어져 가니 콜센터의 악덕 고객처럼 행동을 해서 시스템이 잘못되어 불편을 겪었을 때를 파고들어 대가를 요구하기도 했다. 이제껏 착하게 살았던 내게 보복하듯 아무 관계 없는 사람들에게 피해를 주었다. 모든 것을 날리기 위해 이제껏 작성한 블로그의 내용을 연락도 잘 안하는 저장된 수많은 연락처의 사람들을 단체 카톡으로 초대해 내 게시물을 뿌려댔다. 신고로 인해 카톡 사용이 당분간 정지되었다. 그 결과 가족들은 내 상태를 모두 알게 되었다. 그들의 연락을 받지 않았다. 블로그에 올라간 여성을 소개해준 강사 동료에게 연락이 됐다. 분노에 찬 목소리였다. 내 연락에 소름끼쳐 했다. 그녀들은 잘못이 없었다. 내가 미쳤을 뿐이니까. 강사 모임 카페에도 내 정신 나간 이야기들을 공유해 그동안 쌓았던 이미지를 다 날려 버렸다. 당연히 그 카페에서 강제로 퇴출되었다. 나중에 제정신이 되어 글을 다시 올렸지만 그들은 소름끼쳐 했다. 결국 다시 그들과 재회는 불가했다. 대부분 나를 차단하였다.

그동안 내 상태를 속였다는 죄책감이었을까? 정신질환을 겪은 것을 가끔 말할 기회가 있어 누군가에게 했다가 그런 말을 하지 않아야 회사에서 일을 계속할 수 있을 거라는 답변들 때문에 나를 속이고 세상을 살아야 한다는 죄책감들, 이런 나라도 세상은 날 받아줄 수 있을까? 그러한 마음 때문인지 모르겠지만 이 생각의 끝을 보고 싶었다.

모두가 나를 떠나갔음에 내가 의지해야 하는 곳은 SNS와 블로그였다. 그렇게 계속 말도 안 되는 이야기들을 올리고 SNS에 악플 테러를 계속하던 차에 어떤 메일들이 계속 오기 시작했다. 당시 로맨스 스캠이라는 범죄가 기승을 부렸었다. 그것이 뭔지 몰랐다. 평소에 절대 사기당하지 않을 의심 많은 사람이었지만 이제 모두 나를 떠나버리고 친구가 없는 내겐 생판 얼굴도 본 적 없는 사람이 내게 도움을 청한다고 하니 '돈키호테'가 되어 그들을 도우려 했다. 영어를 잘하진 못했기에 번역기 앱을 돌려서 이메일들을 하나하나 다 읽어보았다. 호기롭게 메일에 답변을 했다. 하나같이 어려운 상황에 처한 그들이 내게 부자가 될 수 있는 기회를 주려 했다. 그동안 내 주위에 있던 모든 사람들이 날 부자가 못되게 만들었다고 생각했다. 정의를 위해 새로운 우정을 위해 그들을 돕는다는 의미로 돈을 입금했다. 돈이 떨어져 가서 대출할 수 있는 방법은 모두 동원해 수수료를 입금했다.

그들은 내게 친구가 되어달라고 했고 수수료를 내면 내게 돈을 입금시킬 수 있다고 했다. 그리고 한국에 오면 사업을 같이하자고 하거나 그 돈으로 우정을 나누자고 했었다. 시한부 인생 스토리로 접근한 사람도 있었다. 그 모든 스팸메일에 답변들을 하는데 이름만 다르지 중복된 사연도 있었다. 하지만 이미 입금하고 몸을 담았기에 적어도 내가 발을 담근 이것들은 실현이 꼭 되어야 한다고 믿어야 했다. 누구나 다 이것이 사기인 것인지 인식할 수 있는 상황에서도 끝까지 가려고 했다. 가본 적이 없는 데 그 결과를 예단하지 않으려 했다. 그렇게 멍청하게 말이다. 이미 저질인 말들이 너무나 많아서 돌아가는 것이 오히려 무의미해졌다. 그곳이 무덤인 줄 아는데도 끝까지 무덤을 파려고 했다.

갖고 있는 돈을 모두 입금하고 남은 돈이 거의 없었다. 대부업까지 연락을 했었다. 대부업에서 대출은 불가했다. 그곳에 손을 벌릴 때쯤 이미 대출금에 대한 연체가 시작되었기 때문이다. 이 믿음이 끝까지 간다면 끝은 보일 거라고 믿었다. 둘 중 하나였다. 진짜거나, 아니면 모든 재산을 잃거나. 파산을 작정했다. 그 과정 중에 국내 스미싱에도 당했다. 그들은 금융캐피탈 직원을 사칭했다. 보이스피싱 연락처로 수백 번 연락해 겨우 연결되어 내게 사기를 친 사람을 찾았다. 범죄자들은 내가 미친것을 눈치채고 나를 약올렸다. 무작정 금융캐피탈 본사로 가서 난동을 부려 출동한 경찰에게 현행범으로 체포가 됐다. 검찰에 송치가 된 후 다행히 무혐의로 결론이 났지만 경찰에 송치되는 순간 정말 무서웠다. 노숙자에게 인계된 경험 때문이었다. 이 미친 짓을 했을 때 대한민국이 날 경찰서로 데려다줄지 궁금했던 동시에 노숙자에게 인계되는 일이 일어날 수도 있다 생각했다. 죽음을 각오하는 것과도 같은 행동이었다. 내 앞에 경찰에게 당당히 그의 신분을 확인 요청했다. 이전처럼 당하지 않겠다는 생각이었다.

현행범으로 잡혔을 때 경찰은 나의 자존심을 보호하고자 손목을 뒤로 하려고 했지만 난 당당하다고 생각했다. 팔목을 앞으로 하고 수갑을 노출한 상태로 그 건물을 나섰다. 그 순간에도 난 곧 죽을 것임을 생각하였다. 노숙자들에게 인계가 되고 나서 가야 할 곳의 순서는 극단적으로 장기 밀매라고 생각했다. 영화 '공모자들'을 보았는가? 내 운명이 언제 그려질지 모르는 경험을 이미 2009년에 한 번 했었는데 아닐 거라고 생각해도 이미 공권력에 사기를 당한 내 정신으로는 공권력이 올바르게 집행되는 것을 몸소 체험해야만 그 기억을 지울 수 있을 것 같았다. 세월호 사건에 집착했던 이유도 그 때문이었을 것이다. 공권력이 잘못 작동되는 것이 가능하다는 경험이 모든 것을 상상하게 만들었다. 그렇게 일을 벌이고도 그날 경찰서에서 집에 돌아가지 못하면 안 된다고 생각했다. 2016년부터 입양해서 키워온 강아지 밥은 줘야 했기 때문이다. 팔을 묶인 상태로 덩치가 큰 경찰이 나를 마크했다. 그와 했던 이야기가 생각난다. 나는 그에게 강남에서 살 거라고 말했다. 하지만 그가 제발 그러지 말라고 했다. 사기를 당한 것 때문에 화가 나서 난장판을 벌였다는 식으로 조서를 작성했고 귀가조치가 됐다. 집으로 돌아간 후 항상 병원에 끌려가기 전 의식처럼 행했던 국가 최고의 기관들을 들러본다. 대법원, 서울중앙지검, 경찰청, 대검찰청을 들렀다. 대검찰청 민원실에 들어가 내가 폐쇄병동에 갇히게 된 것이 음모라면서 나를 병원에서 사육시키려 했다면서 사건접수를 했다. 2009년 노숙자 사건 이후 집으로 돌아가는 길에 내 앞에 모르는 사람이 있었는데 그가 날 감시하려고 했다는 느낌에 집에 도착하면 바로 나를 폐쇄병동으로 집어넣으라는 요청을 했을 거라는 생각 때문이었다. 가능할 것 같으면서도 말도 안 되는 생각들을 모두 퍼부었다. 그때까지도 나는 답을 찾지 못하고 있었다. 답을 찾기 위해 하면 안 되는 걸 뻔히 알고 있던 숨기고 있던 욕망을 모두 밖으로 표출시켜야만 했다.

　　물론 이 행위들은 절대 정당화될 수 없다. 앞으로 살아가는 길에 언젠간 사회에 내 이름이 올라가자마자 비판의 대상으로 떠올라 많은 걸 잃을지라도 가야만 했다. 남에게 피해를 주면서까지 살고 싶다고 발버둥을 쳤던 내 이기적인 행동에 결과는 다 받아들일 테니 작정하고 돌파하겠다고 마음먹을 정도로 나는 괴로웠다.

대검에서 사건을 접수한 후 종로에서 뺨 맞고 한강 가서 눈물 흘린다는 속담이 떠올랐다. 그 이유로 종로경찰서에 갔었다. 사고회로의 작동은 단순하면서도 복잡했다. 종로경찰서 가서 여의도에 있던 일에 대해 하소연하려고 했던 것이다. 종로에서 뺨 맞는 건데 그냥 앞뒤 없이 의식의 흐름대로 간 것이다. 그 당시 탄핵집회로 인해 경찰들 병력이 많이 없었기에 민원 상담이 어려웠다. 당시 당직을 섰던 경찰에게 물어봤다. 2009년 내가 겪었던 사건에 대해 자문을 구했다. 공무원 부조리 신고를 하는 반부패부서가 있다고 하는데 신고기한이 5년이라고 하니 공소시효가 지났다고 했다. 지금 난 살아있지만 그 당시 도대체 왜 그런 일이 생겼는지 나로서는 궁금했다. 보복하고 싶었던 감정보다 왜 그런 일이 일어났는지 알고 싶었다. 공소시효가 끝났다고 하니 그 일을 내 인생의 미스터리로 남겨야만 했다.

# 인간이기 전에 짐승이 되었다

:

이제 도저히 물어볼 곳이 없었다. 집으로 돌아갔다. 개명 허가를 기다리는 동안 불안감이 증폭되어 다시 병원에 끌려갈 것을 생각해야만 했다. 그날 밤 머릿속에 얼마나 끔찍한 생각들이 왔다 갔는지 그어느 누구도 상상하기 힘든 내용이었다.

사람의 인육, 이것을 먹는 사람이 내 위층에서 산다는 것이었다. 천장에서 소음이 날 때마다 생각들이 들어왔다. 겨울에 억울하게 죽은 시체가 있다는 생각이 들었다. 이 건물 지하에 수많은 뼈가 묻혀 있다는 것이었다. 말로는 설명하기 어려운 이 모든 상상력, 가능성에 대해 고통스러운 고민을 했었다. 잠을 청할 수 없는 밤이 되고 말았다. 새벽 내내 상상력이 날 죽음의 공포로 몰고 갔다. 지치고 말았지만 절대 질 수 없었다. 누군가 날 세뇌해서 이렇게 인생을 살게 된 것일 수도 있다는 희망으로 본 영화 '멘츄리안 캔디데이트', 세뇌에 대한 역사적 사실 'MK 울트라'에 대한 의심도 나에겐 모두 필요 없었다. 나는 혼자였다.

어떤 주파수가 사람에게 영향을 끼쳐 상상력이 삽입이 된다는 것이 가능할까? 사람이 그 행동을 바로 해야 하는 가장 확실한 동기가 되는 것은 생존본능으로 인한 행동일 것이다. 그것에 준하는 감정은 바로 공포다. 목숨을 잃을 것 같은 살해위협의 공포감이 밤새 내 머리엔 주입이 되어 미치고 팔짝 뛰고 싶었지만 참아내면서 밤새 미쳐갔다. 날이 밝았다. 창문 밖에 얼굴을 내밀어 소리를 질렀다. 위층에 살인자가 살고 사람고기를 먹는다며 소리를 질렀다. 내 집 문앞에 사람이 찾아왔다. 밖으로 나갈 수 없었다. 문을 열게 된다면 죽을지도 모른다는 생각에 숨죽였다. 경찰이 찾아올 법도 했다. 경찰이 찾아온 지는 모르겠지만 그 누가 찾아오는 인기척만 발생하더라도 난 숨을 죽였다. 누군가가 문을 감정적으로 두드리고 난 숨을 죽였다. 눈을 감았다. 감정적으로 반응했다간 모든 것이 끝으로 향할 것임을 직감했다. 모든 것이 조용할 때까지 움직이지 않았다.

다시 저녁이 되었다. 그래도 끝은 나지 않았다. 이미 모든 연락이 차단되게 만든 상태에서 그 죽음의 공포를 넘어서 혼자를 만들어 냈다. 이제 최종 보스를 만나러 가야 했다.

# 생각의 한계, Lose yourself

:

최종 보스, 그것은 무의식을 점령한 괴물이었다. 뭐가 옳은지 그른지 생각과 생각을 지칠 때까지 반박하는 과정이 시작되었다. 그 생각의 과정에 보이는 모든 시각적인 것들을 머리에 나열하고 뒤섞고 생각했다. 목에 칼을 대보기도 했다. 무슨 말을 하는지도 모른 상태로 생각들과 생각들이 충돌하는 과정을 반복했다. 말장난이 사고의 회로를 복잡하게 만든다. 원초적으로 사람이 생존했어야 하는 모든 감정적 논리를 나열해 그놈이 무슨 말을 하는지 계속 들으려 한다. 사고는 멈추지 않아야 했다. 생각이 생각에 맞서 싸우는 동안 그 흐름에 집중했다. 그러는 중에도 난 폐쇄병동을 스스로 만들었다고 인식했다. 사고에 대한 논리는 앞뒤가 맞지 않는다. 그러나 떠오른 생각들을 계속 이어서 따라간다. 생각의 끈을 놓치지 않게 계속 노력했고 인과관계와 전혀 관계없는 연상된 생각들에 이런저런 알 수 없는 행동들이 계속된다. 생각의 과부하는 계속되었고 그 끝에 잠시 기절하였다.

생각이 생각에게 지지 않으려 끝까지 생각하게 되니 생각의 한계에 도달한 것이다. 생각하는 과정에서 진리에 도달했다는 감정이 도파민을 생성한 것 같았다. 생각하면 할수록 도파민을 생성할 동기가 없어진다. 그럴수록 생각의 과부하는 더 이루어진다. 더 이상 도파민이 생성이 되지 않을 것 같은 상태에서도 어떻게든 짜내서 생각의 똬리를 틀어내다가 결국 한계로 다다른다. 쓰러지고 나서 한동안 일어나질 못했다. 그리고 소파에 걸터앉아 끝나지 않을 것 같은 생각이 끝나고 만 것을 알아차렸다.

놀랍게도 더 이상 그 공포는 날 위협하지 않았다. 내 주위를 둘러봐야 했다. 집은 난장판이 되고 말았다. 재산을 들여다봤다. 수중에는 2,000원밖에 없었다. 더 이상 대출할 수도 없었다. 정신을 차려보니 대출한 모든 돈이 보이스피싱, 스미싱, 로맨스 스캠에 당해 6,000만 원을 송금한 것이다. 먹고 살 것부터 해결해야 했다. 이미 가족들에게 신용이 없어진 상태였고 따라서 가족들은 내게 돈을 빌려줄 생각이 없었다. 사기를 당하는 과정에서 그들에게 몹쓸 대화들을 했었다. 카드깡으로 200만 원 이상의 맥북을 구매해 담보로 100만 원이라는 돈도 빌렸다. 그 돈도 사기를 당하는 데 쓰였다. 휴대폰 요금이 연체되어 언제 끊길지 몰랐다. 빨리 아르바이트를 해서 어떻게든 맥북을 찾기 위해 100만 원부터 만들어야만 했다. 담보로 맡긴 맥북을 찾아 중고로 팔아야 돈을 더 받을 수 있었다.

# 2,000원부터 다시 시작

:

모든 것이 끝나고 나서 내게 남은 건 2,000원이었다. 아버지가 돌아가실 때 노잣돈으로 2,000원을 드렸는데 그것이 생각났다. 무의식을 모두 풀어헤친 그 끝에 아버지를 보냈던 그날의 기억이 생각의 끝이라는 그 순간과 맞닥뜨리게 된 것 같았다. 일을 나갈 때 그 돈으로 차비를 해야만 했다. 반찬은 아무것도 남지는 않았지만 쌀과 김치가 있었다. 그동안 빈속으로 살았다가 김치를 먹기 시작하면서 영양분을 보충했다. 밥을 하고 김치에 밥을 먹으면서 살았다. 당일치기 아르바이트를 어떻게든 구해서 먹을 것을 사고 밀린 휴대폰 요금을 냈다. 밀린 관리비도 내야 했다. 그렇게 급한 불을 하나씩 끄기 시작했다.

택배 아르바이트, 인형 눈붙이기 아르바이트, 예식장 아르바이트, 백화점 아르바이트를 했다. 시급이 높아서 가 봤는데 호스트바 아르바이트인지 모르고 갔다가 돌아온 적도 있었다. 무엇이든 해야만 했다고 생각하다 결국 보조출연 아르바이트를 다시 하게 되었다. 가장 몸이 힘들지 않으면서도 대기시간 동안 해야 할 것들을 정리할 수 있었다.

보조출연을 계속하다 보니 어느 정도 급한 불은 끌 수 있었다. 그러면서 다시 직장을 알아보기 시작했다. 그 과정에서도 계속되던 사건이

탈출(Escape the living corpse)

있었다. 보이스피싱에 내 통장이 사용되었기 때문이다. 캐피탈을 사칭한 그들이 내게 요구했던 대출을 위해 수수료가 필요하다는 말에 직원의 이름이 적힌 통장에 현금을 입금했었다. 어떤 법인도 어떤 사업자도 수수료를 직원의 이름이 적힌 통장에 입금하라고 하지 않는다는 것을 몰랐다. 그동안 급했던 적이 없었으니까 말이다. 그 논리를 허용했던 내가 반대로 동시에 돈이 나올 수 있는 아르바이트를 구하던 중 통장을 빌려주는 아르바이트 문자가 있었다. 술값에 대한 세금 때문에 통장이 필요하다는 문자였는데 선의의 장문의 글에 믿어도 되겠지 싶었다는 마음에 결국 퀵서비스를 통해 통장과 체크카드를 건네게 되었다. 통장으로 들어오고 나가는 돈들을 그대로 목격하면서 나는 아무 생각을 하지 못했다. 그 이후 내 통장은 막혀버렸다. 금융사기범죄에 연루가 되었다는 신고 때문이었다. 그 사건은 검찰에 송치가 되었고 검찰청에서 사건에 대해 소명을 해야만 했다. 처음 보는 검사를 향해 무엇을 할 수 있을지 나는 몰랐다. 그런 생각도 했다.

'정신질환으로 인해 판단을 못 했다고 적으면 봐줄 것인가?'

나는 무슨 말이든 다 적었다. 주위에 조언을 구할 사람 없이 가서 멍청하게 들이밀었다. 지금 생각해 보면 내 상황에 대한 제대로 된 소명을 했더라면 적어도 벌금 300만 원을 전부 받지는 않았을 것 같다는 생각을 한다. 어쨌든 잘못한 것은 잘못한 것이고 그것에 대한 처벌은 적절했다.

그 이후 증권사 고객센터에 취직했다. 직장에 다니면서도 불안하게 살아야만 했다. 법원에 출두해야만 했었고 그 사실을 숨겨야만 했다. 금융범죄가 있을 경우 증권사에서 일을 못 할 수도 있었다. 채무가 있어도 증권사에서 근무를 하는 조건에 부합하지 않을 수도 있다. 다행히 내가 하는 업무는 그러한 조건을 보지 않았다. 수중에 돈이 없는데 꾸역꾸역 월급을 받으며 모은 돈을 벌금을 내기에는 힘든 상황이었다. 벌금 지급을 미뤄 미뤄 통장이 정지되는 순간 무서워 어떻게든 돈을 구해 입금했다. 공권력의 힘이 얼마나 센지 몸소 실감했다. 돈을 모아도 모아도 쌓이는 빚과 이자 때문에 일부 통장이 동결이 되어야만 했다. 어차피 이렇게 해서는 내 빚을 빨리 갚을 수 없어 개인회생을 알아봐야 했다. 그 과정에서도 나는 사기를 당했다.

그때의 내 자존감은 아무것도 없는 천둥벌거숭이였다. 개인회생을 알아보면서 집을 처분하는 것은 수순이었기 때문에 그러한 일을 전문적으로 해주는 부동산 전문담당자와 이야길 했고 그 과정에서 일부 보증금만 받고 나머지 보증금을 그에게 맡기게 되었다. 처음엔 수수료를 받는 것 말고는 따로 챙기는 것이 없다고 했다가 법 때문에 내게 천만 원을 제외한 나머지 보증금을 가져가는 것이라고 말했다. 그것을 순순히 믿어야만 했다. 이미 저지른 죄가 너무나 많아 아무것도 모르는 그 상황을 받아들여야만 하는 무능력한 인간이었다. 부동산 담당자가 소개해 준 법률사무소 사무장이 개인회생을 알아봐 줬다. 그때 당시는 5년이었다. 착수금을 냈지만 바로 감당하기 어렵겠다는 생각에 개인회생을 보류하였다. 소득의 최저생계비를 제외한 모든 월급을 내야하고 매년 소득의 수준에 따라 그 금액을 달리 측정해야만 하는데 그 조건은 말로만 들어도 속이 답답했다. 다음 해에 얼마나 더 벌지 알고 게다가 돈을 욕심내서 버는 일을 5년간 못 해야 한다고 하니, 부담이 됐다. 2년이 지나 법이 바뀌어 개인회생 기간이 3년으로 줄었다. 그때야 알게 된 사실이 있었다. 인천에 산다고 해서 사건을 무조건 인천에 접수하지 않아도 됐다. 법무사 사무실마다 사건을 접수할 때 내세우는 조건도 다르다는 것을 알게 되었다. 내게 유리한 조건을 제시한 법률사무소를 선택하는 것이 가장 현명한 방법이었다. 내가 택했던 서울에 한 법무법인 사무소는 법원이 판결한 금액만 3년 동안 매월 내기만 하면 되는 조건이었다. 최저급여로 회사를 3달간 다니다가 그 급여를 증빙하고 최저생계비를 적용해 나머지 금액이 측정이 되는데 계산된 금액이 월 34만 원이었다. 연봉 수준이 달라져도 그 금액은 달라지지 않는다고 하는데 처음엔 그 조건이 믿기지 않았다. 그래서 다른 사무소를 더 알아봤다. 그런데 다른 곳은 이러한 조건들을 제시하지 못했다. 똑같이 매년 연봉에 따른 채무 금액은 다시 측정이 되어야 한다고 했다. 결국 내게 가장 좋은 조건의 법률사무소의 담당자를 찾아가 진행했다. 법원에서는 개인회생 과정을 허가 하였고 3년간 성실히 고정 금액을 납부했다. 2022년 6월 마지막으로 개인회생 비용을 납부하고 빚을 모두 탕감하게 되었다.

# 끝없는 도전

:

2017년 당시 보조출연을 하면서 부평의 강사학원에 등록했었다. 그곳에 강사로 계약하고 프리랜서 생활을 하는데 돈은 되지 않았다. 결국 보조출연을 계속하게 되었지만 직장생활을 하는 것이 가장 안전했다. 2017년 여름, 부천에 원룸으로 이사를 갔고 그 과정에 키우던 반려견을 동생에게 맡겼다. 2018년 서울 동작구에 이사를 가면서 다시 강아지를 데려와 키웠다. 2019년 2월 집이 결국 경매에 넘어갔다. 케이블회사 해지부서 콜센터로 이직하고 나서 3달 정도 일하고 개인회생을 신청했다. 그곳에서 일하면서도 재밌었던 것은 고객이 불만을 가지는 것에 대한 대처방식에 대한 업그레이드가 진행되었다. 고객이 상품에 불만을 표현하고 욕하는 것은 내게 하는 것이 아니라 생각하고 표현한 고객 자신이 먼저 듣는다. 말은 본인이 본인에게 하는 말이라는 생각을 했다. 그렇게 마인드를 고치고 나니 심한 말을 하는 고객들이 오히려 불쌍했다. 마음가짐에 따라 긍정과 부정의 에너지가 어디로 갈 수 있게 만드는 건지에 대한 파악이 되면서 공부가 되었다. 그때부터 부정적인 말을 쓰지 않도록 의식적으로 계속 필터링이 되었다.

해지 부서라 월급은 적지 않았지만 직장을 다니면서 어떻게든 돈을 더 벌고 싶은 욕심이 있었다. 부업을 통해 돈을 벌 수 있는 방법에 혹해서 거금 100만 원을 투자해 마케팅을 배우다 결국 흐지부지됐다. 회사 일을 하면서 하루 종일 시간을 쪼개가면서 노력했지만 아직 내겐 모자란 분야였다. 피라미드 형식이라 나중에 일이 커지면 불편할 수 있을 것을 예상하게 되었다. 그 이후에도 강사라는 직업으로 돈을 벌기 위해 책을 내는 것을 도와주는 컨설팅 업체에 200만 원을 이체했다. 당시 들이밀 수 있는 나만의 것이 뭔지 고민하다 결국 조울증이란 소재를 선택하게 됐다. 하지만 일이 생겨 포기하고 말았다.

개인회생을 하는 동안에도 어떻게든 배우려고 노력했고 그 과정에서 유튜브도 시작하고 블로그도 시작했다. 티스토리 애드센스 고시에 합격하였고 그 이후 유튜브 구독자도 1,000명을 만들어 수익을 창출하는 것에 대한 감을 조금씩 잡아갔다.

생각의 끝을 도달했다고 생각한 그때부터 혼자의 시간 동안 자기계발서를 계속 읽기 시작했다. 이전에는 자기계발서의 모든 내용이 법이라고 생각했다. 모든 내용을 이해하고 실천할 수 있어야만 올바르게 살 거라고 생각했다. 정신을 차린 후 그동안 사 왔던 자기계발서의 내용들을 모두 다시 읽게 됐다. 그제야 알게 됐다. 책 한 권의 모든 이야기들은 법이 될 수 없다는 것을, 내게 가능한 것들을 하나씩 받아들여야 한다는 것을, 모든 사람의 성공은 다를 수 있다는 것을 깨닫게 된다.

책을 계속 읽어가면서 나의 생각과 일치하는 방식들을 하나씩 적립하기 시작한다. 그전에는 절대 느끼지 못했던 책을 읽어가면서 알게 되는 감정들이 생겼다. 난독증이 점차 사라지는 것을 깨닫는다. 그 시간 동안 날 사로잡았던 단어는 '겸손'이었다. 그 단어가 머릿속에 떠나지 않았다. 그것이 없으면 예전처럼 돌아갈 수 있다는 것을 매일 상기했다. 인생의 아픔은 몸에 새록새록 기록되어 다시는 그 길로 가지 않겠다는 맹세를 한다.

# 겸손함만이 살길

:

　언제나처럼 열심히 살고 있었고 조용히 살고 싶었다. 개인회생 도중 빚에 허덕이는 두려움 속에서도 그것들을 잘 헤쳐 나가면서 다가오는 위험들에 대해 끈기 있게 대처하면서 잘 지내고 있었다. 그러나 결국 내가 가장 중요하게 생각했던 것은 병식을 인지하는 것인지에 대한 물음이었다.

　증권사에서 일을 하고 있는 도중 어떤 화창한 기운이 내 머리에 꽂히는 듯한 기분이 들었다. 세상을 포기하고 싶을 정도의 우울감이 머리 꼭대기에서 온몸으로 퍼지는 느낌이었다. 그 멜랑꼴리함에 더 나아가게 된다면 이 회사를 순간 박차고 나갈 것 같았다. 정신이 나간 상태로 거리를 휘저을 것 같은 생각도 들었다. 그 순간 나는 그 기운이 왔구나 싶었다. 한편으론 그 기운을 인지하고 있구나 싶었다. 이제껏 내가 조울증으로 미쳐가는 증상이 시작될 때 미쳐간다는 것을 인지하지 못했었다. 온전히 내가 나를 지배하고 생각하고 판단한 것이라 여겼었다.

　이러한 기운을 감지할 수 있다면 어떤 생각을 해야만 다시 예전처럼 돌아가지 않을 수 있었을까? 난 마음속으로 '제발'이란 단어를 수없이 외쳤다. 신에게 빌었다. 신을 믿지 않는데도 신에게 빌었다. 간절히 바라는 마음이 들 정도로 그때로 돌아가기 싫었다. 그 기운은 사라지지 않는다. 계속 기도를 하면서 몸에서 소름 돋는 그 기운을 희석시킨다. 조금씩 멀리서 내 감정에 대한 그 상황들을 지켜볼 수 있다는 것을 깨닫는다. 그제야 나는 나를 잃어버리지 않도록 흘러가는 마음을 한쪽에서 지켜볼 수 있다는 것을 알게 된다.

병식을 인지하는 것에 대한 확신 이외에 또 다른 두려움은 약을 먹지 않음으로 인해 잠을 덜 잔다는 것에 위험성이다. 조울증의 재발에 대한 두려움은 약을 먹는 것으로 재발을 방지한다고 한다. 하지만 그 부작용으로 잠을 너무나 많이 자게 된다. 그럼에도 일상생활 자체가 불가능할 정도로 정신이 하루 종일 멍한 것은 이 약을 멀리해야 할 수밖에 없는 이유가 되고 만다. 난 그 약을 먹지 않아도 잠을 평소에 잘 잘 수 있는지에 대한 고민을 하게 된다. 생각의 끝을 본 후 잠에 대해서는 항상 잘 자는 편이었다. 그런데 어느 순간 그 잠이라는 것이 줄어드는 것이 아니라 약을 먹지도 않았는데 약을 복용한 것처럼 하루 종일 잠을 자야만 하는 시기가 있었다. 도대체 내 몸이 왜 이렇게 된 것인지 궁금하였다. 약을 먹지 않아도 잠을 많이 잘 수 있어서 좋았지만 몸은 결국 좋은 상태로 가진 않았다. 잠은 다시 점점 줄게 되었고 7시간을 수면을 해야 일상생활을 하게 체질이 바뀌었다. 2017년 이전엔 하루에 5~6시간 정도만 자도 몸이 멀쩡했지만 이젠 7시간은 자야 한다. 못 자는 하루가 있다면 나중에라도 몰아 자는 습관이 생겼다. 몸이 스스로 자신을 위해 솔직해진 것 같다는 생각이 들었다.

누군가가 나에게 비난을 퍼부을 때 나는 속으로 되뇌었다.

**탈출(Escape the living corpse)**

'그가 내게 하는 말은 그가 그에게 하는 말이다. 낮말은 새가 듣고 밤말은 쥐가 듣는다. 자기가 하는 말을 처음 듣는 사람은 본인이다. 처음 그 말을 하기 위해서 생각하기 때문이다. 생각은 그 사람을 만든다. 비난을 듣게 된다면 비난에 도취되는 것은 말하는 자신인 것이니 그 말을 하는 사람을 불쌍하게 여기는 것이 당연하다.'

이것은 특정 종교를 공부하다 생각한 것이 아니라 그 당시 이렇게 하면 마음의 안정이 되는 것을 발견해서 시도했던 것이다. 이 생각의 효과가 좋다가도 한 번씩 마음을 잡지 못해 화를 내고 싶을 때는 아무도 없는 공간에서 화를 내고 감정을 잊는 것에 집중한다. 분노가 발전해 며칠간 그 일에 대해 곱씹었던 지난 과거와 달리 분노를 갖고 있으면 내 손해라는 생각으로 바꾼다. 어쩔 수 없는 한 번의 분노를 하는 이유는 아예 화를 내지 않는 것은 불가능하다는 것을 인정하기 때문이었다. 내 감정에 솔직하지 못하게 하는 잘못을 누적시키면 안 된다는 그동안의 경험을 통해 내 몸을 달래는 감정의 해소 정도로만 화를 낸다. 이후 그 분노를 복사를 하지 않고 잊는 것이 내게 더 이득이라는 다스림으로 넘어간다.

내가 세상에 없어도 세상은 돌아가고 나라는 사람이 우주에 존재하는 한없이 작은 먼지와 같은 존재라는 것을 알고 있다면 내 분노의 발전은 정말 한없이 초라한 것임을 알게 된다. 정의를 지키려고 하는 것이 바로 분노의 발전을 초래하더라. 정의보다는 세상을 버티고 살아내는 물과 같은 마음을 갖고 살아야 하는 것이 내게는 맞는 삶이었던 것이다. 물론 이렇게 생각했다고 해서 조울증의 자석에서 벗어났다고 하는 건 전혀 아니다. 무슨 말이 강조가 되어야 하는지 나는 분명 알고 있다. 나를 모를 수 있다는 것을 인정하는 겸손함을 지니고 살아야 한다는 것이다. 이제껏 끝을 모르고 달리는 경주마였다. 이제 그 경기에서 언제든 나를 위해 멈출 자신이 있어야 한다는 것이다. 그 과정에서 내가 나를 돌아보는 방법은 바로 명상이었다.

# 나를 바라본다는 것,
상위자아

# 나를 발견하다

:

명상이라는 것을 시작하게 된 것은 서울예대 출신 무당금파의 유튜브를 보면서 처음 도전하게 되었다. 간절함이라는 것을 가지고 무턱대고 하루에 30분씩 똑같은 장소에 가부좌를 틀고 눈을 꾹 감고 기도하는 심정으로 가만히 있었다. 아무것도 하지 않고 가만히 있다는 것은 정말 어려웠다. 처음 시작하면 5분도 어렵다. 그런데 처음부터 작정하고 30분을 채웠다. 그때 내 다리는 쥐가 났다. 하지만 버텼다. 30분을 채우기 전에는 다리를 풀 수 없었다. 그렇게 하지 않으면 바뀔 수 없다고 믿었다. 그 행동을 며칠간 하다가 결국 생각의 끝으로 가게 된 것이다. 그 후 명상을 다시 접하게 된 것은 자기계발/리더십 컨설턴트 로빈 샤르마의 5AM 클럽 20, 20, 20 법칙을 해내면서 제대로 명상에 대해 이해할 수 있게 되었다. 66일 간 새벽에 일어나자마자 20분간 운동 후 10분간 명상, 10분간 일기 쓰기, 20분간 자기계발을 한다. 명상은 가만히 있으면서 내가 나에게 끌려가지 않도록 지켜볼 수 있도록 하는 행동이다. 세상과 나를 분리해 보는 관성을 키우는 행위다. 이 과정을 통해 내 정신의 올바른 감정을 다스릴 수 있다는 확신이 든다. 그렇다고 모든 조울증 환자가 명상을 했다고 해서 나아지진 않는다 생각한다. 상담을 해줬던 그들에게 명상을 추천했지만 그들은 약을 끊지 못했다. 그들은 갈기갈기 찢겨본 아픔 이상으로 자신의 존재는 아무것도 아니라는 것을 깨달을 때까지 좌절하지 못했을 수도 있다. 내가 말하는 것이 이성적으로는 이해하지만 감정적으로는 절대 이해가 안 되는 상황일 수도 있다. 병식을 인지할 수 있는 방법을 말한다면 그것은 나처럼 정신 시스템을 모두 갈아엎고 나서도 살아남은 후가 될 수도 있다.

소크라테스가 말했다. 너 자신을 알라. 기독교의 성경 구절에 '하늘은 스스로 돕는 자를 돕는다'고 했다. 이 말은 같은 말이다. 자신을 사랑하라는 말이다. 처음 이 말을 접했을 때 도대체 무슨 의미길래 아직까지 사람들의 입으로 전해오는 말 일까 궁금했다. 반대로 이제껏 내가 나를 모른 체 하고 살아왔다는 뜻이기도 하다. 매번 나를 모른 채 사람들에게 먼저 무엇이 정답이 되어야만 하는 것일까 하면서 답을 내놓고 멀리서 쓸쓸하게 지내던 내 모습이 떠오른다. 그리고 그들이 손을 내밀면 난 다 해줬는데 도대체 뭘 더 해달라는 말이냐고 하며 날 그대로 외롭게 놔두라고 한다. 내 주위에 아무것도 없다는 것을 확인하고 그들에게 구걸하는 것처럼 힘들게 즐거워하는 감정을 내비친다. 모두가 즐거워야 하는 일을 선택하는 것을 반복한다. 비굴한 삶을 사는 이 녀석은 살아만 있다면 언젠가는 깨달을 것이라는 희망을 갖는다. 그 고생의 보답이 몇십 년이 걸려도 언젠가 내게 올 거라는 희망은 의식의 낭떠러지에 떨어지지 않도록 죽음과도 가까운 순간에도 꼭 잡고 놓지 않았다. 지금까지 살 수 있었던 그리고 지금 이 책을 쓰고 있는 내 자신에게 박수를 보낸다.

태초에 태어나면서 나를 기억하는가? 갓난아기였다. 응애응애 하면서 우는 갓난아기. 기억한다는 것이 말이 되진 않지만 기억을 하고 있다. 나는 하나가 아니라는 것이다. 이것을 신이라고 해석하는 사람은 신이라고 해석하겠지만 나는 그것을 '영혼과 동반하는 나'라고 해석하고 싶다. 갓난아기 때 울었던 그 기억은 존재하는가? 이성적인 내가 알 기론 기억이 나질 않는다. 하지만 내가 태어났을 때부터 꿈틀거렸던 손, 울었던 입에서 나는 소리 모두 내가 한 행동이다. 그 행동이 기억나는 것은 이성적인 기억이 아닌 생물학적인 몸일 것이다. 울음을 그치도록 그 아이에게 '뚝'이라고 했더니 그 아이는 울음을 멈추었다. 그건 나였다. 하지만 기억나는가? 이성적인 나는 기억나지 않는다. 그러나 태초의 나는 기억하고 있다. '뚝'이라는 부모의 표현에 반응했고 대한민국이라는 나라에서 태어난 아이는 아빠, 엄마라는 말을 익히면서도 그것을 매일 기억해 내어 표현하는 순간도 이성적인 나는 기억하지 못한다.

우린 이것을 모른 척하고 살아왔다. 해석하지 않고 살아왔다. 아무도 가르쳐 주지 않았다. 내가 나에게 지배당할 수 있다는 사실을 모르고 말이다. '배부른 돼지보다 배고픈 소크라테스가 낫다'라는 말을 듣고 당신이 배고픔을 작정하고 살아봤다면 차라리 돼지가 낫다고 바로 말이 나올 것이다. 그것이 이성적인 내가 아닌 태어났을 때부터 존재했던 나라는 존재가 하는 행동이라는 말이다. 그만큼 태초의 나는 이기적이다. 이성적으로는 그러면 안 된다고 하는데 그냥 돼지처럼 사는 것을 원하는 게 본능이다. 그것을 이겨내지 못한다고 해서 뭐라고 할 사람은 없지만 그것이 사람을 사람답지 못하게 만들 수 있는 쾌락에 빠지게 되는 길이기도 하다. 고통을 피할 수 없다는 것을 받아들인다면 적어도 본인이 살면서 감당해야 할 고통의 대가를 승리의 감정으로 바꾸어 세상을 살 수 있다. 몸이 비만이 된 후 감내해야 할 고통보다는 훨씬 더 낫다. 자신의 위치가 전지전능하다 생각하면 할수록, 겸손하지 않으면 않을수록 쾌락을 더욱 요구하게 될 것이고 전지전능한 상태의 마음가짐이 누구에게도 수용되지 않으면 않을수록 분노는 더욱 차오를 것이다. 몸 상태가 좋지 않은 상태에서 분노는 정신건강을 더할 나위 없이 나쁘게 만든다. 그것의 수순에 가장 극대한 위험성을 가진 것이 조울증이라 생각한다.

조울증은 양극성 정동장애라고 말한다. 쉽게 말하면 조증과 우울증의 극과 극을 달린다고 하는데 그것이 왔다 갔다 하면 조울증이라고 한다. 내 나름대로는 이 질환을 정의 했을 때는 감정에 대한 해석을 올바르게 하지 못하는 증상이라고 본다. 본인의 감정에 대한 극성을 제대로 인지하지 못하다 보니 좋아도 더 끝으로 가야하고, 우울해도 더 깊숙이 밑으로 가야만 하는 그런데 본인은 그 끝으로 간 건지도 모르는 감정적 장애가 있는 병이라는 뜻이다. 내가 그렇게 되었던 이유는 앞서 내 개명의 사유가 적절한 해답이라고 본다. 모든 조울증 환자들의 이유가 될 수는 없겠지만 적어도 내가 겪어야만 했던 상황의 이유는 트라우마를 뒤집어엎어 놓아야만 그 모든 생각들의 끝으로 도달할 수 있었던 사실이 존재한다. 그리고 그것을 치료하기 위한 무모한 방법인 모든 것을 잃어버릴 수 있는 두려움을 직면하고 그 고통을 견뎌내야만 치료가 될 수 있음을 나는 경험했다. 누구에게 이 방법을 실천하라고 할 수 없다. 상황은 다 개인적인 것이다. 독은 독으로 치료한다고 발견되지 않은 병의 치료법을 해결하는 가장 큰 실마리는 독을 정면으로 맞닥뜨려 죽기 직전까지의 경험 이후 한계를 알고 내가 어떤 사람인지 학습하게 되고 날 지배했던 감각은 바뀌게 된다. 죽음 직전까지 가는 것이 자신의 한계를 돌파하는 길이라는 진부한 이야기다. 하지만 내가 말하는 공포는 목숨뿐 아니라 천륜이라는 이야기까지 거론할 정도로 사회에서 매장당하는 것을 감수한다는 심정을 가지고 모든 것을 던져야 하는 상황이었다. 사회적으로 문제가 될 만한 이야기들이 많기 때문에 걸러서 이야기가 되었지만 이 병으로 인해 나는 많은 사람들에게 아픈 상처를 남겨주게 되었다.

# 이 병을 겪지 않았지만
# 아픈 사람들에게

:

마음이 흔들리지 않고 상처받지 않으려면 아는 만큼만 하면 된다. 그것은 욕심이 아닌 자신을 아는 것이다. 보이지 않는 것을 잡으려 하는 순간 그것은 욕심이 되고 결국 실패라는 길로 이어진다. 운 좋게 성공을 했다고 하더라도 그 마음은 결국 허영심이라는 독이 남아 다른 실패를 불러 마음에 더 큰 독을 더 퍼트린다. 운으로 성공했을 때도 겸손한 감정은 다음 실패에 대해서 연연하지 않게 한다. 그저 아는 만큼 성공했을 뿐이라고 여긴다. 그리고 몰랐기 때문에 배우려 든다. 모든 것은 내가 나를 모르기 때문에 발생한 욕심이라는 감정으로 인생의 아픔을 얻게 된다. 그것들이 잘못됐다고는 하지 않는다. 하지만 언제까지 그 허영심이라는 것에 허덕이면서 살라고 하기보단 다가오는 아픔들이 당연하다 여기며 견디며 사는 인생이 앞으로 펼쳐진다면 그러한 인생을 계속 선택하고 선택하고 배워나가라고 말하고 싶다.

무모했던 아픈 과정들이 결국 가치가 없는 것은 아니지만 그 말을 기억한다. 연극 극단의 연출 선생님은 연기실력이 부족한 어느 단원을 염두에 두고 가끔 그 말을 하셨다.

"연기라는 것은 하루아침에 느는 것이 아니다. 그것을 깨닫는 데 10년이 걸릴 수도 있고 평생 못 깨달을 수 있다. 그것을 빨리 판단해야 하는 순간이 올 수도 있다."

나에게 그러한 말을 한 것은 아닐 거라고 생각하면서 그래도 나는 노력하면 될 것이라고 선생님이 한 말을 모른 채 하면서 무작정 나를 믿었다. 노력하면 안 되는 것은 없을 것이라 생각했다. 어떻게든 버티면 어느 순간 대사를 한 번에 모두 외울 줄 알았다. 그러나 그것은 모두 나를 좌절하게 만들 고집일 뿐이었다. 도전했지만 실패했던 그 경험은 절대 부정하지는 않는다. 그러나 그 끔찍한 말 한마디가 나중에 날 요동치게 만들었다. 평생을 못 깨달을 수 있다는 것, 평생 노력해도 안될 수 있다는 것, 그것만큼 억울한 생이 어디있겠나 싶었다. 그렇다면 고집을 부려서라도 깨지는 한이 있더라도 언젠가는 도전해봐야하지 않겠나? 그래서 나는 깨지는 것을 선택했다. 그 겁많은 소심한 내가 말이다. 호흡에 곤란이 올 정도로 겁에 질려 대사를 했다. 결국 연기는 포기했지만 그로 인해 얻었던 무대에 대한 특별한 경험, 사람을 분석하고 이해하려는 직업을 통해 세상을 바라보는 눈이 더 깊어졌다고 믿었다.

조울증이라는 병이 날 평생을 따라다닐 것이라고 단정지었던 의사를 향해 도전하고 싶었다. 그들의 논리를 부숴버리고 싶었다. 내 환경에 비해 그들은 많은 것을 가진 존재다. 학위, 실력, 지성, 사회적 인지도까지 나는 그들에 비해 초라할 정도로 아무것도 가진 게 없었다. 경제력은 의사마다 다를 수 있지만 대부분 경제력이 좋은 집안에서 공부한 의사들이 많다. 그런 환경에 자랐던 그들에 비해 나의 아버지는 가정폭력에 알코올 중독에 빚 독촉에 시달린 실패한 가장으로 삶을 마무리 했다. 어머니는 세상이 말하는 불교가 지정한 이단이라는 '천리교'에 빠져 살았다. 그런 환경에서 무엇을 해낸다는 것을 말할 것인가? 사람들이 말하는 '개천에서 용난다'는 이야기가 내겐 얼마나 말도 안 되는 이야기처럼 들렸을까?

그 병을 극복할 수 있다면 나만 괜찮으면 나만 스스로 적용하고 살면 그만이다. 그 병을 더 이상 생각하지 않고 내 길을 찾아 살면 그만이다. 그럼에도 불구하고 내가 겪었던 삶을 알리고 싶다. 사람들은 듣고 싶은 것만 듣는다는 사실을 이해하게 된다면, 반대로 내가 들으려 하는 것이 있고 내가 하려고 하는 것이 있고 내가 성공하고 싶은 것은 존재한다. 나만의 것이 분명 존재한다는 사실을 깨닫게만 된다면 당신은 더 이상 남들의 생각에 휘둘리지 않고 살아도 된다. 16년 동안 그 병으로 인해 잃어버린 모든 것들을 되찾을 수는 없지만 정신적 고통의 한계를 겪은 후 더 이상 조울병에 대한 지식을 알 필요가 없다는 것을 알아버렸다. 성장의 길만 남았다. 성장에 올바른 관점인 겸손이 최고의 인간을 만들어 내는 법칙이라는 것을 발견했다는 것에 만족한다. 이 길을 누군가가 공유한다면, 그런 사람이 한 명, 두 명 더 생긴다면 거창한 말 같지만 정신적으로 더 나은 대한민국이 될 것이라는 생각이다. 서울에만 13만 명, 전국적으로 50만 명이 넘는 은둔형 외톨이 '히키코모리'가 통계로 잡혀있다고 한다. 그 들 중에는 정신과 진료를 통해 약을 복용 중에 있다는 사람도 있다. 약을 통해도 해결되지 않는 무엇인가가 있다는 것을 생각을 해 볼 때가 되지 않았을까?

누군가에게 어떤 사람으로 남는 것이 아니라 스스로 삶을 선택하고 이뤄내는 과정을 죽을 때까지 계속해 내는 인생을 살면 그 인생은 잘 산 것이라 생각한다. 안 보이는 곳에서 고통받고 있는 그들에게 말해 줘야 한다. 혼자가 아니라는 말은 못 하겠다. 이미 다 알고 있을 것이다. 외로운 그들이 하는 말들이 아무리 옳다고 하더라도 하나같이 아무런 힘이 없다는 사실을 알고 있다.

나를 완성하는 그 길에 혼자라는 것은 아무런 의미가 없다고 말하고 싶다. 하지만 당신은 당신만의 신이 존재한다. 그것을 알아차리고 당신이 되어야 할 것을 발견하는 것에 모든 힘을 기울이면 그때 가서야 자유가 무엇인지 깨닫게 된다는 것을 말하고 싶다. 드래곤볼에 손오공이 싸우면 싸울수록 강해지는 걸 보면서 내가 정말 강해질 수 있을까? 물음표를 많이 세우면서 살았던 인생들이 많을 것이다. 나 또한 그랬으니까. 내가 세상에 나오는 그날이 언제일까? 그건 아무도 모른다. 믿고 있는 그 순간에도 현실은 나타나지 않는다. 그래도 믿어야 한다. 그리고 선택의 순간은 언제나 나타날 것이다. 인생을 바꿀 선택의 순간은 분명 나타날 것이다. 내 과거의 모든 아픈 것들이 지금을 위한 순간이었음을 깨달아라. 내 책만 봐도 그렇지 않나?

# 욕을 먹더라도 가족이 필요했다

:

2016년 9월, 무모한 결정을 했다. 반려견을 입양하는 것이었다. 하나의 생명을 책임지기로 결정했다. 어차피 혼자 살 수밖에 없을 것 같다는 생각이 들었다. 나를 선택할 사람이 있을까 두려운 것 조금, 이제 껏 모으고 또 잃고 모으고 또 잃기만 했는데 하고 싶은 것 조금은 해도 될 거라고 믿었다. 가정에서 키우는 개를 분양을 하는 인터넷 카페가 있다. 그곳에 가입해 관심을 두다가 마음에 드는 흰 강아지를 선택했다. 많은 돈이 들지 않았다. 원래는 무료로 분양하려고 했다고 하더라. 하지만 그렇게 하면 강아지를 분양시키는 데 책임감이 덜 든다고 하여 돈을 받아야 한다고 했다. 모르는 사람에게 무료로 분양받는 것은 개를 키우는 의무감이 어느 정도 결여가 될 수 있기 때문에 그 말은 당연하다 생각했다.

인천 주안에서 태어난 지 2개월 남짓한 강아지를 데리고 왔다. 부평 집으로 돌아가는데 마음속으로 너무나 불안했다. 데려가는 과정에서 아이가 힘들어서 쓰러질까 봐 노심초사했다. 돈을 아끼고 살아야 하는 나로서 그 녀석을 처음엔 택시로 데려갔다가 중간에 내려서 집까지 걸어오는데 녀석이 상태가 안 좋아질까 봐 마음속으로 긴장했다. 최대한 이동 하우스 안이 흔들리지 않게 몸이 긴장된 상태로 집까지 빠르게 걸었다. 중간에 녀석이 괜찮은지 하우스 안을 계속 들여다보고 다시 집어넣고 이런 과정을 반복한다. 그리고 집에 도착한 후 녀석이 기운이 없길래 고생했지만 새로운 보금자리에 쓰러지지 않고 도착했다는 것에 너무나 감사했다. 가난이란 것은 정말 무서운 것이다.

강아지를 키우면 돈이 많이 든다는 사연들을 TV 매체나 주위 사람들에게 자주 들었다. 강아지가 아프게 되면 병원에 가야 하는데 이러한 상황을 맞닥뜨리면 어떤 선택을 해야 할지 고민을 하지 않을 수 없었다. 가난이라는 것이 평생 따라다닐 것이라 여기고 삶을 살아야 한다면 가족은 꿈도 꾸면 안 된다는 것을 우린 모두 이해한다. 그렇지만 평생 가족이란 것을 가질 수 없겠다는 생각 때문에 외로워 죽어야 한다면 가족을 선택하는 도전만이 그게 내 삶을 연명할 수 있을 거라는 이기적인 생각이 그 녀석을 선택하는 데 있어서 용기를 줄 수밖에 없었다.

아버지처럼 될까 두려워하면서 살았고 병을 극복하지 못하면 외로워서 죽을 것 같은 것도 극복해야 하는 시기가 올 것을 알았다. 결국 첫 운명의 가족을 만나게 되었다. 좋은 스피츠 믹스견이다. 만나기 전부터 '하늘이'라고 이름을 지었다. 고민할 필요 없이 그 녀석을 만나면 그 이름이 가장 알맞다고 생각했다. 난 아버지처럼 되지 않길 바랐다. 그리고 그 녀석을 키우기 위해 해야 할 것들을 계속 생각했다. 다시 내가 병원으로 들어간다면 그때는 어떻게 해야 할까? 다행히 가족이 있었으니까 그 녀석을 맡길 수 있었다. 그렇지만 그것 또한 이기적인 생각이었다. 강아지를 끝까지 책임질 수 없다는 것을 생각했으니 말이다. 내가 어떻게 되더라도 강아지를 절대 포기하지 않도록 노력하였다. 그때부터 가족을 위한 소비를 하게 되었다. 에어컨을 처음 설치했다. 나를 위해서 설치한 것이 아니라 가족을 위해 선택을 했다. 그동안 여름이면 선풍기 두 개로 살았다. 그런데 가족이 생기면서 달라졌다. 하늘이가 더워하는 것을 불안했다. 내가 선택한 가족이고 생명인데 미안했다. 나와 같은 생존력이 그 녀석에 있을 거라고 생각하지 않았다. 어리고 연약한 녀석에게 어떻게든 버티게 하고 싶었다. 그러다 얼마 가지 않아 녀석에게 아빠처럼 버럭 화를 냈었다. 자꾸 소파 아래에 숨었기 때문이다. 침대 밑으로도 숨었다. 그 녀석이 감정을 드러내는 방법이었다. 그것이 너무나 싫었다. 사랑해 주고 싶었는데 그 감정을 몰라주니까 도망가게 하고 싶지 않았다. 침대를 들고 소파를 들고 날 맞닥뜨리게 했다. 그 이후 그 녀석은 침대나 소파에 들어가는 횟수가 줄었다. 나는 깨달았다. 내가 아빠처럼 하고 말았구나. 미안했다. 그 이후 그 녀석의 반응에 더 집중했다. 그 녀석이 싫어하는 것에 집중해서 스트레스를 받고 있으면 피해줬고 다가가지 않았다. 기다렸다. 그러한 노력이 그 녀석을 알게 만들어줬고 나를 알게 만들어 줬다. 하루에 산책은 적어도 두 번정도는 한다. 다른 강아지들과는 다른 모습을 보였다. 강아지를 좋아하는 사람들을 알아챈다. 기꺼이 다가가서 재롱을 핀다. 사랑받은 강아지라는 생각이 들었다. 너무나 감사했다. 주인에게 학대받고 버림받은 강아지들의 대부분의 특징은 사람들이 다가오는 것을 경계한다. 그런데 내 강아지는 반대다. 처음 보는 낯선 사람도 자신을 경계하지 않고 관심 있어 하면 바로 호감을 보인다.

그리고 자신을 예뻐해 주면 나중에 다시 그 사람을 만나도 기억하고 반갑다는 표현을 적극적으로 한다. 그렇게 하려면 주인이 강아지를 사랑해 줘야 한다고 생각한다. 하늘이를 만나는 사람들은 하늘이를 너무나 좋아한다. 그렇다고 내가 사람들에게 다가가지는 않는다. 하늘이가 산책할 땐 온전히 하늘이를 산책시켜야 하는 목적 이외에 아무것도 취하지 않으려고 한다. 변수가 있는 생활 패턴은 강아지를 피곤하게 만들 거라고 생각했고 나 또한 그러한 삶을 살고 있었기 때문이다.

게임을 하고 있을 때였다. 그 녀석은 내 팔에 자기 발을 올려놓고 그만하라고 한다. 게임에 집중을 하면 항상 갑자기 다가온다. 그 이유가 무엇일까 생각했다. 머리를 쓰기 때문이었다. 그 녀석이 발길질을 하는 것은 둘 중 하나다. '하지마'라고 하는 것, 또 하나는 뭔가 하고 싶다는 것. 게임을 하고 있었으니까 '그것을 하지마'라고 하는 것이었다. 싸움 게임을 좋아하는 편이다. 순간 판단을 해서 체력을 목표치까지 없애면 이기는 것이 파이트 게임이다. 어릴 땐 이 게임에 몰입하면서 오락실 회장이라는 소리까지 들었었다. 동네 형의 체어샷, 뒤통수 맞기까지 당했었다. 이기면 카타르시스를 느끼고 지면 스트레스를 배로 받는다. 이기려는 순간에도 분명 스트레스를 받을 것인데 그런 건 신경써 본 적 없었다. 이기기 위해 심리를 꼬는 과정들을 선택한다. 그 과정에서도 스트레스는 발생한다. 그것과 동시에 발생하는 주파수를 베타파라고 부른다. 이 베타파가 발생하면 강아지는 긴장을 한다. 이 주파수를 강아지는 민감하게 반응하는 것 같았다. 간혹 무언가에 심하게 집중하면 그 사람이 스트레스받는 것을 사람들이 볼 수도 있겠지만 잠시만 집중하는 기분을 머리에 갖고 있다고 해도 하늘이는 눈치채고 발길질을 했다. 그러면 게임을 잠시 멈춰야만 했다. 그리고 미안하다고 했다. 미안하다는 표현을 하고 나를 다시 돌아봤다. 이제껏 게임을 하면서 머리를 쓰는 것이 당연하다고 생각했다. 그것이 스트레스라고 생각하지 못했었다. 그때를 기점으로 하늘이와 생활을 계속하면서 스트레스라는 것을 느낄 때를 판별하게 되었다. 나도 모르는 잘못된 감정의 길로 빠지는 길을 하나씩 세밀하게 공부하게 되었다.

# 닭이 먼저냐, 알이 먼저냐, 틀렸다

:

폐쇄병동을 다녀오게 되면 자존감을 회복하기 위해 자신 있는 파이트 게임을 해도 매번 지게 되는 일이 발생하면 오히려 무력감이 생겨버린다. 무엇을 해도 안 되니까 더 우울해진다. 그러나 이 무력감이 도취 의식을 멈출 수 있게 하는 것이라면 이것을 조절할 수 있는 심리를 학습한다면 어떻게 될까? 조울증은 양극성 정동장애라고 말한다. 감정의 측량이 안 되는 병이라고 해석하기도 한다. 그걸 측량하기 위해 감정을 온전히 그대로 한계까지 부딪치는 것을 학습하는 것이다. 도대체 왜 그렇게 해야 하는가? 어릴 적 트라우마와 가정환경의 잘못된 학습으로 인해 시스템이 잘 못 돌아가고 있다는 것을 발견했다. 그 이야길 입 밖으로 자꾸 꺼내 남들에게 이야기한다. 자랑이라고 하기보다 그 이야기가 무의식에게 아무것도 아닌 경험담처럼 느끼게 내뱉었다. 그러나 그 무의식을 처음부터 속이긴 어려웠다. 세상이 말하는 수많은 편견과 실패의 두려움을 맞닥뜨려야 했다. 내 목에 칼이 들어와도 아버지가 어머니를 망치로 때린 가정폭력범이라는 걸 말하지 말라는 주술을 깨고 말해 버린다면 천륜을 어긴 것인가? 아니면 내가 그러한 아픔을 갖고 살았기 때문에 불쌍하다고 사람들이 보기를 바라는 것인가? 남들이 나보다 덜 힘들었을 것이라고 자랑하는 것인가? 그러한 아품을 무시하고 잘 살 수 있다고 외치는 것이 잘하는 것인가? 어떤 생각이 펼쳐지든 내겐 그 행동에 대한 대가로 아버지를 고발한 파렴치한 녀석이라고 자의식이 심어질 것이다. 주술을 깬 대가로 칼이 목에 들어오는 공포보다 더한 공포감이 심어질 것이다.

이것이 불가능한 감정이라고 생각하는가? 아버지와 그의 자식이 있다. 아버지가 범죄자다. 그런데 자식은 아버지가 범죄자인 것을 말하지 못한다. 아버지는 날 키워주고 낳아준 생명을 준 분이다. 그 사람을 욕한다. 그것은 패륜이다. 당신은 무엇을 선택할 것인가. '닭이 먼저냐, 알이 먼저냐'라는 논제가 있다. 어떤 것을 선택해도 당신은 다른 논리에 갇혀버리게 된다. 알이 먼저라면 그 알은 누가 낳았는가? 닭이 먼저라면 그 닭은 병아리였고 그 병아리는 알에서 깨어났다.

선택을 하라고 한다면 당신은 무엇을 택할 것인가? 다수의 논리를 택하는 것이 생존본능에 당연한 결과다. 당신은 다수의 논리인 아버지를 욕할 것이다. 그것이 당연하다. 자신의 아버지가 아니니까 말이다. 하지만 실제로 상황에 대입이 된다면 자신의 아버지를 욕할 수 있을까? 나 자신이 그 아버지의 그 아들인데 말이다. 당신의 트라우마를 치료하려면 천륜의 처벌을 받는 한이 있더라도 아버지를 욕할 수 있어야 한다. 이것은 내가 성인이라는 것을 인정한다는 뜻이다. 그 발언에 책임을 지겠다는 것이다. 그러한 발언을 해도 가슴이 미어지지 않을 수 있을 수 있다면 당신은 감정에 있어서 자유로울 수 있다. 닭이 먼저든 알이 먼저든 내가 병아리에서 닭으로 성장하는 녀석이었다면 내가 없다는 것이 팩트다. 내가 있어야만 닭도 있고 알도 있는 것이다. 누군가는 이것을 '과거, 현재, 미래가 동시에 존재한다'라고 표현을 하기도 한다. 내가 없다면 이 모든 것들은 존재할 수 없다.

진정으로 당신이 세상의 숨겨진 지식의 비밀을 얻기 위해서는 정말로 당신이 당연하다고 믿어왔던 세상의 이치를 직접 뒤집어가면서 느껴봐야 한다. 당신 스스로가 생각 때문에 쓰러질 때까지 생각해봐야 한다.

래퍼 스윙스가 군대에서 처음으로 조울증이 발병했을 때 나는 그를 위로해주고 싶었다. 하지만 그는 스스로 잘 해내고 있었다. 그가 진정으로 조울증을 극복한 건지는 알 수는 없다. 그가 한 인터뷰를 봤는데 '공포'에 대해 이야기를 했다. 그는 생각을 많이 하지 말라고 했다. 맞는 말이긴 하지만 생각은 스스로를 잠식할 수밖에 없다. 생각 끝에 가더라도 간절하게 맞서라고 말하고 싶다. 위험한 발언이라고 할 수도 있지만 내가 말한 것은 생각에 벗어나기 위한 간절함이다. 자만하면 절대 안된다. 언제 생각이 스스로를 잠식할지 모르기 때문이다. 생각으로부터 자유로워지려면 생각의 한계에 도달하라고 말하고 싶다. 그러면 생각으로부터 자유로울 수 있다고 생각한다. 연극을 하다 보면 정말 똑같은 대사와 똑같은 동작을 매번 하면서 멘탈이 무너지는 경우가 있다. 똑같은 연기라도 매번 살아있음을 느끼면서 계속 해석하는 과정이 필요한데 매너리즘은 결국 연기를 대충하게 만든다. 한번은 그런 경험이 있었다. 무대를 세팅하고 연습하고 다양한 행사까지 겹쳐서 몸이 정말 녹초가 될 지경이었다. 하지만 무대를 서야 했다. 4일 정도의 공연이 있었는데 3번째 공연이 가장 기억에 남았다. 1~2일째 공연을 하면서도 계속 무대와 극의 디테일한 부분, 부분이 수정되었다. 몸은 극도의 피로감을 갖게 되었다. 몸의 상태를 120%를 쓰면서 연습한다는 기분이었다. 3번째 날에는 몸에 힘이 빠져있었다. '그래도 되는 걸까?'라는 생각을 잠시 했지만 자포자기하는 심정으로 무대에 올라 연극을 했었다. 그날 관객들의 평가가 가장 좋았다. 한계에 도달하면 동작은 더 자유로워진다. 생각할 필요도 없기 때문이다. 무대 위에서는 120%를 보여줘서는 안 된다. 100%만 보여주는 것이다. 그러기 위해서 연습 때 120%를 발휘하는 것이다. 프로들의 세계가 어떤지 아는 사람들일 것이다. 프로는 어떤 사람들인가? 그들은 최선을 다한다. 그것밖에 없는 사람들이다. 차선이 없는 환경에 기꺼이 들어가 실패에 맞고 맞아도 더 이상 아프지 않을 정도로 단단해진 상태로 세상에 자신을 들이밀면 그때 사람들에게 훌륭한 작품을 선사하게 된다. 그 감정을 한 번이라도 느껴봤다면 정신적 한계가 무엇인지 도달하는 것을 통해 사람은 성장한다는 것을 이해할 것이다.

이것을 조울증이 있는 사람에게 적용한다면 정말 어마어마한 정신적 마비가 올 것이라 생각한다. 생각의 한계에 무조건 도전하라고 말하고 싶지 않다. 모든 것을 잃는 과정에서 모두를 원망하게 될 수도 있다. 수많은 사람들에게 아픔을 강요하게 될 수도 있다. 하지만 나는 알고 있다. 그것이 당신의 잘못이 아닐 것임을.

# 가정폭력에 대한 보복은 멋진 것이 아니다

:

영화 '조커'에 주인공 아서의 어릴 적 기억이 나와 너무나 닮았었다. 이 영화가 한참 유행할 당시 주인공 아서가 그의 어머니 페니를 죽이는 설정을 옹호하는 사람들이 얼마나 무모한 생각을 한 건지 비판했었다. 그가 그럴 수밖에 없었다는 이야길 하는 심정적 이해를 하는 사람들을 이해할 수 없었다. 사실적인 묘사와 예술적 표현으로 그 영화는 흥행했지만 내가 말하고 싶었던 그가 한 행동 중 가장 정당하지 못한 행위 중 하나는 바로 그의 엄마를 살인한 것이었다. 그가 어렸을 때 겪었던 가정폭력에 대해 묘사하는 이야기가 있었다. 그 상황에 그 또한 폭력에 노출되었다. 그는 항상 사람들을 웃기기 위해 노력했다. 그는 웨인 가의 배다른 출생의 비밀을 어머니 때문에 알게 되었고 그것에 대한 충격으로 세상에 대한 배신감을 느낀다. 그동안 세상이 자신을 이용했다는 생각이 들었고 복수를 시작한다. 그렇다고 어머니를 죽인다는 설정은 충격이었다. 자신이 자유롭기 위한 행동 중 하나였을 것이다. 그것은 절대 정당화될 수 없다. 웨인 가라는 부잣집 설정으로 아서의 비교되는 현실에 그녀를 죽이고 싶어 하게 만든 요소로 해석될 수는 있겠지만 반대로 그가 어머니를 죽임으로 인해 웨인 가에 이용당했다는 것으로 볼 수 있다. 그녀의 어머니가 잘못한 것이라면 그의 아버지를 사랑한 죄 밖에 없다. 나는 이것에 대한 정당한 철학이 존재했다. 아서는 나처럼 자라면서 트라우마에 대한 치료가 제대로 되지 않았을 것이다. 그리고 그는 더 이상 웃어지지 않았다. 자신의 왜곡된 꿈이 자신을 잡아먹는 결정을 해버렸다. 그가 꿈꾸던 MC를 죽이고 그가 사랑했던 어머니를 죽이는 행위를 저지른 것이다. 그는 스스로에게 잡아 먹혔다. 잘못의 시작은 아버지가 했지만 그것을 뛰어넘을 수 있는 것은 본인에게 달려있었다. 보편적 도덕관에 중독된 나의 이기적인 판단일 수 있다. 하지만 적어도 페니를 죽인 결과가 웨인 가가 했던 행동들을 정당하게 만든다. 그러면서 아서는 사연 있는 빌런이 아닌 쓰레기 자체가 되었다 생각했다. 물론 어머니를 죽이지 않았다고 해서 다른 사람을 죽이는 것이 정당화될 수 있는 것은 아니다. 다만 어머니는 자신에게 폭력을 가한 존재는 아니었다. 자신을 괴롭히는 존재들에게 분노하는 것을 본다면 일부 감정적 동의가 되지만 그녀는 아무것도 못하는 약한 존재였다. 자신을 태어나게 만든 것 자체를 부정하는 처벌과 다름없었다. 아버지의 잘못을 옹호하고 그 범죄에 이용당하는 쓰레기 범죄자와 다름없다고 생각했다. 이런 비판을 하는 것은 조커를 이해할 수 있길 바랬나 보다. 다음은 프로이트가 해석하는 초자아에 대해서 이야기해 본다.

프로이트는 오이디푸스 콤플렉스의 결과 초자아가 형성된다고 본다. 오이디푸스 콤플렉스는 두 유형으로 분류된다. 음성 오이디푸스 콤플렉스(Negative Oedipus Complex)는 남아가 아버지를 사랑한 나머지 어머니를 질투하여 제거하고 싶어 하는 것 혹은 여아가 어머니를 사랑한 나머지 아버지를 제거하고 싶어 하는 것이다. 반면에 양성 오이디푸스 콤플렉스(Positive Oedipus Complex)는 남아가 어머니를 사랑한 나머지 아버지를 질투하여 제거하고 싶어 하는 것 혹은 여아가 아버지를 사랑한 나머지 어머니를 제거하고 싶어 하는 것이다. 일반적으로 오이디푸스콤플렉스라고 일컬으며, 음성 오이디푸스콤플렉스에 상반되는 개념으로 설명될 때에는 양성 오이디푸스콤플렉스라고 부른다.

조커는 이 오이디푸스 콤플렉스에 전형적인 결과를 보여줬다. 웨인가의 아들이라는 것을 알아내고 아버지의 사랑을 갈구해 어머니를 제거한다. 그와 다르게 나는 양성적인 면을 보이고 있었다. 아버지가 숨을 거두신 후 그 병원의 빈 공간에서 소리를 내어 애증인지 분노인지 모를 목소리로 목 놓아 울었었다. 조울증이 심했을 때 들어온 생각 중 하나가 있었는데 나 자신을 청룡의 사주라 칭하였고 그 사주는 자신을 낳아준 아버지를 뼛가루로 만든다고 했다. 그동안 어른들이 돌아가시면 산소에 모셨던 것과 달리 아버지를 화장을 시켜야만 했다는 상황으로 연결되어 해석됐다.

# 세상은 보이는 대로 믿는다

:

역사적 인물 중 사도세자의 죽음은 가장 슬픈 부자의 역사 중 하나이다. 사도의 죽음이 영조와 관계가 안 좋아 자신의 자식을 죽였다고 생각하는 것이 편한 해석이다. 하지만 난 정조가 사도를 슬프게 죽게 만들었다고 생각했다. 정조의 태몽은 흑룡이 달려드는 꿈이다. 흑룡이든 청룡이든 용은 상상의 동물이다. 용이 태어났다고 생각해 보자. 용이 인간 세상을 살아갈 수 있는가? 용이 죽지 않고 크려면 어떤 일을 해야 할까? 꿈을 꾼 아버지가 자식을 세상에 펼치기 위해 어떤 희생을 해야만 하는 것인지 상상을 해본 사람도 없고 설사 용이 태어나는 일이 일어난다고 하더라도 세상에 용을 키울 수 있는 존재는 없다. 태몽이 용이라고 해서 좋아할 수만은 없다. 로또가 당첨이 돼도 그 돈이 수일 내로 사라지는 것처럼 사도의 그릇이 용을 키울 그릇이 아니었으니 그 꿈의 무게를 버티지 못한 것이라는 해석도 가능하다. 정치적인 문제로 인해 영조가 사도를 죽일 수밖에 없었다고 하는 해석이 있다. 사도가 미치자 영조 밑의 대신들의 우려가 빗발쳤을 것이다. 사도세자 그는 용의 꿈을 꾸었지만 용은 아니었다. 대신들은 용의 태몽을 갖고 태어난 군주가 나라를 다스리는 것은 희대의 기회라고 생각했을 수 있다. 기록이 되지 않더라도 그러한 미신은 많은 사람들의 무의식을 잠식했을 수 있다. 나라를 살리기 위해 용의 꿈을 꾼 사람을 죽이고 이산(정조)을 지켜야 한다는 생각에 사도의 행동에 대신들이 흉을 보는 것이다. 꿈은 일어난 일이 아니다. 그 꿈이 잘되리라는 것 또한 미신이다. 미신을 지키기 위해 미신의 힘의 크기에 따른 샤머니즘적 희생을 요구했을 수도 있다는 해석이다. 정조가 사도에 대한 효심이 지극했던 것은 아버지가 슬프게 돌아가신 것이 모두 자신 때문이라는 것을 자라나면서 본능적으로 느끼고 아버지의 희생을 절대 수포로 만들지 않겠다는 생각 하나로 산 것이라면 세상은 그것을 효심이라고만 해석할 뿐이다. 내 결론은 사도는 자식을 위해 희생을 했다는 해석이다.

페이스북에서 댓글들로 전쟁스러운 삶을 보내던 시절 알게 된 분이 있었는데 그분이 내 전생을 봐준다고 했다. 사도세자가 내 전생이라는 이야길 했는데 믿거나 말거나였지만 그래서 그렇게 힘들게 살았나 싶기도 했다. 그래서 청룡의 꿈이 주입되는 것이었나 싶기도 했다. 물론 모든 것은 정신질환이라고 치부하고 그냥 그런가 보다 하고 넘어가길 바란다. 이 모든 이야기들이 조현병이든 조울증이든 임금님 귀는 당나귀 귀라는 말을 못 한 사람들의 기운이 정처 없이 세상에 떠돌아다니는데 사람마다 들을 수 있는 주파수가 다른데 스트레스가 극도로 도달했을 때 정신을 잃어 그 주파수에 맞게 돼서 말하는 것일지도 모르니 말이다.

나는 왼손잡이다. 옛날에는 왼손잡이는 악마와 가깝다는 미신이 있었다. 그래서 오른손으로 밥을 먹도록 교육을 받았고 오른손잡이가 되도록 노력했다. 하지만 본능은 어쩔 수 없었다. 어떻게든 오른손으로 글씨는 썼지만 잘 쓰는 것은 한 때였고 본능을 거스르는 행위의 결과 본능적인 나태함을 글씨체에 들어냈다. 아버지가 그 미신을 믿었다면 나를 보고 어떤 생각을 했을까? 이단 종교의 극단적 사례가 뉴스에 나오는 것들을 보면서 엄마와 알고 지냈던 사람들이 좋은 사람들이 아니었다면 아버지에게 어떤 나쁜 이야길 했을지 알 수 없다. 그것을 믿은 죄였는지 모르지만 아버지의 장례식장에는 지인이 오지 않았다. 어떤 것도 밝혀진 이야기는 없다. 하지만 모든 행동에는 이유가 있기 마련이다. 적어도 비슷한 감정선상에서 모든 일어날 일들은 일어나야만 했을 것이다.

# 내가 나를 치료한 방법

:

아버지가 어릴 적 내 목에 칼을 대 놓고 주술을 걸어놓은 트라우마를 통해 시스템이 장착이 되었다. 이것을 파괴될 수 있도록 아버지가 겪은 힘들었던 순간들을 뛰어넘는 감정적 고통을 경험하는 것이다.

1. 아버지를 고백하는 것이다.
2. 어머니를 모르는 척하는 것이다.
3. 부도가 나는 것이다.

나는 집을 부도냈던 아버지를 이해하고 싶었다. 도대체 모든 것을 다 짊어지고 가셨는데 그것을 아무도 의미 없다고 보는 세상이 너무나 싫었고 그 극한 상황을 이해하지 못하는 나 자신이 너무 싫었다. 아버지를 뛰어넘으려면 아버지보다 더 처참하게 실패를 해야만 아버지를 뛰어넘는 아픔을 경험할 수 있을 것이었다. 그러나 그것을 원하는 것이 아니었다. 그것은 공포일 뿐이었다. 그러한 일은 일어나면 안 된다고 생각했던 공포였다. 하지만 공포를 뛰어넘지 못한다면 나는 그 굴레 속 시스템에 평생 묶여있었을 것이었다. 다행히 30대 중반에 개인회생을 하면서까지 결국 조울증을 극복했다는 선언을 스스로 하게 되면서 나를 관리할 수 있다고 믿게 된다.

　어머니와 가까이 있으면 있을수록 위험하다는 것을 인정해야만 했다. 어머니는 종교의 세계에서 사는 것에 대해 아무렇지 않게 생각한다. 어렸던 내가 천리교의 가르침 때문에 어머니를 통해 눈이 멀 수 있었던 그러한 상황을 나는 기억하고 있다. 어머니를 수긍하면 내 목숨이 위태로운 객관성을 인정해야만 했다. 어머니와 가까이 살면 상극인 것임을 이해해야만 했다.

　아버지는 새우잡이 배까지 타려고 했다가 쫓겨났다고 한다. 술만 마시면 천하무적이었던 사람이 당뇨로 인해 신장의 기능을 가눌 수 없는 상태로 살면서 술을 먹으면 안 된다는 것을 알면서 막걸리를 마셔가면서 몸을 혹사시켜서라도 혹독한 세상을 잊고 살아가고 싶어 했다. 자식들은 자기 앞가림하기 바쁘고 어머니는 아버지로 인한 빚으로 종교 생활에 귀화해야만 삶을 살 수 있다고 한다. 아버지인 그가 의지할 만한 것은 이제 숨이 쉬어지면 돈을 구걸하는 일뿐이었다. 그 모습에 이미 기억나는 일이 있었다. 외할머니가 육교 위에 널빤지 위에 앉아 있었다. 그리고 그 앞에는 동전이 있었다. 어린 나는 아는 척 하고 싶지 않았다. 그리고 일주일 뒤 외할머니는 돌아가셨다. 어린 나는 그게 무슨 의미인지 이해가 어려웠다. 엄마의 엄마인데 엄마에게 미안했다. 잘못했다는 생각에 걸어가기 먼 거리의 외가댁을 버스를 타지 않고 걸어갔다. 정처 없이 걷다가 외가에 도착했다. 엄마가 보였고 엄마는 내게 괜찮냐고 물었다. 이후 다시 집으로 돌아갔다. 그런 일이 다시 생기면 안 되는데 아버지를 그렇게 보낸 것 같았다. 가난 때문에 그 실수를 반복한 것이다. 그때마다 엄마는 강했다고 해야 하나, 아니면 아직도 이해할 수 없는 삶을 산다고 해야 하나? 엄마는 엄마 나름대로 자신의 인생에 타당한 일을 하고 있을 뿐이다. 그 결과 종교 생활을 열심히 하고 있다. 그것을 그대로 두는 것이 할 수 있는 최선이다. 그것을 모른 척하는 것이 내게는 최선이다.

# 운명은 개척하는 건가,
# 받아들이는 건가

# 가야 했다

:

　서울에 올라와 직장생활을 하면서 집을 마련했다. 그것이 내게는 인생의 큰 의미였다. 신용으로 마련했지만 내 명의로 된 집은 나를 위한 삶을 시작한다는 느낌이었다. 하지만 사회생활에서 성공하고 싶다는 욕심은 나의 양심을 갉아먹기 시작했다. 사회생활에서 성공하려면 이제껏 숨겨왔던 내 과거를 떳떳하게 이야기할 수 있어야 한다고 생각했다. 폐쇄병동에 갇힐 수 있는 나도 모르는 폭주를 또다시 시작할 수 있다는 가능성을 무시하고 살기엔 죄책감과 두려움이 어느 순간 떠오른다. 그래도 성공에 대해서 공부한다. 성공한 사람들을 공부하면 그 길에 조울증을 극복할 수 있는 답이 있을 것이라고 여겼다.

　역사적 인물들 중 조울증을 갖고 있던 사람들이 있다. 그들을 찾아보면서 희망을 가졌다. 다른 한편으로는 공포심도 가졌다. 빈센트 반 고흐, 마크 트웨인, 어니스트 헤밍웨이, 처칠, 히틀러, 니체 등 여기서 가장 무서운 인물은 히틀러가 아닐까 싶다. 니체의 끝은 정신병에 시달려 생을 마감했다고 한다. 하지만 이러한 사실을 발견했다면 어떤 선택을 할 것인가? 그러한 삶을 두려워할 것인가? 그러한 삶을 두려워할 수 없을 정도의 고통을 경험하여 그 녀석이 누군지 알아챌 수 있는 경험을 택할 것인가? 그것은 선택이다. 그것을 종용할 사람은 없다. 하지만 난 그 선택의 기로에 놓인 상태로 결국은 선택할 수밖에 없던 고집을 부렸다. 그리고 생각의 끝에서 그 녀석을 발견한다.

평소 사회생활을 하면서 생각한 의견에 대해서 제대로 말하지 못했다. 특히 극단 생활할 때는 더욱 그랬다. 그냥 상황에 맞지 않은 말을 하는 기분이었다. 막상 말을 하려고 하면 생각한 대로 말이 나오지 않는 기이한 현상. 그런데 친구들에게는 무한정 하고 싶은 말이 나온다. 서열의 늪에 빠져있는 나는 표현의 장애가 걸리지만 서열이 사라진 평행세계에서는 막혔던 생각들이 자유롭게 펼쳐진다. 생각의 끝을 경험한 나는 생각이 막히는 것을 극복하는 노력의 시작을 하게 만들었다. 그동안 사 왔던 자기계발서를 처음부터 다시 읽으면서 이해가 되는 것들만 정리를 하기 시작한다. 그리고 이해되지 않는 것들은 다시 한번 받아들이려 노력한다. 안 맞는 것들은 그대로 두고 새로운 자기계발서를 하나씩 사서 읽어가는 과정에 나에게 맞는 좋은 습관들을 습득한다. 말하는 연습을 한다. 생각을 하면 그것을 전개하는 것을 글을 쓰면서 연습한다. 처음에는 어눌하지만 하면 할수록 점점 나아지는 것을 느낀다. 티스토리 블로그를 하면서 무작정 글을 많이 썼다. 애드센스 고시에 합격한다. 글을 작성하면서 10만 원 가까운 월 수익에 도달하였다. 그리고 유튜브에 도전한다. 지금까지 3천 명 정도의 구독자를 만들었다. 시작은 정말 말도 안 되는 글과 영상들로 채웠다. 그렇게 매일 같이 시간을 투자해 블로그 포스팅을 하고 유튜브 영상을 만들었다. 되든 말든 해 보고 또 해 보고 그것이 잘못되는 이유를 들여다봤다. 자신을 들여다보는 것을 그동안 피해 왔지만 이제는 달랐다. 나 자신을 마주 볼 준비가 되었다고 생각했기에 시작했던 것이다. 그리고 조금씩 나아졌다. 다음으로 해야 할 것은 순서를 지키는 것이었다. 하고 싶다고 무작정 바로 말하는 것이 아닌 순서대로 하는 것이었다. 순서를 어기게 되면 감정이 담긴 스토리는 만들어지지 않는다. 순서가 제대로 맞지 않게 되면 뜻이 전달되는 효과가 더뎠다. 천재가 될 수 없는 것을 알았기 때문에 지름길은 절대 통하지 않는다는 삶의 철학을 갖고 무작정 덤벼야만 했다.

조울증을 벗어나고 싶다면 성공한 사람들의 이야길 찾아 들어보라고 말하고 싶다. 그 사람의 모든 것이 아닌 하나씩 자신에게 맞는 것을 찾아 도전하는 것이다. 그들은 매번 위기가 있었다. 물론 사람들은 살면서 위기의 상황을 누구나 맞이한다. 성공한 그들도 우리와 같은 사람임을 인정해야만 한다. 때로는 그들의 성공담이 독이 되기도 한다. 그들처럼 못하기 때문에 자괴감이 들기도 하고 도대체 왜 그들은 삶을 쉽게 말하는지 미워하는 감정이 들기도 한다. 정확히 알아야 할 것은 명 뒤에는 암이 존재한다. 성공한 사람이 너무나 쉽게 성공을 이야기한 것처럼 느껴진다면 정말로 그가 쉬운 삶을 살았던 건지 알아봐야 한다. 그리고 그가 부정에 대해 바라보는 인식이 어떤지 살펴봐야 한다. 겸손한 것까지 모두 확인하라. 그가 미래에 당신에게 잘못된 믿음을 선사했다는 결과가 나오게 된다면 (구설수에 휘말리더라도 그것을 어떻게 대하는지, 구설수가 사실이 돼 버리게 되는 경우) 당신은 나중에 그를 믿은 대가로 실패할 수도 있다. 나는 성공한 사람의 끝은 겸손이란 마음을 꼭 갖고 살아야 한다고 믿는다. 그러한 기준으로 성공을 따라 한다면 당신은 분명 당신을 찾을 것이다.

  안 좋은 기억을 다시 들추는 것은 수명을 깎는 일이라는 것을 알고 있다. 그러면서도 이 일을 해야만 하는 이유는 살았던 삶을 부정하고 싶지 않았기 때문이다. 거짓을 밝히기 위해 약에 의존하면서 산송장처럼 살아야만 했을지도 몰랐던 인생이다. 자만하고 싶지 않았다. 그것들을 그대로 돌아보면서 지지 않을 것이라 증명하고 싶었다.

# 해석하고 풀어내라

:

나만이 할 수 있다는 무언가를 인정해야 한다. 루게릭병에 걸렸던 환자들의 모습을 보면서 그들을 위한 노력이 세상을 발전시킬 것이라 믿었다. 스티븐 호킹은 "살아있다면 그 누구도 가능성이 있다."라 말했다. 그는 살고 싶었다. 그의 처참한 자기 상태를 인정하고 살고 싶었다. 객관적으로 봤을 때 산다는 의지는 그가 살아왔던 삶을 뒤돌아보면 인정할 수밖에 없다. 루게릭 환자 대부분 수명이 3~4년 정도로 짧은데도 불구하고 병에 걸린 후 55년을 살았다는 기록을 세웠다. 혹자는 그것이 루게릭병이 아니라는 말까지 한다. 그것이 그 사람의 의지 때문이었을까? 결론으로 보자면 그렇다. 하지만 그는 살아있는 동안 할 수 있는 일을 했을 뿐이었다. 삶의 끝을 결정하는 날은 누구도 모른다. 정말 남들처럼 3~4년 정도밖에 못 살 수 있다.

"내일 지구가 멸망한다고 하더라도 한그루의 사과나무를 심겠다."

스피노자가 한 말인지 마틴 루터 킹이 한 말인지 모르는 이 이야기에 몰입한다.

생각 끝에 생각은 복잡한 모든 것이 뒤덮이게 된다. 아무 생각이 들지 않게 되는 치매가 작동했다. 썩 마음에 드는 기분은 아니었다. 젊은 나이에 치매가 생긴다는 기분이 좋을 사람은 없을 것이다. 생각에 대한 의지를 일으킬 수 없는 상태, 얼음이 되어 얼음 땡을 하지 않는다면 그 자리에서 언제 의지를 갖고 움직일까, 생각이 생각을 관찰하는 느낌의 상태였다. 생각을 할 의미가 없어진 상태. 가만히 있어도 아무것도 잃을 것이 없는 상태.

잃는 것이 있다면 얻는 것도 있다. 정신질환으로 인해 발설되는 모든 이야기들은 스토리로 보면 무의미할 수는 있지만 발설되는 과정은 무의미한 것이 아니었다. 사람을 악기로 치면 잡소리가 튜닝이 되는 과정이라고 봐야 한다. 그 프로그래밍을 뒤집을 수 있을 정도로 생각을 폭발시킨다. 이성으로 한 행동인 건지 감성으로 한 행동인 건지 구분을 할 수 있을 때까지 생각을 폭파시키는 무리를 해야만 가장 상위의 자아인 나 자신을 발견할 수 있다. 누군가는 이걸 참 나라고 표현하기도 한다.

생존 프로그래밍에 따라 위기의 순간 몸에서 반응이 나타나지만 그것이 작동하지 않을 때 어떤 부작용이 있을까? 내 옆에 유리잔을 실수로 팔로 쳐서 떨어트리는 상황을 발생시킬 때 유리가 깨질 것을 예측해 빨리 몸을 피신하거나 또는 유리잔을 잡으려 노력할 것이다. 하지만 그것을 안 한다면? 그 유리잔이 깨져도 큰일이 아니라는 것을 인정한다. 나는 이것의 차이점을 알아냈다. 물론 사고가 터지지 않는 것이 좋다. 하지만 진짜 정신이 멀쩡했다면 유리잔을 실수로 팔을 뻗어 떨어지는 환경을 만들지 않았을 것이다. 일어날 일은 일어날 것임을 알아야 한다. 미리 예측된다면 미리 막는 것도 좋다. 하지만 자주 막기전에 그 상황을 그대로 받아들이는 방법 또한 새로운 깨달음을 주는동기가 될 수 있다. 오히려 잔잔한 위험을 경험하는 것이 더 큰 위험을피할 수 있는 방법이라는 것도 알아야 한다.

유리가 깨지는 상황이 일어났다면 어떻게 할 것인가? 바라본다. 유리가 깨졌다는 것을 안다. 다친 데가 있나? 없다. 그러면 대수롭지 않게 치운다. 그리고 생각한다. 내가 몸이 안 좋았구나. 쉬어준다. 그것이 다다. 순서를 지키지 않으려 하고 어차피 뻔한 감정을 쓰지 않고 중간 단계를 건너뛰는 것은 잠재력을 쓰는 행동이다. 그러한 행동으로모든 신경은 곤두선다. 혹자는 여기서 유리의 파편으로 상처가 있다는 것을 가정하기도 할 것이다. 그런데 그것 아는가? 내 몸 상태에 따라 상처가 날 상황인데도 상처가 나지 않는 경우도 있고 상처가 안 날상황인데 상처가 나는 상황이 생길 때가 있다. 그것은 모두 몸의 상태가 어떻게 관리되느냐에 따라 다르게 발생하는 현상이다.

친구가 내 말을 잘 들어주고 있다가 갑자기 욕을 한다면? 바로 몸이경직이 되어 스트레스를 받는다. 그러면 그 스트레스의 결과 어떤 몸의 작용이 있을까? 바로 욕이다. 신음이다. 울음이다. 그리고 알 수 없는 수많은 부정적 단어와 비슷한 감정의 소리다. 그것들을 어떻게든몸에서 뱉게 해야 한다. 내 앞에 욕을 하는 대상이 직장 상사라서 바로 뱉지 못하더라도 자신만의 공간에 들어가 실행하면 된다. 그래야만몸이 자유로워질 수 있다. 그리고 다음 날 직장 상사는 놀란다. 도대체 어떻게 살아남았지? 그리고 신용이 생긴다. 그 직장 상사 입장은 그 정도였으면 다음날 일을 그만둬야 정상인 것이었다. 미래를 바꿔버린 것이다.

몸에서 뱉는 소리들은 감정이 섞인 소리는 아니어야 한다. 뱉으려 하는 소리만 뱉는 게 필요하다. 이것을 하다 사람들의 인기척이 느껴진다면 하기가 어렵다. 양자얽힘이라는 것이 존재하기 때문이다. 그들이 내가 무엇을 하는지 몰랐더라도 내가 누군가가 있었다는 것을 이미 정보로 느껴버렸다면 무시하려 해도 무시하기 어렵다. 즉 완벽한 차단된 상태라는 믿음이 객관적으로 증명되는 자신만의 공간을 마련하는 것이 중요하다. 누군가에게 내가 신음하는 것을 보여주는 순간 '쟤는 아프다. 정상이 아니다'라는 감정을 다른 곳에 전이하게 된다. 얽힘이 없는 혼자만의 공간에서 은밀하게 치료가 되어야만 그것은 세상에 없었던 것이 돼 버린다. 평소에 몸 상태를 관리하지 못한다면 그것이 누적된다면 언제 내가 나를 잃을지 모른다는 것을 알아야 한다. 원하는 것을 얻기 위해서는 사람들 앞에서는 참는 감정들을 보이지 않고 혼자만의 공간에서 명상을 하는 과정을 진행해도 된다. 그것들을 모두 끄집어 낼 수 없다는 감정이 든다면 상위자아를 붙잡아 몸이 움직이고 싶은 그대로 내뱉게 한다. 상위자아를 인식하는 과정은 정말 어렵다. 하지만 노력은 해봐야 한다. 그 과정에서 욕이나 신음소리가 나올 수 있으나 감정이 섞여있는 욕은 아니다. 그 행동으로 감정의 찌꺼기를 비워내는 튜닝이 되고 있을 뿐이다. 감정의 찌꺼기가 남아있다면 감정에 그 찌꺼기들이 계속 붙어있을 것이다.

다른 방법으로는 잠을 자기 전 몸을 한없이 릴렉스하면서 뱉기도 한다. 이 방법은 잠이 안 올 때 되게 효과적이다. 대신 절대 몸을 새우처럼 구부리고 자면 안 된다. 몸을 정자세로 유지한 상태로 몸을 릴렉스하되 시체가 된 나를 떠올린다. 입에 힘을 빼면 자연스레 입이 벌려진다. 눈에 힘이 들어간 것을 느끼게 되면 눈이 자연스레 떠져도 좋다는 생각으로 눈에 힘을 푼다. 혼이 빠져나간다는 느낌이 들어도 좋다. 시체를 연기 해봐라. 그러다 몸에 숨겨진 감정 찌꺼기가 뱉어지는 것을 막지는 말아라. 그 내용들을 관찰 하면서 몸에 느껴지는 고통을 바라본다. 힘을 빼는 것에 의식이 모두 동하게 되면 어느순간 나도 모르게 안오던 잠도 자게 된다.

생각의 한계를 폭발시키는 것과 동시에 프로그래밍 되었던 생존본능을 긁어버려 상위자아가 잘못된 프로그래밍을 빠져나가 다시 가장 상위로 올라가 이성을 지배할 수 있다는 경험을 심어줘 버렸다. 그렇게 되면서 조울증으로 발전될 것 같은 병식이 느껴질 때마다 위와 같은 행동들로 나를 다시금 정화시켜 나갔다. 차츰차츰 부정적인 것과 멀어지게 되었다. 지난 7년의 세월 동안 나에 대한 공부를 하면서 모두가 나 같을 필요는 없다는 것도 깨닫고 나만이 해야 할 것들도 있다는 것을 알게 된다. 물론 나 같이 프로그래밍이 잘못되어있는 경험을 안 한 사람 중에 조울증을 심하게 얻은 사람도 있을 것이다. 사람마다 삶의 고통의 깊이는 다를 수밖에 없다. 초등학교 1학년 수학 문제를 푸는 눈높이로 세상을 살아도 문제가 없는 사람은 고3 수학을 풀 필요가 없다. 바둑 9단이 되는 과정에 그들이 겪었던 생각의 깊이는 모

든 사람에게 필요하지 않다. 그러면서도 그 길을 가는 사람들은 존재
한다. 죽기 직전까지의 고통을 겪게 되면 둘 중 하나다. 정말 이상해지
거나 깨닫거나.

# 보이지 않는 것

:

뉴스 보도의 내용이다. 제주도에 여행을 온 중국인이 난폭한 행동을 취하여 추방을 당했다. 그는 억울하다고 말하면서 세뇌를 당했다고 말한다. 설마 세뇌라는 것이 존재할까? 사실 왜 조울증이 발생하는지도 모르는 나로서는 세뇌를 한 가해자가 존재했으면 하는 바람도 들었다. 그러다 찾아본 것들이 제법 공포스러운 느낌이 가득하다.

마블 영화 '시빌 워'에서는 윈터솔져가 세뇌당한 병사 역할을 한다. 이 영화에서는 아이언맨이 윈터솔져를 보면서 '맨츄리안 캔디데이트'를 언급한다. 영화 '맨츄리안 캔디데이트'는 1962년 처음 영화가 나온 후 2004년 리메이크가 되었다. 전쟁 당시 세뇌로 인해 동료를 죽인다. 그러다 'MK 울트라'프로젝트를 알게 되었다. MK 울트라 계획(Project MK-ULTRA)은 냉전기였던 1960년대 미국 중앙 정보국(CIA) 등이 민간인을 대상으로 시도한 불법 세뇌 실험이다. 1990년대에 빌 클린턴 대통령 시절, 대통령의 대국민 사과와 함께 의회 청문회에서 조사가 이뤄지기도 했다.

이러한 역사적 사실을 보면서 나도 군대에서 그러한 공포스러운 일을 당했을까 상상을 해 보기도 한다. 나도 모르게 누군가가 내 밥에만 마약을 타서 실험을 했다면 말이다. 군대에서 A급이었지만 너무나 튀었던 병사를 군의 목적에 따라 이용하는 것이다. 약을 먹고 다른 용도로 그 일을 수행하는 병사도 있겠지만 말을 안 듣고 일을 내는 병사도 있을 것이다. 그렇지만 왜? 결국 세뇌를 당했다는 근거를 찾을 수 없으니 상상만으로 끝날 일이었다.

국가에서 운영하는 통신장비들을 통해 주파수를 받아 가며 세뇌를 당하고 피해를 입고 있다고 주장하는 사람들의 영상을 찾아보게 됐다. 그들이 나와 정말 상황이 같은 것일까? 근거가 무엇인지 확실하지 않았다. 하나같이 표현력이 어눌했고 앞뒤가 맞지 않는 이야길 하는 듯했다. 그러한 일이 가능할 수도 또는 저 사람들도 나와 같이 정신이 좋지 않은 사람일 수도 있다는 생각을 했다.

만약 세상이 발견할 필요가 없는 특정해야 할 필요가 없는 주파수가 있다면 그것이 어떤 특정한 사람들에게만 들린다면, 국가나 기업이 특정 주파수를 통해 은밀하게 작업을 하고 있다가 그 주파수에 민감한지도 몰랐던 사람들이 하루아침에 미쳐버리는 것이 가능하지 않을까? 그 주파수로 인해 조울증이 생긴 것이라면, 그것이 어떤 주파수인지 어디에서 온 주파수인지 알 수 없어도 주파수가 나의 리듬을 바꾸고 있다는 것만 인지한다면 그 일을 막을 수 있을 것이라 생각했다.

어떠한 가정이라도 해야만 했다. 그래야 정신과 의원들이 말하는 조울증이 언제 발병할지 모른다는 이야기에 대항할 수 있다고 생각했다. 그 누가 나를 싫어하던 그 누가 나를 공격하든간에 나 스스로 흔들리지 않을 철학이 필요했다.

KBS 예능 '스펀지'에서 사람마다 들을 수 있는 주파수 데시벨의 한계가 다르다는 테스트를 했던 적이 있다. 그렇다면 우린 이것을 생각해 볼 수 있다. 한 장소에 수많은 사람들이 있다. 음악을 크게 틀었다. 그 음악에는 특정 주파수가 들어갔다. 특정한 주파수를 들을 수 있는 사람이 존재한다. 그 주파수가 신경을 거슬리게 한다. 특정 주파수를 들은 사람들은 그 후 주파수를 듣지 않았다면 안 했을 행동들을 하게 된다.

영화 '킹스맨'에서 빌런이 무료 유심을 모두에게 제공해 그 유심을 연결한 스마트폰에 나오는 주파수로 수많은 사람들을 세뇌한다. 교회에서 예배를 하다 킹스맨 해리는 교회에 있는 모두를 죽이게 된다. 이 영화를 본 영향인지는 알 수 없지만 조울중 증상이 심각했을 때 아이폰을 키고 있으면 머리가 아팠고 그로 인해 신경이 더 날카로워졌다. 그리고 다시 아이폰의 전원을 끄면 머리가 맑아졌다. 보이지 않는 것들과 싸우느라 정말 힘들었었다.

다시 스펀지 이야기로 돌아간다. 사람마다 들을 수 있는 특정 주파수가 있는데 집중 유무에 따라 들을 수 있는 주파수는 다르다. 극도의 스트레스를 받고 있다면 어떤 정보든 간에 자신을 괴롭힐 수 있는 민감한 반응을 하는 것이 가능할 것이다. 스트레스는 생존본능을 발휘한다. 누군가 나를 공격하려고 생각한다면 그것을 대비하기 위해 자극에 어떤 행동을 할 것인지 긴장하게 된다. 반대로 릴렉스하게 몸 상태를 유지한다면 그 어떤 소음도 내게 정보를 주입시키지 못한다. 잠을 잘 때 자기계발 유튜브나 예능을 틀어놓고 자는데 그냥 곯아떨어질 때도 있고 집중하다 나도 모르게 잘 때가 있는데 몸 상태에 따라 그 정보들을 다르게 기억한다. 그것처럼 자신의 몸을 자신의 의지로 언제든 스스로 수축과 이완하는 방법은 세뇌에서 벗어날 수 있는 훌륭한 방법이 된다. 세뇌는 결국 스트레스가 생존본능에 극적인 영향을 주어 자동 반사처럼 그렇게 행동을 해야만 하는 상황으로 가게 만든다. 만약 당신에게 알지 못하는 누군가가 칼을 들이밀었다면 사과를 깎다가 손을 베었던 기억이 불현듯 곧 현실이 될 것이라는 이미지가 심어진다. 당연히 당신은 멈춰야만 한다. 움직이면 그가 어떤 행동을 할지 모르기 때문이다. 그가 돈을 내놓으라고 한다. 그러면 당신은 돈을 내주기 싫지만 돈을 내준다.

여기서 그 돈의 액수가 당신의 전 재산이라면 어떤 생각을 하게 될까? 극도의 스트레스가 발생할 것이다. 그러면 당신은 피보다 더한 고통을 통해 얻은 돈을 내주지 않으려 한다. 목숨을 걸고 그에게 대항한다. 확실한 건 당신에게 칼이 없기 때문에 칼을 든 사람에게 덤비게 되면 죽을 확률이 더 높다. 칼은 당신에게 없고 그에게 있다. 그 칼은 당신의 피부를 파고들 때 사과를 깎았을 때 느꼈던 고통이 떠오를 것이지만 그것보다 더한 고통을 통해 모은 돈이라면 상황에 대한 대처가 달라질 것이다. 물론 그 돈이 자기가 모은 돈이 아닌 남의 돈이라면 굳이 목숨을 걸 필요가 없다. 은행에 강도가 들었는데 은행원은 남의 돈을 강도에게 건넨다. 사회는 이 행위를 범죄자의 세뇌를 통해 이루어지게 했기 때문에 남의 돈을 건네준 은행원은 죄가 없다고 말한다. 이것을 우리는 협박이라고 표현한다.

일루미나티 가문에서 탈출한 여자가 가족들이 자신에게 세뇌를 어떻게 시키는지 그 과정을 고백한다. 사회에 수많은 영향력을 끼치는 사람들 중 일루미나티가 많다고 한다. 만약 누군가가 목적을 이루기 위해 불특정한 사람에게 세뇌를 하게 된다면 어떨까? 가장 극단적인 결과를 내는 것은 세뇌가 걸린 자신은 자신도 모르게 자살이라는 결정을 하게 된다. 죄책감도 공포도 없이 그 선택이 자연스럽게 된다. 자살의 동기가 무엇인지 아무도 모르게 한다. 개죽음이지만 세상은 그 죽음의 이유를 알 수 없어 미스테리한 충격만 가득할 뿐이다. 그러한 힘을 가진 집단이 과연 존재는 하는 걸까?

그것은 전혀 알 수가 없다. 사람의 심리는 사회생활을 하는 인류가 시작되면서 연구가 되어야만 했다. 가장 완벽한 심리는 부자들만이 알고 있다고 본다. 부자들은 한결같이 그 말을 하고 있다. 겸손하라 한다. 베풀라 한다. 돈을 돈이라고 여기지 말라 한다. 결핍이 돈을 이끈 것도 있지만 돈이 목적이 되는 순간 돈과는 멀어지게 된다. 그들은 돈이 자신들에게 따라오게 만들 뿐이다. 그러려면 세상이 필요한 것을 들을 뿐이다. 그리고 그것을 제공한다. 반대로 부자와 멀어질 사람들은 세상 이야길 듣지 않는다. 그리고 자만한다. 자신이 위대하다고 생각한다. 그 에너지는 사람을 하대하는 것으로 발전한다. 그리고 자신을 공격하게 하는 것들을 끌어들인다. 부자들은 더 부자가 되고 가난한 사람들은 더 가난하게 된다.

불교의 자비라는 가르침을 통해, 기독교의 십일조를 통해 그들이 갖게 되는 힘을 우리는 집중하지 않을 수 없다. 자비라는 감정을 측정하게 되면 감마파를 발생시킨다. 감마파를 측정하긴 쉽지 않다고 한다. 스님들 중 가장 높은 수준의 명상을 하는 분들에게서 발견이 된다고 한다. 역사상 최고의 부자로 칭하는 '존 록펠러'또한 십일조를 실천했다. 그는 문어발 경영으로 유명했다. 그의 문어발식 경영으로 인해 수많은 기업들이 몰락했다. 그에게 대항하려고 많은 사람들이 그에게 도전했지만 그는 그것을 뭉갤 정도의 부와 힘이 있었다. 성공의 반대편에는 그를 저주하는 영혼들이 가득해져만 갔다. 그랬던 그가 죽음의 병마를 견디고 나서 자선재단을 만들었고 봉사하는 마음으로 삶을 살게 되었다고 한다.

죽기 일보 직전의 경험은 지난 삶을 필름처럼 한 번에 돌려보게 한다. 왜 과거를 돌려보게 했을까? 죽음 앞에서 과거들이 어떤 가르침을 주었을까? 나에게 집중할 수 있는 힘을 길러준다고 설명할 수밖에 없다. 나에게 집중하라는 것. 자신에게 감사하는 감정을 갖게 하는 것이 행복한 삶을 살게 한다는 것을 깨닫게 된 것이라고 본다.

만화 '나루토'에서 나루토의 라이벌 '우치하 사스케'라는 닌자가 훈련을 하는 방식을 기억한다. 눈을 가리고 낭떠러지가 가득한 산을 오른다. 눈을 감고도 죽음을 인지하기 위해 수련한다. 어렸을 때 할머니 옆에서 잠자는 척하다가 밟힌 기억이 난다. 내공이 높은 사람은 눈에 칼이 들어와도 그 칼이 자신을 벨 것인지 아닌지 알고 있다. 그것을 인식하는 것을 살기라고 표현한다. 살기라는 것을 어떻게 인식할까? 도를 닦으면 가능하다고 한다. 그렇다면 도는 무엇일까? 도는 누군가에게 미움을 사지 않는 상태, 비움의 상태, 공(空)인 상태 그대로를 유지하는 것을 뜻한다. 비유하자면 계란에 바위를 치는 것과도 같다. 왜 계란으로 바위를 치는 것인가? 그것은 의미가 없는 행동이라는 뜻이다. 그가 칼을 들고 있어도 그의 상태가 계란이라면 눈앞에 칼이 들어와도 요동치지 않는 바위라는 존재가 되는 것이다.

달마도가 있다. 그것은 그림일 뿐이다. 그런데 그것을 보고 달마를 떠올린다. 달마도를 보고 달마를 떠올리는 것은 그가 누군지 아는 사람이다. 칼을 들고 있는 사람이 있다. 그 사람 앞에 한 사람이 있다. 하지만 그가 누군지 모른다. 그가 살인자인지 요리사인지 그를 알기 전까진 사람의 형상을 했을 뿐 아무것도 아니다. 아무것도 아닌 존재가 되려는 것이 바로 도를 닦는 것이다. 칼을 들고 있다고 하더라도 그 칼로 사람을 죽이기 위해서는 이유가 필요하다. 이미 죽어있는 사람이라면 아프게 할 수도 없다. 이유가 없다면 생명을 아프게 할 수 없다. 사람은 태어나면서 사람에게 길러진다. 그것이 보통 10년 이상이 지속된다. 그러한 존재가 사람을 죽이기 위해 길러졌다고 하더라도 그동안 프로그램이 되었던 생존프로그램은 사람을 이유 없이 죽일 수 없게 만든다. 적어도 자신과 닮아있는 사람이란 존재를 죽이기 위해서는 이제껏 겪었던 인생관에 부합하지 않은 감정이 크게 와야만 사람을 죽일 수 있다. 그를 길러준 은인을 위한 복수라든지, 킬러로서 의뢰인을 위한 의뢰의 실행이라든지, 이유없이 사람을 죽일 수가 없다. 그럼에도 우리는 돈이 없으면 불안해 매일 같이 돈을 잃어버리는 삶을 살고 있다. 이유를 알기 전에는 누구도 그 행동을 하지 않는 게 일반적이다. 하지만 트라우마는 이유를 알기 전부터 이유가 떠올라 행동을 먼저 하게 만든다. 사회는 그 트라우마로 피해를 받은 사람들을 지키기 위한 이유로 보복을 하거나 사회적 법적 처벌을 하게 된다. 그 과정을 직접 처리하는 과정에서 트라우마를 겪은 피해자들은 다시 한번 계속 자신이 겪었던 아픔을 상기하고 또 상기한다. 그래서 누구도 모르게 자신은 2차 가해와 3차 가해를 스스로 받아 가게 된다. 어찌 보면 처벌이라는 것은 그 아픔을 겪지 않은 사람들의 안녕을 위한 것 같다. 장례식도 그렇지 않은가? 이미 죽어있는 사람의 안녕이 아니라 살아있는 사람의 안녕을 위한 행위다. 죄를 처벌하는 과정을 끝까지 해내면서 그 벌을 받게 한 후 벌을 받는 사람을 용서하는 과정까지가 이 모든 트라우마를 극복하게 되는 과정일 것이다. 그러한 아픔은 겪지 않은 사람들은 잘 모른다. 그래서 피해자들은 세상에 혼자가 된 기분으로 살아가게 되는 것이다. 그리고 언젠가 살아내기만 한다면 그 모든 것들은 나를 더 큰 사람으로 만들어줬던 기회라는 말을 하게 되고 나처럼 아팠던 사람을 도와주는 더 큰 존재가 돼 버린다. 살아만 있다면 그런 사람이 될 것이다.

어느 맑은 봄날, 바람에 이리저리 휘날리는 나뭇가지를 바라보며 제자가 물었다.

"스승님, 저것은 나뭇가지가 움직이는 겁니까, 바람이 움직이는 겁니까."

스승은 제자가 가리키는 곳은 보지도 않은 채 웃으며 말했다.

"무릇, 움직이는 것은 나뭇가지도 아니고 바람도 아니며 네 마음뿐이다."

– 영화, 달콤한 인생 Narration 중

# 군대로 돌아가는 꿈보다 더한

:

어렸을 때의 아버지가 내게 한 실수로 인해 내 삶은 처참했었지만 어떻게든 아버지다운 아버지로 평생을 기억하고 싶었다. 젊은 시절 정신병으로 죽을 고비를 넘기게 만들고 평범한 사람은 경험해 보지도 못할 경험들을 하게 만들었으니 그 선명한 고통 자국들은 언제든 소환시켜 나를 강하게 만들 수 있다고 자신하게 되는 것도 있었다. 폐쇄병동을 몇 번이나 들어가야만 그 마음을 다스릴 수 있을지는 몰랐지만 스스로 사는 방법을 깨닫는다. 그 가르침은 종교계의 유명했던 위인들이 하는 가르침과 가깝다. 비우는 것이 가장 중요하다는 것, 나 자신을 사랑하지 못한다면 누구도 사랑하지 못한다는 것, '살아있는 동안 언젠간 기회가 올 것이다'라는 지금 살아있다는 나만의 자존감. 세상에 이바지할 기회를 말하는 것이 아니다. 자신이 태어난 이유를 찾을 수 있는 기회를 말하는 것이다. 세상에 어떤 긍정적인 영향을 미치는 것을 위해서가 아니다. 단 한 사람이라도 나라는 존재로 누군가에게 희망을 준다면 당신은 살아있을 충분한 가치가 있는 사람이다. 그 마음만 잊지 말길 바란다. 한 사람의 관객을 위해서라도 연극인들은 무대를 세운다. 당신은 기억될 수 있는 사람이다. 당신이 존재했다는 것을 기억해 줄 사람이 한 명이라도 있다면 당신의 삶은 의미가 있다. 어떠한 불멸의 사고를 당했다고 하더라도 살아있는 동안 당신 삶의 의지를 사람들이 알게 된다면 그 자체로 당신은 빛나고 있다는 것을 알았으면 한다. 빈말이 아니다. 살아 있어라. 살아있고 누군가에게 표현했기에 당신은 그 자체로 세상을 바꾸고 있다. 당신의 끝은 누구도 알 수 없다. 당신의 끝은 하늘이 결정한다. 당신의 끝 이후에는 세상의 누구도 당신의 평가를 당신의 귀에 들려다 주지 않는다. 당신은 당신답게 사는 것이 전부라는 것을 죽기 직전에 깨닫지 않길 바란다. 당신답게 살아라.

처음 유튜브를 도전하면서 말도 안 되는 이야기들을 가득 올렸다. 맞는지도 모르면서 계속 영상을 올렸다. 반응은 없었다. 하지만 계속 도전했고 어느 순간 구독자가 몰렸다. 유튜브로 수익을 올릴 수 있게 되었다. 많은 수익은 아니었지만 사람들에게 영향력을 끼칠 수 있다는 사실을 알게 되었다. 처음 올렸던 영상들을 보면서 조회수가 많은 영상들과 비교해보면 정말 말도 안 되게 어색하다.

조울증에 대한 영상도 올렸다. 좋은 댓글만 달린다면 좋겠지만 내 이야길 부정하는 댓글들도 있었다. 그들과 싸우면서 내 이야기에 대해 주장했다. 당시 난 제대로 극복했다고 말하기 두려웠다. 내 영상으로 인해 많은 사람들이 용기를 얻을 수도 있겠지만 반대로 그들이 잘못된 길을 택할 수도 있다. 조울증을 극복한 사람이 어떤 방법으로 극복할 수 있는지는 상대적이다.

이 병이 불치병이라고 생각하지 않는다. 성공하는 사람들의 방식을 쫓다 보면 사람의 사고방식에 대한 공부를 하게 된다. 그 과정에서 내 머리에 든 시스템을 의심한다. 그리고 그것을 직접 파괴하는 과정에서 살아남기만 한다면 당신은 성공할 수 있을 것이라고 믿는다. 버틸 수 있는 고통이라고는 하지 않겠다. 그러한 각오 없이 절대 자신의 정신을 고칠 수 없다. 그래서 대부분의 조울증 환자들에게 약에 의지하라고 하는 것이 맞다고 말할 수밖에 없다. 대부분 의지할 수 있는 누군가들이 있다. 하지만 난 그 환경들을 모두 파괴해버렸다. 그러한 결정 끝에 당신이 가야 할 곳은 노숙자들 곁일지 아님 또 다른 나를 만나는 과정을 겪을 건지는 절실함만이 답해줄 것이다. 부자가 되고 싶은 것인가? 그것 또한 절실함만이 답해줄 것이다. 부자가 되고 싶은 생각보다는 어떻게 하면 나답게 사는 것일지 고민하고 살아왔다. 그 길에 부자가 되는 길을 공부하는 것이 유일한 방법이라면 그것을 공부하는 것이 내게는 유일한 길이었다. 그렇다고 내가 부자가 된 것은 아니다. 하지만 그로 인해 모든 것을 잃었고 다시 일어서게 된 경험은 그 누구에게도 알려주기 어려운 값비싼 저 세상급 교훈이자 나만의 훌륭한 경험자산이 되었다. 수중에 2,000원이 남기 전까지 쓸 수 있는 모든 재산을 사기당하는 데 바쳤다. 가족들에게 모두 무시당할 때까지 극한으로 날 몰았다. 그전까진 세상이 주는 대로 살아왔던 것이 생존하는 길이라고 착각하고 살았다. 해봐야지만 그것이 똥인지 된장인지 구분할 수 있는 멍청함만이, 그럼에도 불구하고 대한민국의 사회시스템은 사람을 살리기 위해 존재하고 있다는 것을 배우게 됐다. 버틸 수 있는 한계를 알고 그 한계를 다루어 나아갈 수 있을 만큼 나아간다. 시간이 지나면 지날수록 난 그 한계를 버텨가며 쉬어가며 조금씩 더 발전시킨다. 그러므로 내 삶에서 이룰 수 있는 것들을 계속 이루는 것이 삶의 온전한 목표가 됨을 알게 된다. 이것이 삶의 목적이라고 믿는다. 겸손함을 잃지 않기 위해 과거를 기억하고 기록한다. 어떤 삶을 살았는지 기억한다. 고통을 피하지 않는 버틸 수 있을 만큼의 아픔을 계속 상기한다. 누군가는 군대 가는 꿈을 꾼다고 하는데 나도 가끔 군대 가는 꿈을 꾸지만 그것보다 더한 꿈은 폐쇄병동으로 돌아가는 꿈이다. 그 싫었던 경험도 결국 추억이란 변태 같은 감정을 나도 모르게 갖는다. 다시 한번 들어간다면? 물론 군대 간 남자들 대부분 그 말을 할 것이다. 군대에 다시는 들어가지 않는다고 말할 것이다. 나 또한 병실에 들어갈 일을 만들지 않을 것이다. 어렸을 때 내게 장착되었던 시스템을 도화지 화 시킬 수 있는 더 큰 공포를 맞닥뜨리게 했다. 그 공포를 뛰어넘지 못했다면 살아남지도 못했을 것이고 병식을 인지할 수 없었을 것이다.

# 상상조차 불가한
# 다시는 가기 싫은 그때

:

미쳐만 가는 나를 인지하면서 계속 무서워했다. 모든 것을 잃어도 병원만은 끌려가지 말았어야 했다. 가족들에게 수많은 막말을 하는 자신이 어디로 흘러가는지 모르는데도 거기서 내가 해야 할 것은 절대 병원에 끌려가면 안 되는 것이었다. 절대 내 집으로 누군가가 들어오지 못하게 만들어야만 했다. 모든 재산은 사라질 것을 알고 있지만서도 많은 돈을 벌 거라는 헛된 기대는 사라지지 않는다. 일촉즉발의 상황이 하루 종일 끝나지 않는다. 스스로를 집 안에 가두어 집을 병동화 시켰다. 내게 붙어있는 날 지배하는 것들을 떨어트리기 위해 무한으로 생각을 폭발시켜야만 했다. 두려웠다. 그대로 뛰쳐나가 세상 사람들을 모두 욕해서 신고를 당하고 그대로 잡히게 되면 모든 것은 끝이었다. 창문을 열어 내 집 위층 사람이 사람고기를 먹는다고 외치면서도 절대 그들이 내 집에 들어오게 만들면 안 됐다. 위층에 갑자기 올라가 문을 쿵쿵 두드리면서 악을 질렀다. 그때도 누군가가 나와 마주치면 안됐다. 어떻게든 내 집으로 돌아가야 했다. 또 다른 나인지 모르는 내 의지와 상충해서 계속 싸워야만 했다. 의식이 있는 동안 모두 터트려야만 했다. 의미가 있는지 없는지 모르는 연산들을 계속 해야 했다. 행동의 정당성들이 마음대로 열거되었다. 옷을 안 입는다고 발가벗은 것이 아니었다. 잘못 박혀왔던 시스템을 그대로 나열해 머릿속 의식들을 발가벗겨야 했다. 터트려야만 했다. 그 생각이 어디까지 끌려가는지 스스로 느껴야만 했다. 생각에 지쳐 생각이 들지 않을 때까지 생각들로 가득 채웠다.

# 시스템을 심을 수 있다는 것

:

　사필귀정이라는 말을 떠올린다. 당신이 분노를 통해 얻은 정의는 절대 정의가 될 수 없다. 욕심의 결말은 어떤 시대를 통해서라도 자신의 후손을 통해서라도 결국 대가를 치르게 된다. 그 대가가 선조의 어떤 죄였는지 알 수는 없지만 대신 그 업보를 치른다고 생각했다. 대가를 치른 결과는 자유를 얻었다. 내가 하고 싶은 일을 하면서 사는 자유. 그것이면 충분하다. 자유를 위해 아직도 노력한다. 겸손하게 살면서 죽기 전까지 할 수 있는 일들을 하나씩 도전하면서 사는 것을 꿈꾼다. 불가능하다고 여겼던 책 집필이었다. 실패를 수 차례 하면서 어떻게든 만들어 냈다.

　상위자아를 인식한 후 첫 성공의 시작은 66일 법칙을 그대로 실현한 것이다. 새벽 5시가 되면 어떻게든 20분간 운동을 했다. 그 책은 그 법칙을 성공한다면 부자의 길로 들어선다고 했다. 부자가 뭔지도 모르지만 살아있다면 해내고 싶었다. 9일째 되는 날 포기하고 싶은 감정이 밀려왔다. 하지만 난 울면서 달렸다. 도대체 이 의미 없는 작업이 왜 성공의 기준이 된다는 말인가 싶으면서도 무작정 했다. 그것이 나중에 어떤 결과를 가져다줄지 알지 못한 상태로 말이다. 66일간 매일 새벽에 일어나 20, 20, 20 법칙을 하면서 영상을 기록했다. 그 법칙을 실행한 사람은 나뿐만이 아니었고 그중 내 영상의 조회수는 적다. 하지만 난 개의치 않았다. 그래도 성공했고 그 이후 그 성공을 기초로 어떤 일을 하던 목표를 갖게 되면 포기하지 않는 확률이 높아졌기 때문이다. 조울증 환자들은 대부분 충동적으로 목표를 세워 이것저것 일을 만들기 바쁘다. 나 또한 조울증의 조짐이 있으면 떠벌이기 좋아했고 어떤 꿈을 적더라도 떠벌이기만 했고 이루지 못했다. 하지만 66일의 성공을 통해 성향이 바뀌었다는 것을 깨달았다. 시스템이 몸에 붙었다. 어느 정도 과거의 시스템을 지웠다는 것을 확신했다. 그 과정에서 조울증을 극복했다 선언한 영상을 올렸고 많은 사람들이 응원을 해줬다.

조울증을 극복하기 위해서는 병식을 인지해야 한다고 한다. 병식이란 조울증의 극단적 증상으로 가기 전에 낌새를 알아차린다는 것이다. 감정에 치우치는 것을 알아챌 때 스스로 그 스트레스를 없애도록 관리를 한다. 화를 내는 것 또한 사람인지라 어쩔 수가 없을 때가 있다. 예전 같으면 승리를 하기 위한 생각의 프로세스를 작동시키면서 스스로를 혹사시켰던 과거와 달리 한 번의 화로 끝나거나 그들을 용서하는 것을 통해 생각을 끊어버린다. 결국 병식에 대한 이해의 수준에 도달했다고 느낀다. 예전과는 달리 주위 사람들과 소원해져야 하는 결과도 있지만 반대로 그것이 실패의 확률을 그나마 줄이는 가장 훌륭한 방법 중 하나라는 것을 깨닫는다. 사람은 누구나 자신만의 방법대로 성장해야만 한다. 그것이 많은 사람을 통해 성장하는 방법도 있지만 불안하지 않는 상태를 유지해 그대로 실행하고 천천히 피드백을 받아 가며 느리게 성공해야 하는 사람도 있다. 자신의 성향을 모르고 욕심이라는 감정에 흔들려 자격지심에 삶을 던지는 행위를 하기도 한다. 그것들이 정리가 되어야 할 정도로 많은 경험을 해야 세상을 살아갈 수 있는 힘을 얻고 사는 사람들도 존재한다. 지난 모든 일들이 잘못된 것이 아님을 깨닫고 살길 바란다. 모든 과거의 일들이 지금의 나를 있게 만든 것이다.

# 첫 성공의 시작, 새벽의 비밀

:

    빚에 허덕여 결국 내 명의의 집을 처분하기 위해 부동산업자와 상의를 했다. 하늘이와 헤어져야만 했다. 조그마한 원룸으로 이사를 가야 했기 때문이다. 그곳에서는 하늘이를 키울 수 없었다. 2017년 여름, 부천으로 이사를 갔다. 그때 하늘이를 앞에 두고 많이 울었다. 내가 책임지겠다고 하면서 데려왔는데 동생에게 맡긴다는 게 그나마 안심은 됐지만 그래도 내가 책임지지 못했다는 사실에 너무나 가슴이 아팠다. 중간중간 고향에 내려가 하늘이를 만나면 서로 너무나 반갑다. 현실로 돌아갈 때마다 마음은 무너진다. 다시 헤어져야 하는 것이 너무나 힘들었다. 그리고 1년이 지났다. 2018년 8월쯤 서울 동작구로 이사를 가면서 다시 하늘이를 데려왔다. 이제는 더 이상 실수하지 않겠다는 생각에 다시 책임감을 갖고 녀석을 돌보기로 했다. 그때까지만 해도 돈은 모이지 않았다. 어떻게든 빚을 피하려고 노력했다. 집이 처분되기만 기다렸다. 아무리 난장판을 만들고 빚을 지더라도 집이 처분되는 것이 쉬운 일은 아니었다. 기다리는 동안 어떻게든 벌인 일들을 수습하기 위해 돈을 모으려는 노력을 했다. 유튜브도 시작했었다. 블로그에 글도 썼다. 그동안 글은 정말 잘 쓰는 사람만 써야 하는 줄 알았다. 바닥까지 간 나는 생각이 바뀌었다. 아무리 형편없는 작품이라

고 하더라도 읽고 싶은 사람은 읽고 보고 싶은 사람은 볼 것이라 생각
했다.

　매일같이 글을 썼다. 누가 읽든 머리에서 계속 내 생각을 끄집어서
글을 어떻게든 길게 쓰는 것이 내 목표였다. 글을 쓰고 무조건 바로
올렸다. 수정할 생각을 절대 하지 않았다. 그렇게 하면서 결국 애드센
스 고시에 합격했다. 애드센스 고시란 미디어의 양보다는 글을 많이
작성하는 수준으로 티스토리에 블로그를 매일 같이 올려서 운영하면
블로그에 일정하게 사람들이 방문하는 횟수가 생성이 되었을 경우 인
터넷에 노출되는 빈도가 구글에도 반영이 된다. 또는 구글이나 다른
검색엔진에 검색이 되도록 등록을 한다. 그 이후 구글의 애드센스라
는 사이트에 내 블로그에 광고를 넣을 수 있게 승인요청을 한다. 알 수
없는 기준에 통과가 된다면 담당자들이 2~3주 정도 있다가 광고를 넣
어줄 수 있도록 허락한다. 블로그 글에 배너들이 들어가게 되고 그 배
너를 클릭하면 광고 수익을 얻게 된다. 한참 글을 계속 올렸다가 그동
안 올린 글들을 돌아봤다. 초창기에 올린 포스팅들은 앞뒤가 맞지 않
았던 게 많았다. 말이 되도록 다시 손을 보기도 했다. 그래서 글은 쓰
면 쓸 수록 는다는 사실을 그때서야 알게 되었다.
　유튜브 같은 경우는 영상 편집을 대충 하면 그나마 하루에 한 개씩
올릴 수 있었다. 그 결과 조회수가 나오지 않았다. 공을 들여 1주일 동
안 회사 퇴근 후 집에 도착할 때마다 하루 두세 시간 편집을 한다. 그
렇게 해서 올린 영상도 조회수가 나오지 않는다. 그러든 말든 난 계속

이 일을 반복했다. 영상의 내용은 자기계발서를 읽고 내가 이해하는 척 해석하는 영상을 올렸다. 성공한 위치에 있는 사람도 아닌데 그 의미를 이해하는 척을 했다. 그러한 시도를 계속한다. 800페이지나 되는 앤서니 라빈스(토니 라빈스)의 '내 안의 거인을 깨워라'책을 읽는 영상을 올린다. 절반까지 갔지만 무모하다는 것을 느껴 포기했다. 그 밖에도 여러 가지 시도를 했다. 그러다 김새해 작가가 하나의 책을 소개한 영상을 보게 되는데 바로 '변화의 시작 5AM 클럽'이란 책이었다. 그 책의 가장 핵심인 새벽 5시에 기상하여 66일간 20, 20, 20 법칙을 매일같이 실행하면 당신은 어떻게든 부자가 될 수 있다는 믿기 어려운 이야기다. 이 이야기에 매력을 느꼈다. 책을 사기 전부터 20, 20, 20 법칙을 듣고 그대로 실천을 해 보기로 했다. 새벽 다섯 시, 일어나자마자 20분간 격렬한 운동을 한다. 이후 20분간 명상을 하거나 일기를 쓴다. 나머지 20분은 자기계발을 하는 시간이다. 책을 읽거나 20분간 공부를 한다. 이렇게 1시간을 사용하고 오전 6시가 되면 추가로 더 하고 싶은 일을 한다. 새벽에 일어나기도 힘든데 일어나자마자 격렬한 운동을 한다는 게 누구나 다 작심삼일은 할 수 있을 것이다. 좀 더 노력하면 9일간은 버틴다. 새벽에 일어나자마자 무조건 처음 10분간 달리기를 한다. 그 시간이 정말 괴로운 시간이다. 그 시간을 버티면 그 이후는 모두가 무난한 시간으로 바뀐다. 9일 차 되던 그날 10분간 달리기 도중 그만두고 싶다는 충동이 생겼다. 이를 악물었다. 달리는 동안 눈물이 났다. 버티지 못하면 절대 바뀔 수 없다는 생각이 눈물이 나든 말든 그 시간을 버티게 만들었다. 간절했다. 사회생활을 하면 이런 극기 훈련은 단체로 하거나 1대1로 하게 마련이다. 포기하려고 해도 옆에 친구가 하니까 덩달아 포기를 하지 못하는 경우도 생기고 내가 포기하면 옆에 친구가 같이 포기해도 되니까 안도하는 경우도 생긴다. 그러나 이 훈련은 그 누가 하라고 하지 않았다. 스스로 선택한 나를 바꾸기 위한 도전이었다. 누군가가 있었다면 극복하기 쉬웠을지도 모른다.

새벽 다섯 시에 일어나서 매일 같이 운동하는 것이 평소에 그렇게 살지 않았다면 쉽지 않다는 것은 알 것이지만 어떻게 보면 그게 무슨 의미가 있냐고 그만두고 싶으면 그만두면 된다고 생각할 사람도 있을 것이다. 또는 8일까지 했을 때까지 괜찮았는데 9일째 똑같은 걸 하는데 울만큼 힘든 건가?라는 물음을 갖고 있는 사람도 있을 것이다. 하루쯤 쉬고 다음 날 하면 되는 거지, 꼭 매일같이 해야 하나? 이 정도로 생각할 수도 있을 것이다. 하지만 이것은 스스로의 약속이었다. 핑계를 대고 싶지 않았다. 절대 피하고 싶지 않았다. 이제껏 지껄여 왔던 수많은 말들을 실패했는데 스스로에게 약속한 계획을 실천하지 못한다면 앞으로 어떤 일을 계획해도 실패할 것이라고 생각했다.

내가 이것을 마무리하기 전까지 그 누구도 5AM 클럽 20, 20, 20 법칙을 실천하는 영상에 올리는 사람이 없었다. 결국 대한민국 최초로 66일 동안 새벽에 일어나 20, 20, 20 공식을 실천한 영상을 올렸다. 당시 미라클 모닝이 유행했지만 이 공식은 특별했다. 새벽에 일어나는 단순한 행동이 딱히 매력적이라고 생각하지 않았다. 일어나자마자 운동을 하고 명상을 하고, 일기를 쓰고 책을 읽는 행동을 하면서 하루를 시작하게 되면 하루가 길면서도 알차게 보냈다는 느낌을 받는다.

공식을 실천하는 영상을 올리는 행위로 인해 유튜브의 조회수가 오를 것이라고 기대는 하지 않았다. 최초라는 타이틀을 거머쥘 수 있다는 안위가 가장 컸다. 이 프로젝트를 끝내면 분명 뭔가가 달라질 것이라고 믿었다. 재미있는 것은 이 책을 구매하여 읽은 시점은 20, 20, 20 공식을 실천한 지 12일이 됐을 때다. 책을 사는 행위보다 나를 개조하는 행위에 대한 안심이 들 때까지 책은 사지 않기로 한 것이다. 고비였던 9일째를 넘기고 나서는 정말 하루도 빠지지 않고 매일같이 새벽 5시에 일어나 공식을 실천하였다. 회사에서 회식이 있더라도 어떻게든 다음 날 새벽 다섯 시에 일어나 20, 20, 20 공식을 실천하였다. 비가 오는 날도 밖에 나가서 뛰었다. 그래도 비가 너무 많이 내리면 집 안에서 어떻게든 몸을 움직여 20분간 운동을 했다. 하루는 새벽부터 고향에 내려가야 하는 때가 있었는데 그날은 어쩔 수 없이 20, 20, 20 패턴을 쉬기로 하였다. 미리 정해놓고 쉬는 날을 정해놨었다. 그날을 제외하고는 모든 날을 새벽 다섯 시에 일어나 20, 20, 20 공식을 실천하였다. 66일을 모두 채웠고 그날을 기념하는 영상을 찍었다.

그 이후 나는 달라졌을까? 아니다. 그냥 매일 같이 20, 20, 20 공식을 실천하는 삶을 살았다. 달라지지 않았다. 그게 날 조금은 혼란스럽게 만들기도 했다. 책에서는 그렇게 하기만 하면 부자가 된다고 장담했다. 어떻게 된다는 것일까? 잠깐 고민을 했지만 조금씩 이해를 하게 되었다. 단 한 가지 이전과 달라진 게 있었다. 바로 목표를 이루기 위해 실천하고 목표까지 갈 수 있는 원동력이 생겼다. 스스로 선택한 목표를 달성하는 방법을 알게 된 것이다. 어떤 목표든 정하면 그대로 갈 수 있는 끈기를 얻게 된 것이다.

　꿈에 가득 차 공부하는 책을 사는 사람들은 많다. 영어책을 산다. 그리고 몇 페이지 정도 넘겨본다. 그리고 책을 덮는다. 이게 정말 내 꿈이었을까? 그러한 의심을 남기고 그 꿈은 어느 순간 돌아 다시 광고를 보며 다른 영어책을 산다. 월드컵 16강에 든 우리나라 선수들이 훌륭한 활약을 해주어 대한민국 국민들은 축구에 관심이 많아졌다. 그 중 축구에 꿈을 갖고 축구에 관련된 직업을 도전하는 사람도 있을 것이다. 그리고 축구가 힘들다는 것을 알았다. 이후엔 꿈을 접는다. 개중에는 물론 끝까지 하는 사람도 있을 것이라 믿는다. 다만 흥분되는 것이 꿈이 돼서는 안된다는 것을 아는데도 매번 그들은 꿈이라고 착각하며 도전한다는 것이 현실이다. 나 또한 그랬다는 것을 이해한다. 물론 도전할 때마다 매일 같이 흥분된다면 꿈이 되어야 하는 것도 사실이다. 다만 그럴 일은 찾기가 좀 희박하다는 것을 대부분의 사람들이 깨닫고 지금도 매번 실수를 하면서 깨닫는 일이 반복된다. 하지만 꿈은 분명 내가 좋아하는 것이어야 이룰 수 있을 것이다.

　꿈을 이루려면 먼저 자신이 어떤 사람인지부터 이해해야 한다. 그러려면 어떻게 해야 할까? 나의 한계에 대해 깨달아야 한다. 그리고 내가 무엇을 싫어하는지 정의를 할줄 알아야 한다. 자신을 충분히 이해하고 있다면 자신만의 성향을 따라 목표를 이루는 것을 시스템화 시켜야 한다. 그것이 내게는 66일 동안 20, 20, 20 법칙을 성공한 것으로부터 시작했다고 봐도 무방할 것 같다.

　그 법칙이 성공하고 난 후 얼마 안 가 2019년 11월 11일 하나의 영상이 갑자기 조회수가 떠오르기 시작했다. 중고 아이폰에 대한 리뷰 영상이었다. 영상이 올라가고 나서 바로 반응이 있던 건 아니었다. 어느 정도 시간이 지났고 그러다가 갑자기 영상이 조회수가 올라갔다. 그 영상은 편집 퀄리티로 봤을 때 좋은 영상은 아니었다. 비판의 댓글도 많이 달렸고 싫어요도 갈수록 올라가는 영상이었다. 그래도 좋아요가 더 많았다. 그 영상이 내 채널에 바이럴 마케팅을 해준 셈이었다. 물론 잘나가는 유튜버들과 견주어 많은 조회수는 아니지만 그동안 올렸던 영상이 130개가 넘어갔는데도 불구하고 구경하지 못했던 높은 조회수였다. 그것을 시작으로 이미 올라가 있던 영상들이 조회수가 많아졌다. 잠재력이 있던 영상들이 건너 건너 조회가 되어 서로 경쟁하듯 조회수가 올라갔다. 아슬아슬하게 해를 넘긴 2020년 1월 1일 구독자 1,000명에 도달하였다. 블로그는 어떻게든 글을 길게 쓰기만 하고 해시태그만 잘해도 조회수가 어느 정도 올라갈 수 있지만 유튜브는 좀 달랐다. 투자하는 시간 대비 조회수가 미비했다가 결국 하나의 영상이 터지기 시작하면 잠재적인 가치를 갖고 있는 영상들이 건너 건너 조회수가 높아지는 형국이었다. 그렇지만 내 유튜브는 주제가 정해져 있지 않은 아무 주제나 올라가는 상황이었다 보니 채널의 정체성이 모호했다. 조울증 이야기도 올리고 전자제품 영상도 올리고 자기계발 영상도 올리고 올리고 싶은 건 다 올렸다. 처음 보는 현상이어서 그런지 이 채널에 대한 아이덴티티를 군이 정하려고 하지 않았다. 머릿속에는 돈을 벌 수 있을 거란 생각만 했지, 정리를 하진 못했다. 현재는 구독자 3,000명 가까이 도달했고 영상이 업로드가 안 되고 있는 상황이다.

그러면서 유튜브 채널을 하나 더 만들어 테스트해 보기로 했다. 시간이 많이 걸리는 작업이라는 것을 이미 경험했기 때문에 수익이 나지 않더라도 도전해 봤다. 전자제품 리뷰가 조회수가 높다는 것을 알고 제대로 채널을 운영하려고 준비했었다. 몇십 개의 영상을 올리다 결국 자극적인 것들을 더 찾기는 어려울 것이라 판단했는지 더 이상 영상을 올리지 않은채로 두었다. 대부분 1,000회 이상의 조회수를 기록했다. 1~2만 회 조회수를 기록하는 영상들도 많았다. 100명도 안 된 구독자 상태로 영상을 올리지 않았다. 지금은 180명을 돌파했다. 유튜브에서 돈을 벌려면 구독자보다는 영상 하나마다 조회수가 얼마가 나오는 것이 중요하다. 처음 만들었던 내 채널보다는 훨씬 더 정돈되어있고 영상마다 평균 조회수 값이 높은 편이다. 이렇게 하나하나 진행하면서 얻게 된 노하우들이 최초의 성공을 만들기 위한 과정임을 생각한다.

# 오후 4시가 달라졌다

:

  과거에는 일을 하다 보면 오후 4시마다 극심한 따분한 감정 같은 게 생겼었다. 신기하게도 그 시간이 오게 되면 그랬다. 심리상태는 극도로 불쾌할 때가 한두 번이 아니었다. 누군가가 나와 같은 심리상태를 갖고 대화를 하게 되면 별것 아닌 것에 흥분을 하거나 화를 내는 상황이 오기도 한다. 그 시간을 버틴다면 오후 5시에는 한 시간만 버티면 퇴근이라는 것에 희망을 가진다. 저녁이 되면서 아무런 일이 일어나지 않은 안도감에 다시금 기분이 좋아진다. 그리고 그 기분을 이어가기 위해 밤늦게까지 놀다가 잠을 잔다.

  스스로 목표를 설정하고 그대로 나아가는 실행력을 가진 후로부터 오후 4시라는 시간이 올 때의 감정은 달라졌다. 꿈을 꾼다는 흥분감에 도취되지 않는다면 상대적으로 따분함은 덜 해진다. 목표를 세우고 도달하고 결과를 받아보고 이후 다시 목표를 설정하고 도달하는 것을 반복하는 것이 인생이라고 생각하는 것이 따분함을 사라지게 만든다. 일만 하면 따분할 것 같다고 그러는 사람이 있다. 그러나 이것에 익숙해지게 되면 일이 끝나고 저녁에 회포를 푸는 감정을 만끽하는 것이 사람의 몸을 잘못 쓰는 일인지 몰랐다는 새로운 깨달음을 얻게 된다. 생활패턴을 유지 못하는 것이 더 괴롭다는 것을 깨닫게 된다.

우울함은 끝이 있다는 생각을 먼저 발생하게 만드는 것이다. 포부는 대단했지만 그 대단한 포부를 세운 자신감을 갖게 된 감정이 자신을 속이는 사기 치는 행동임을 달려가다 보니 깨닫는다. 결국 자신을 과소평가하고 변명을 찾는다. 그것에 익숙하게 되면 어떤 일도 똑같은 실패를 할까 지레짐작하게 된다. 목표가 끝을 이야기하는 것이 아니라 다음 목표를 위한 발판이라고 생각해라. 죽을 때까지 사람은 목표를 향해 나아갈 뿐이라고 생각한다면 우울할 때가 어디 있겠나? 그러한 마음을 먹는다면 영화 보는 시간, 오락을 하는 시간이 아까워지기까지 한다. 물론 쉬는 것 또한 중요하다. 쉬는 것에 대해서는 언제든 쉴 수 있어야 한다. 몸이 아는 그때에는 언제든 쉬어줘야 한다.

장기전에 임하라는 것이다. 절대 무리하지 말라는 것이다. 자신이 감당할 수 있을 만큼만 배우라는 것이다. 실패라는 것은 없다. 실패하더라도 그 속에 교훈은 언제나 존재한다는 것을 알아야 한다. 한 번에 성공할 수 없는 목표를 세우지 마라. 큰 목표는 세우되 볼 수 있는 곳에 붙여놓기만 해라. 자신이 감당하지 못할 목표를 세우게 되면 본인의 무의식은 미래에 실패할 것을 알고 있다. 도전하는 시간 내내 스스로에게 성공한다고 사기를 쳐서 가게 된 결과가 능력 이상을 써서 기대 이상의 결과는 나올 것이다. 그래서 그것이 능력인 줄 알고 자신을 과대평가하게 된다. 자신의 능력보다 더 큰 능력을 쓴 황홀감에 취한다. 이것이 지속되면서 어느 시점에는 자신에게 사기를 당했다는 배신감이 밀려올 것이다. 운동도 한 번에 심하게 운동하면 알이 배기고 나서 근육통에 며칠 만에 운동을 포기하는 모습을 볼 것이다.

자신을 위한 목표를 세우고 그 목표를 도달하는 연습을 해라. 앞에 먼저 성공한 선수들이 많다는 것을 보면서 좌절감을 느끼게 되면 이 길이 내 길이 아니라고 생각할 수 있다. 당신의 꿈은 그들과 비교당하는 것이 중요한 것이 아니라 골인을 하는 것, 마침표가 중요하다. 감당할 수 있는 목표를 한 단계씩 높여라. 성공의 시간은 갈수록 더 걸리게 될 것이다. 그러나 성공의 반복이 내성을 길러주고 세상에 우뚝 섰을 때 흔들리지 않는 힘을 가져다줄 것이다.

"무소의 뿔처럼 혼자서 가라."

'사람이 어떻게 옆에 사람을 신경 쓰지 않고 살 수 있지? 그만큼 외로울 텐데?'

사람이 있어서 외로움이 안 오는 것이 아니라는 사실을 알면 어떤 이유로 외로움을 피할 수 있다고 생각하겠는가? 외로움에 익숙해지는 것이 훨씬 더 강해지는 것이다.

# 나만의 재산을 만들다

:

　나는 아직도 계속 도전 중이다. 재산을 만드는 것을 말이다. 철봉은 풀업 자세로 10개를 할 수 있다. 작년 회사를 퇴사하면서 달리기를 도전했다. 초등학교 때 100m에 20초를 넘는 기록을 세웠던 애가 갑자기 달리기를 도전한다. 2023년 가수 선의 8.15 행사 겸 자선 행사에 참여하면 좀 더 동기부여가 될 것 같았다. 전국적으로 참여하는 행사였고 일부 인원들은 실제로 그날 행사에 실시간 러너로 뽑힌다. 수많은 참여 인원이 있었을 텐데 내가 뽑히다니 참 신기했다. 그 과정에서 나는 8.15km 완주 목표에 책임감이 몰려왔다. 거북이 중에 완전 초짜 거북이지만 내가 거북이임을 인정하고 갑자기 하루에 1km씩 달리기 양을 늘렸다. 1km당 8분이 걸렸다. 동네 놀이터에 짧은 달리기 트랙을 통해 1km마다 수십 바퀴를 돌았다. 동네 할머니들은 그런 나를 보고 응원도 했다. 내가 달리기를 하는 것을 보면서 그분들은 살아있는 기운을 받으셨던 것 같았다. 그 시간에 나는 고통을 극복하는 시간을 지냈다. 그렇게 다음 날 2km, 3km를 도달했고 6km까지도 정말 무식하게 하루에 한 번씩 달렸다. 7km를 달리는 날에는 뭔가 한계가 옴을 직감했다. 달리기를 평소에 안 한 사람에게 이러한 미션은 무리에 가까웠다. 하지만 난 러너에 뽑혔고 그 약속을 지키는 것을 작정했다. 그리고 선을 만나길 기대했다. 8월 12일경, 8.15km를 처음 뛰기로 작정한 날이다. 2km를 뛰고 있다가 결국 배에서 신호가 왔다. 그럼에도 불구하고 오늘은 완주를 해야 한다고 정신력으로 버텼다. 8.15km를 달성했고 집에 들어가 이틀 내내 쉬었다. 다시 8월 15일 행사를 위해 워밍업을 하고 싶었지만 이미 쓰러진 날부터 나는 다시 일어서기가 힘들었다. 결국 8.15 행사 당일에는 참석하지 못했다. 그날 가수 선이 다리에 쥐가 났는데도 달렸다는 소식을 들으면서 정말 대단하다는 생각을 했다. 나는 행사 날 참여하진 못했지만 그래도 그 행사에 러너로 뽑힌 책임감 덕분에 엄청난 퀀텀 점프를 하고 말았다는 것에 의의를 됐다. 그날 이후 한동안 달리기를 하지 못했지만 이사를 한 후 10월부터 동네 근처 달리기 트랙에서 3km부터 다시 도전을 하게 되었고 결국 한두 달 안에 10km 달리기 기록을 달성하게 되었다. 그리고 지금까지 10km에 1km당 5분 20초대 기록, 3km에 1km당 5분 1초대 기록까지 단축하게 되었다. 잘하는 분들은 1km당 4분 대로 진입한다. 그저 갑작스러운 퀀텀 점프를 하는 나를 보면서 하면 되는 나의 모습에 감사했다.

거북이 때 1km를 뛰면서 10km를 기록하는 사람들을 보았다. 그러면서 난 그들과 같지 않다는 것을 처음부터 인정하고 시작했고 결국 10km에 도달했다. 나만의 싸움을 할 수 있고 나만의 기록을 세웠다는 것이 얼마나 중요한 것임을 스스로 알고 있다는 것에 감동했다. 누군가와 비교하는 삶보다 나의 어제보다 나은 삶을 살고 있다는 것에 나는 바뀌었다는 것을 증명했다.

3년 동안 정들었던 회사를 이직을 하면서 월급에 대한 퀀텀 점프도 경험하게 된다. 그 전에 받았던 월급의 두 배 이상을 기록한다. 우연인 줄 알고 겸손하게 3달 동안 매번 실적 1등을 달성한다. 실적을 달성하기 위해 겸손하게 모든 사람에게 배우려 노력했다. 그 결과 난생처음 받는 월급 기록을 매월 갱신하면서 내 삶이 바뀌어 가는 것을 느낀다. 돈이 전부는 아닌 것은 안다만 내가 그 돈을 가질 자격이 생겼다는 것이 신기했다. 노력을 했고 그로 인해 힘든 멘탈 관리에 대해서도 꾸준히 했다. 조울증에 대한 병식을 인지하지 못했다면 나는 이미 무너졌을지도 모른다. 하지만 1등과 동시에 사주명리학을 공부하게 되면서 인생에 대한 이해도가 깊어졌다. 그리고 이젠 책도 쓴다.

그러한 과정에서 체력에 부침이 느껴지면 그것을 인정하고 하루 종일 쉬는 것은 당연하다. 체력 관리를 못 하면 안 되는 것이다. 나를 이해하고 있기 때문에 나를 인식하고 나를 아껴준다. 나는 나를 이해하고 돌봐주는 보호자가 되었다.

# 먼저 가기보다 나를 말하라

:

어렸을 때부터 친구들이 어떤 선택을 할 것인지 미리 예상이 되면 먼저 다가가 말하고 알려줬다. 그렇게 함으로 얻은 것도 많았지만 반대로 얻지 말아야 할 기회들도 있었다. 사람은 잃을 것이 많다고 생각하면 먼저 말하게 되어있다. 항상 알고 있는 것을 먼저 말하지 않으면 거짓말을 하는 것이라 생각했다. 이것이 아버지가 내게 준 상처인지도 모르고 자랐다. 지금은 다르다. 적어도 내가 어떤 심리상태인지 알고 다시 나를 돌아보는 시간을 갖는다.

혼자 있는 시간이 많아졌고 공부하는 시간이 많아졌다. 혼자가 되는 것이 두려운 것이 아니다. 정말 내가 필요한 사람이 누군지 아는 것이 중요했다. 나다운 내가 필요한 세상에 가는 길을 찾아야만 했다.

내 마음을 치료한 과정 중 하나는 유튜브에 내 입으로 조울증을 이야기하는 것이었다. 전 재산이 2,000원이 남을 때까지 세상이 나에게 아무런 손을 뻗지 않아 혼자 남겨져 있다는 기분이 들 때까지 타락해도 세상은 돌아간다. 아무리 지껄여도 세상은 보고 싶은 것만 본다는 교훈을 얻었다. 성공한 수많은 사람들 중 갑자기 나쁜 일에 휘말려 한순간 세상에 잊혀지는 일은 다사다난하다. 그게 두려워 성공이라는 것이 무엇인지에 대해 고민하는 시기도 있었다. 성과를 내더라도 방어적인 자세를 가졌다. 뭔가 열심히 일을 해도 보상을 올려받는 것에 대해 부담스러워했다. 더 가질지 몰랐다. 반대로 부려 먹는다는 느낌을 내게 주면 나의 능력을 사용하는 것을 당연시하는 것을 분노했다. 꿍한 노인네의 삶을 살았었던 내가 이젠 내 이야기를 하는 것에 대해 두려워하지 않았다. 정신질환에 걸렸다는 것을 사람들이 안다면 그들이 날 사회에서 받아주지 않을 것이라는 지레 겁먹었던 마음을 이제야 정리한 것이다. 이러한 날 알게 됐을 때 사회가 날 어떻게 볼지 두려웠던 그 소용돌이들이 더 이상 작동하지 않았다. 그래서 난 나를 말하고 싶었다. 언급하지 말아야 할 이야기들을 올렸다가 영상을 내리는 시행착오도 있었지만 그래도 버텼다. 시간이 지나 그 영상에 나와 같은 사연을 갖고 있는 사람들이 댓글을 달기 시작했다. 내 이야기를 싫어하는 사람도 있었다.

나를 표현하는 이 과정이 쉽지는 않았다. 약이 아니면 해결책이 없는 사람이 많다. 그 현실을 깰 수 있는 어떤 이론도 제시하지 못했다. 내가 증거라고 말하는 수밖에 없었다. 조울증이 재발하지 않고 사는 것이 증거라고 말할 수밖에 없었다.

다른 사람들의 댓글들이 역시나 많은 사람들에게 힘을 주면서도 내게 많은 상처를 남길 수도 있었다. 그러나 이제 악플이 두렵지 않아서 영상을 올린 것이었다. 그들이 날 오해를 할 수도 있지만 어떻게든 이야기하고 싶었다. 그리고 이 병을 잊고 나만의 삶을 살아가고 싶었다. 하지만 과거는 없어지는 것도 아니고 과거의 내가 내가 아닌 것이 아니다. 그 모든 삶의 기록에 내가 있었다. 그래서 조울증을 버틴 지난

십여 년간의 시간은 앞으로의 삶을 버틸 수 있게 해준 남다른 자산이 되어버렸다.

조울증이라는 병을 천재들의 병이라고 칭하기도 한다. 하지만 난 내가 절대 천재라고 생각하지 않는다. 천재였으면 하는 마음에 우쭐대는 생각 자체로 천재일 수 없다. 천재라는 것은 사람들이 그렇게 불러야 할 수 있는 업적이 있어야 천재가 된다. 난 어떤 것도 천재의 업적을 이룬 것이 없다. 그럼에도 천재라는 말에 흥분된다면 더더욱 천재가 아닌 호구에 가까운 사람인 것이다.

이 질환으로 인해 한가지 내 몸의 능력을 깨닫게 된다. 스스로 필요할 땐 능력을 극대화할 수 있는 방법을 써먹을 수 있다는 것이다. 특히 위기의 상황에서는 특별한 기지를 발휘할 때가 많다. 하지만 그 방법은 평소에는 쓸 이유가 없다. 체력이나 정신력을 요구하기도 하고 생활패턴에 많은 무리를 주기도 하기 때문이다. 현재는 내일 지구가 멸망하더라도 한 그루의 사과를 심겠다는 생각으로 계획하지 않은 일을 계속 벌이지 않으려는 게 습관화되었다. 수많은 사람들이 영화 '파묘'를 보러 가도 나는 보지 않았다. 갑작스레 좋은 아이디어가 떠올라도 지금 하는 일이 끝나지 않는 한 절대 그것들이 지금 필요한 것이 아니라는 것을 정의하며 통제하게 되었다.

물론 좋은 생각이 떠오르면 기록하는 것은 좋다. 하지만 그 기록이 실행되려고 하기 전에 이미 많은 사람들이 그 일들을 시도하고 있거나 그것을 실현하고 있다는 것이 함정이다. 어떻게 보면 그 일들의 에너지 흐름이 내게 느껴진 것이 아닐까 싶은 생각도 든다. 그렇지만 지금

그 좋은 아이디어를 내 것으로 만들 일을 하지 않을 사람이라는 것은
매한가지다.

# 또 다른 만남

:

조울증을 몰라 힘들었던 시절 네이버 카페나 나와 같은 질환을 갖고 있는 조울증 환자들 모임에 나가는 것도 시도를 해 보라고 가족들에게 들었었다. 하지만 난 그러한 그룹에 속하고 싶지 않았다. 정신질환이란 내게 생길 수 없는 것이라고 믿어왔다. 유튜브에 조울증을 고백하는 영상을 올리기 전 한 번도 조울증을 갖고 있는 사람과 만나본 적은 없었다. 그 일을 처음부터 했다면 내 삶은 어땠을까? 영상을 올리고 나서도 그들을 만나기 두려워했다. 그들 중 나와 비슷한 경험이 없다고 장담할 수도 없을 뿐만 아니라 그들을 만나 어떤 좋은 기회를 가질 것인지에 대한 확신이 전혀 들지 않았다. 병식을 인지할 뿐이지 그러면 겨우 보통 사람과 같은 상태가 될 뿐이다. 상황은 이해를 하겠지만 굳이 조울증을 탈피하지 못한 그들을 만나는 힘든 일을 더 해야할 이유는 충분하지 않았다.

조울증 1형을 갖고 있는 사람들 중 사회 1면을 장식한 사람이 꽤 존재한다. 2019년 1월, 자신이 담당했던 조울증 환자에게 피살당한 사건이 있었다. 그 사건은 정신질환자 문제와 의사의 안위에 대해 큰 관심을 갖게 했다. 조울증이라고 다 이런 극단적 사건을 벌이는 것이 아니라 조울증 1형이 이런 극단적 상황을 벌일 가능성이 있다. 나 또한 그러한 가능성이 있는 존재다. 그렇다고 해서 조울증을 겪은 환자의 범죄율은 조울증이 없는 사람들의 범죄율보다 낮다. 한번 사건이 벌어질 때 전혀 예상치 못한 극단적 행동들로 이루어지기 때문에 일반 범죄율보다 낮다고 하더라도 주위에 많은 사람들이 충격에 빠진다.

조울증에 걸렸다고 살인을 저지르는 것은 아니다. 대부분 본인의 성격에 못 이겨 자신을 자해하거나 기괴한 논리를 계속 발설하며 에너지를 소비한다. 그 상황을 관찰하는 많은 사람들이 공포감을 느끼겠지만 그것은 자신이 모르는 자아가 자신을 살려달라는 신호와 같다고 본다. 아무것도 못 하게 만들어주라는 뜻으로 해석해야만 한다. 아무것도 못 하게 환자를 잡아두면 다시 온전히 정신을 찾는 것을 보면서 이것을 질환이라 이야기하게 된다.

앰뷸런스를 절도해서 차를 난폭하게 운전하는 20대 청년이 뉴스에 나왔다. 그는 누군가를 해치려고 하는 것이 아니었다. 머릿속에 어떤 고뇌가 그를 혼란스럽게 만들었던 것 같다. 그러나 하마터면 많은 사람들이 다칠 수 있었던 것은 사실이다. 그는 조울증을 치료했던 전력이 있었다고 한다. 자신을 절제 못 하는 행동이 당연하다고 보는 것은 아니다. 그 사람이 그렇게 행동할 수 밖에 없던 행동에 자세한 분석, 그리고 그 사람이 다시 사회에서 어떻게 살아야 하는지에 대한 면밀한 고민이 필요하다고 말하고 싶다. 하지만 결국 약으로 귀결이 되는 것이 현실이다. 그가 하는 행동을 보면 꼭 누군가가 자신을 조종하는 것 같은데 머리에서 자꾸 나오라고 머리를 쥐어뜯는 모양이다. 낭떠러지에서 떨어지라고 하는데 그러면 자신이 죽을 것을 안다. 그래도 낭떠러지 앞으로 가는 그가 왜 그러는지 이해를 못 한다. 그래서 이러면 안 된다고 하는 순간 다시 뒷걸음질친다. 그런데 다시금 낭떠러지로 가는 자신을 발견한다. 다시 의지를 갖고 그곳에서 벗어나려 한다. 계속 왔다 갔다 하는 나 자신의 모습을 발견하고 어쩔 줄을 모른다. 그 상태를 벗어나지 못하면 자신이 크게 다치거나 또는 죽을 수 있다는 것을 본능적으로 느낀다. 그럴 때 자신이 할 수 있는 생각은 억울함, 좌절, 공포, 또는 세상을 원망하는 감정, 내가 했던 노력들의 배신감들만 찾아온다. 뭔가 생각을 하면 할수록 이 감정들은 날 반복해서 감싼다. 이러한 감정은 누구도 못 느꼈을 거라고 생각한다. 미쳐버리겠으니 소리를 질러야겠는데 그러면 이제껏 내가 그들 앞에서 거짓말한 게 들통이 난다 생각한다. 그러한 생각은 왜 들었을까? 그러한 생각이 왜 들게 됐는지 당시에는 생각도 못 한다.

사건을 발생시킨 그를 제외한 주위 사람들은 대부분 정신이 조작되는 더러운 감정을 느껴본 적 없을 것이다. 사회는 그에게 보편적 해결 방법은 약이라고 말한다. 약을 먹으면 그나마 앞으로 일이 발생할 확률은 적다고 한다. 증명이 되었다고 사회는 평가한다. 그 사람은 이미 벌인 일에 대해 죄책감을 안고 증명에 대한 객관적 평가를 이해하지도 못한 체 암기를 한다. 원래 삶은 힘든 것이라는데 그게 자신에게는 약으로 귀결된다는 것을 받아들여야 한다며 산송장의 기분으로 생을 평생 살 것을 받아들이려 한다. 다는 그렇지는 않겠지만 내 경우가 그랬던 느낌이었다. 조울증이 정신이 조작되는 것이라고 정의하기는 어렵지만 본인의 행동을 통제하지 못하는 것은 이성이 어떤 다른 정신에게 지배당하고 있다는 것, 실제로 행동할 땐 옳은지 알았지만 나중에 돌아보면 내가 왜 그랬던 건지 이해가 안 간다. 남은 인생이 절대 짧은 것이 아닌데 약을 먹을 때마다 산송장의 기분을 갖고 매일을 살아야 한다면 무슨 선택을 하고 싶었을까?

영상의 반응이 좋아지자 나는 더욱 조울증에 대해 이야길 하기 시작했다. 그러면서 내 이야기에 대해 엉터리라고 하는 사람들이 많아졌다. 물론 좋은 댓글을 남기는 분들도 존재했고 내게 도움을 받으려는 사람도 많아졌다. 그러한 과정에서 답답한 마음이 생겼다. 내가 알고 있는 방법이 절대적인 것인가에 대한 물음이었다. 내 방법이 모든 사람들에게 적용될 수 있는 것인가에 대한 물음이었다.

영상에 내 이야길 올리는 것은 나를 증명하는 수단이었지 그저 존재함으로서 희망을 갖게 하는 몹쓸 사람이 될 수도 있었다. 조울증을 다루는 방법을 이론적으로 설명하고 싶었지만 당시엔 경험한 것 말고는 다양한 사례에 대한 전문적 지식은 부족했다. 나를 알리는 과정에서 많은 일들이 생겼다. 나의 경험을 공유해달라는 이야기와 어떻게 해서 자신이 극복했다고 생각하는 건지 내 생각을 듣고 싶어 하는 사람들, 가족 중에 조울증 환자가 있는데 그 병에 대해 어떻게 이해해야 하는지에 대해서 물어보는 사람들, 만나서 이야기를 듣고 싶어 하는 사람들, 그 모든 요청에 어떤 답변이든 할 수 있다고 믿었다. 내 경험이 정답은 아니지만 그들을 만나면 정답인 것처럼 이야기하고 싶어 했다. 그러다 결국 제대로 대답하지 못하는 경우도 생긴다. 아직 겸손하지 못했다. 그렇지만 그 과정은 필요했다. 다른 사례들을 들어가며 나에 대해 더 객관화시킬 수 있었고 내가 겪었던 병에 대한 이해도를 높일 수 있었다.

이것으로 사업을 해 볼 생각도 했다. 사업화를 하는 과정에서 뭔가 나 자신도 잘못됐다고 생각이 들었다. 물론 처음부터 사업화를 하려고 한 것은 아니었다. 1인 강사 컨설팅 업체 광고에 의뢰했다가 나만의 무기를 찾으라는 이야기에 조울증 이야기를 꺼냈더니 거기까지 가게 된 것이다. 아직 수행의 레벨이 부족했던 시기라고 생각한다. 그로 인해 조울증 카페로 유명한 곳에서 강제 탈퇴가 되었다. 오해라고 생각하지만 그 카페는 그렇게 하면 안 되는 곳이었다. 그들에 대한 이해가 부족했다. 내 상황에 대한 이해도는 높을지 몰라도 사람마다 상황은 다른 것이다. 많이 부족했다는 것을 인정해야만 했다. 결국 조울증을 통해 사업을 하는 것은 철회하였다. 진료를 할 자격이 있는 것이 아니기 때문에 함부로 그들에게 간접진료를 했다가 법적으로 문제가 될 수 있는 것도 생각을 해야만 했다.

유튜브 영상을 보고 내게 연락해온 사람들에게는 한 번도 상담료를 받진 않았다. 상담료라고 친다면 만나면서 커피를 대접해준 것 정도와 감사의 마음으로 사과 한 박스를 선물해주신 것 말고는 없었다. 최근 상담을 한 지 거의 1년이 지났는데 여유가 겨우 생기시고 내가 생각나서 커피 쿠폰을 선물 주신 분도 계셨다. 감사의 표현과 존경한다는 팬심을 표현하는 어린 친구들, 반대로 나를 만만하게 보는 그냥 무시하는 느낌의 사람도 있었다. 내 수준이 낮다고 보는 것이었다. 물론 내 수준은 낮았다. 그 사람의 수준이 높을 수도 있다. 수준이 높았던 그는 내게 얻을 것이 없을 것이다. 하지만 난 그로 인해 더 배울 수 있었다. 다른 인격이 존재한다는 이야기, 난 그 정도까지는 아니었지만 내가 아닌 내가 있다는 것 정도는 인정하면서 삶을 살아간다. 그것을 느끼고 그것을 다스리기 위한 과정을 그대로 실천한다. 그래야만 내가 나의 정신을 잃어버리지 않고 나의 온전한 의지로 세상을 살 수 있을 것이라는 확신을 하기 때문이다.

조울중 환자의 가족들의 연락이 내게는 짠하면서도 감동스러웠다. 가족을 걱정하는 마음을 들으면서 내 가족들에게 다시 한번 예전의 일들에 대해 감사하게 생각하게 만든다. 가족이란 것이 얼마나 소중한 것임을 다시 한번 느끼게 만든다. 하지만 그들이 모두 잘한 것은 아니었다. 사연은 모두 개별적인 것이기에 가족들의 내력과도 관계된 것일 수도 있기에 그것에 대해 남들에 비해 힘들었다고 말하고 싶지는 않다. 가장 도움이 되는 조언은 나를 어떻게 찾느냐에 대한 이야기일 뿐이다. 방법 중 하나로 가족과 멀리 해야 하는 것을 결정해야 할 수 있다고 생각한다. 그래서 내가 지금 가족과 떨어져 서울에 혼자 사는 것일 수도 있다. 가족과의 연 중에 평생을 멀리 해야 하는 연도 존재한다고 한다. 연을 믿는 것보다 사람마다 성향이 맞는 사람이 있고 안 맞는 사람이 있는데 그것이 부모와 자식 간에도 존재한다고 본다. 엄마와 떨어져 사는 것이 정서적으로 안정에 많이 도움이 됐다고 생각한다. 물론 평생을 떨어져서 살 것은 아니겠지만 질환을 극복할 수 있는 방법이라면 선택을 해야만 한다. 엄마는 그 방법을 이해하지 못할 수 있고 이해할 필요도 없다. 모두를 위한 선택은 누군가 하게 되면 그것을 하면 그만인 것이다. 다른 사람의 이해보다 자신만의 평화가 더 중요하다. 다른 사람에게 피해를 주지 않는 선에서 말이다. 오히려 서로 떨어져 있는데 살 수 없는 것이 이해가 어려운 것이다. 그래서 더욱 냉정하게 엄마의 태도를 무시해야만 했다. 그것과 연계해 어떤 조울증 환자의 가족 이야기를 하려고 한다. 그분의 동생이 가족들에게 폭력적이며 심한 소비 증세가 있다고 한다. 사기를 당한 것으로 인해 가족들이 갚아줘야 하는 상황도 생겼다고 한다. 물론 그것의 끝이 그 사람의 목숨을 위태롭게 할지 아니면 가족들이 그 사람을 병원에 보낼지 이것은 그분들의 선택이다. 그 행동들이 계속되는 것이 가족들이 옆에 있기 때문에 오히려 더욱 그러한 행동을 하는 것일 수도 있다. 폐쇄병동을 몇 번 끌려간 나로서는 극복할 수 있는 방법으로 가족들과 멀리 떨어져서 사는 것을 택했던 것이고 그것이 3년 반을 넘도록 약을 먹지 않고도 재발하지 않은 것에 도움을 줬다고 생각한다. 조울증 증세가 있는 그 동생 분을 만나보진 못했기 때문에 함부로 의견을 내긴 어려웠다. 내 경험만 이야길 해줄 수 있을 뿐이었다. 가족들 중에도 어려움을 겪는 분이 있지 않나 하는 물음에 동생으로 인해 가족들 몇 분이 병원에 가 조울증 증세가 있음을 진단받았다고 한다. 그걸 보고 의사들은 집안 내력이 있다고 평가한다.

환자 가족이 내 영상을 보고 환자와 상담하길 원하는 경우도 있다. 환자 가족의 권유로 하는 상담은 거부하고 싶었다. 환자 스스로의 결정이 있어야 도움이 될 거라 믿었다. 상담을 할 거라면 유튜브에 올린 영상을 몇개 정도는 보고 그래도 상담하고 싶어 한다면 하자고 했다.

어디까지나 내 경험은 참고가 되어야지 절대적인 것은 아니라는 조언자의 역할이다. 단약을 어떻게 해야 하는지에 대한 위험하고도 전문적 소견은 절대 나누지 않는다. 그런데도 불구하고 단약을 어떻게 하냐고 실례하는 질문을 너무 대놓고 하는 분들이 많았다. 물론 수많은 부작용을 겪고 있는 사람들의 절실한 상황을 이해 못하는 것은 아니다. 로또 당첨이 된 지인이 있는데 그 돈 중 일부라도 어떻게든 꽁으로 받고 싶은 게 사람 마음 아니겠는가? 당첨된 사람 또한 당첨된 돈을 가지고 살 자격이 없다면 어떻게든 그 돈을 모두 잃게 될 것이다. 로또에 당첨된 사람은 두 가지 선택을 할 수 있다. 아무도 모르게 그 돈을 가지고 잘 살면 그만이다. 또는 그 돈으로 많은 사람들을 도우며 살면서 더 잘 살면 된다.

꽁으로 방법을 알고 싶어 하는 사람들에게 우회적으로 답변을 하면 결국 돌아오는 답변은 공격적인 악플로 답변이 오는 경우가 존재한다. 그 악플을 단 사람이 조울증을 갖고 있다면 잘못하다가는 큰 사건으로 번질 수 있다는 불안함도 갖게 됐다. 조울증에 대한 이야기는 모두 집어치우고 내 할 일을 찾으면 끝이라는 생각도 들었다.

그럼에도 나는 내 인생의 숙제를 풀어낸다. 상위자아를 찾아내서 약 없이 삶을 살아낸다. 나는 풀어낼 뿐이고 그것에 대한 힌트와 영감은 모두 독자의 몫이다.

# 내가 잘 살고
# 있다는 증거

.

# 머릿속 성공의 정의

:

성공한다고 생각하지 말고 살아있기 때문에 가야 하는 길이라고 생각하라. 그렇다면 남들이 성공이라고 언젠가는 이야기할 것이다. 그러나 그것은 절대 내가 성공하려고 했기 때문에 성공한 것이 아니라, 살아냈고 살아있기 때문에 그리고 잊지 않고 내일을 향했기 때문에 사람들이 말하는 성공이란 말을 듣게 된 것이다. 성공을 시도하지 않아도 된다는 사실을 기억해라. 내 과거의 나와 비교해 오늘 더 성장하는 것에 가치를 둬라. 욕심이 있다면 모든 것을 비우는 것부터 해라.

스파이더맨 홈 커밍 영화에서 토니 스타크가 피터 파커에게 했던 명대사가 있다.

"슈트가 없이 아무것도 못 한다면 그 슈트는 더욱 가질 필요가 없다."

어른이 되는 과정일까? 갖고 싶었던 것을 갖고 나서 관심이 없어진 것처럼, 하고자 하는 것은 욕심을 버리고 나서부터 보인다는 것을 알아야 한다. 그 역설을 깨닫지 못한다면 아직 우린 어린 것이다. 수많은 무기들은 평생을 살면서 계속 나에게 붙을 것이다. 우린 운명이 다

할 때까지 그대로 살아갈 뿐이다. 이 글을 쓰는 시간에 어떤 사람은 더 좋은 효율을 내서 좋은 영향력을 내고 있을 수도 있다. 하지만 그것은 그 사람의 시간이다. 각자 운명 안의 시간 속에서 살아가고 있다. 다른 사람이 잘하는 것은 본받을 필요가 있을 뿐, 운명 안의 내 시간에게 미안할 일을 하지 않도록 하길 바란다. 운명의 끝은 누구도 알 수 없다. 모든 사람은 운명을 향해서 갈 뿐이다. 그렇기에 운명에 역행한다는 말은 모순이다. 역행할 수 있는 사람은 그 누구도 없다. 모든 생명의 운명의 귀결은 죽음이다. 역행했다고 믿고 있지만 그 믿음 또한 운명의 믿음인 것이다. 운명의 시간 선상에 그 사람이 그 일을 하느냐 안 하느냐에 따라 기분이 좋고 나쁜 것은 정해진 것이다. 본인에게 이득이 되는 일임에도 안 하고 살면 결국 우울한 느낌이 들어 그 일을 해야만 살게 되는 것, 이것 또한 모두 운명의 길이다. 운명에 역행하는 유일한 길은 목숨을 스스로 포기하는 것이다. 사람 쉽게 안 죽는다는 말이 그 뜻이다. 그 운명의 흐름을 타고 자신만의 삶을 사는 것만이 운명에 순응하는 것이고 자신의 능력을 세상을 살아가면서 자신만의 쓰임을 기록하고 사라지는 일을 하는 것뿐이다. 삶은 그뿐인 것이다. 그 시간의 기록에 사람들은 배운다.

살아있다면 어느 순간 당신은 그 뒤에 당신을 따르는 많은 사람들을 보면서 아무렇지 않게 그들을 이끌 것이다. 당신은 그들이 따르는 것을 신경 쓸 필요가 없다. 그들에게 도움을 받은 것이 있다 느낀다면 그대로 보답할 준비를 해야 한다. 그들에게 도움을 줄 수 있다 느낀다면 적절한 시기에 도와주면 된다. 그들을 통해 성공을 하는 것을 목표로 한다면 그것을 통해 운명의 그림을 그대로 잘 그리면 그뿐인 것이다. 그들은 언제든 당신을 떠날 수 있다. 그 모든 것은 당신의 운명이 정해진 길에 나타났을 뿐이다. 그 길을 그대로 나아가는 것이 당신이 운명에 순응하는 것이며 잘 사는 길이다. 그 과정에서 일어나는 신비한 감정을 느끼고 운명을 개척했다고 착각하지 마라. 그 감정은 운명을 받아들인 당신만의 특권에 있던 감정일 뿐이다. 그 감정을 받아들이는 것이 바로 인생을 즐긴다고 하는 것이다. 운명이 다할 때까지 당신은 노력할 뿐이다.

300억 자산을 가진 성공한 강사가 그러한 말을 하더라. 목표를 이루는 과정이 가장 행복한 것이라고. 그러니 이 책이 출판되는 목표를 이룬다면 나에게는 그 과정들이 가장 행복한 순간들이었을 것임을 생각하면서 글을 써간다.

# 책이 내게 주는 의미

:

책을 쓰는 일, 책을 쓴다는 것은 나에게는 거의 꿈과도 같은 일이었다. 학창 시절 읽은 책이라고는 고작 '어린 왕자', '이순신 전기'뿐이었다. 수학 문제집 말고는 제대로 풀어본 적 없는 내가 책을 쓴다는 것은 언젠가는 해야 할 일이라고 생각만 했다. 6차과정의 마지막이었던 고3 때 내 언어영역 모의고사 점수는 120점 만점에 항상 80점대 아니면 60점대였다. 어떻게든 글을 읽으려고 해도 제대로 지문을 읽고 풀었던 적이 없던 내가 지금 이렇게 글을 쓰고 있다. 블로그에 글로 한 달에 10만 원 가까운 돈을 벌었다. 내게는 기적과도 가까운 일이었다. 평생 글을 쓰지 못하는 사람이 될 수도 있던 사람이 연극을 꿈꾸고 강사를 꿈꾸고 계속 도전을 하며 꿈을 꾸고 있다. 그동안 나를 스쳐갔던 대부분의 모든 인연들은 제대로 연락이 되지 않는다. 그도 그럴 것이 나의 정신세계를 이해할 사람은 아무도 없었다. 그런데 이제 내가 그들을 이해하기보다 나를 이해하는 세상에 더 큰 세상의 꿈을 심을 수 있는 사람이라고 생각하며 살 수 있다는 것에 자부심을 느낀다. 나는 내가 하고 싶은 일을 하고 사는 사람이 됐다. 직장인이라는 안전한 울타리에서 가능성을 하나씩 키워나갔다. 자신을 알리기 위해 책을 쓰고 싶은 것도 있었지만 내 생각이 다른 사람들에게 좋은 영향을 끼쳤으면 하는, 내 인생이 가치가 있었으면 하는 마음이 강했다. 처음 책을 쓰려 작정하게 되었을 때 프리랜서 생활을 하고 있었다. 매일같이 카페에 출근하면서 노트북 앞에 앉아서 글을 썼다. 코로나가 한참일 때라 수중에 돈이 떨어져 가면서도 책 낼 생각만 앞섰다. 업체에 비용을 지불해 가이드를 받고 책을 쓰는 상황이었다. 그들의 가이드대로 글을 쓰니 자뻑에 취한 듯한 글을 써야만 했다. 성공한 사람인 것처럼 글을 써야만 했다. 그 과정을 겪으며 나는 잠시 방황을 했었다. 내 병은 내가 고쳤지만 다른 사람의 병을 고칠 수 있냐는 물음, 잠시 그들의 가이드에 따라 무모하게 사업을 시작하려고 했다가 작성했던 수많은 시간을 투자해서 썼던 글은 나도 모르게 사라지고 말았다.

무의식이라는 것은 참 대단하다. 분명 한 달 내내 글을 썼는데 다시 책을 쓰려고 하는 이 시점에 그 책의 내용을 참고하려고 찾아봐도 도저히 찾을 수 없었다. 파일을 지웠든지 아니면 아직도 내가 못 찾는 곳에 그대로 있는 것인지 모른다. 결국 난 처음부터 다시 기록하기로 했다. 그 무의식을 믿기로 했다. 과장이 가득한 글을 쓰기보다 쓰고 싶은 모든 글을 쓰는 것이 가장 나다운 책이 나올 것이라고 생각했다. 먼 훗날 이 글이 졸작이라고 생각할 수도 있다. 하지만 적어도 가장 솔직하고 가장 순수한 책의 형태라고 믿는다. 꾸미기만 하다가 포기했던 수많은 순간들을 기억한다. 시간은 정말 그렇게 많이 흘렀다. 그렇지만 잊지 않았다. 길을 잃지 않고 결국 나아갔다.

그 업체의 책 만들기 자료는 아직도 열람이 가능하지만 책을 다시 쓰는 데 있어서 똑같은 방식을 택하기 싫었다. 조울증을 통한 삶은 지극히 개인적인 나의 이야기다. 그래서 내 스토리를 통해 단순히 돈을 벌려는 사업을 하려고 했던 잘못된 생각을 접었다. 그냥 나다운 것이 가장 자연스러운 것이다.

　성공한 그들은 돈을 벌고 싶어서 번 것이 아니었다. 돈을 벌 수 있는 환경이 따라온 것뿐이었다. 돈이 목적이 된 것과 수단이 된 것은 다른 것이다. 내 양심은 지극히 돈을 목적으로 하면 절대 안된다는 마음을 갖고 있고 그 마음은 변함이 없을 것이다. 돈이 다가오는 시간이 있다면 그것을 잠시 빌리는 마음으로 다음으로 당신이 해야 할 일들을 하는 것이 돈이 수단이 되도록 하는 것이다. 그리고 다시 받은 사랑을 사람들에게 베풀 수 있어야 한다. 당신도 먼 훗날 당신의 고통에 비례해 무엇인가 가지려고 한다면 그것은 절대 가질 수 없는 것이 될 것이다. 믿음이 통한다면 돈은 당연히 따라오게 될 것이다. 그리고 그 수단을 당신의 계획을 통해 써야 할 때가 있을 것이다. 그것이 당신이 당신의 운명을 올바르게 운영하고 있다는 증명이 된다. 마음이 흔들리지 않는 수입, 마음이 흔들리지 않는 지출, 그 모든 것들이 당신의 그릇이 어떤 상태인지 증명을 해 준다. 2, 2는 4. 2, 3은 6 그리고 가만히 있었다. 갑자기 누군가 2, 4는 8이라고 한다면 그것을 구구단 끝까지 읊는 누군가가 있다면 그 사람은 어떤 마음을 갖고 있을까? 2단까지 끝내는 사람도 있고 3단까지 끝내는 사람도 있을 것이다. 중간에 반응이 없는데도 9단까지 끝까지 외운다면 그 사람은 기회를 포기하는 사람이 될까 봐 두려운 것이다. 내가 그런 삶을 살았다고 보면 된다. 술에 취한 아버지 앞에서 전부 다 말하지 않는다면 머리에서 짜내서 말하지 않는다면 맞았다. 거짓말을 하지도 않았는데도 이유 없이 맞았다. 그래서 이유를 생각해 내야만 했다. 그래서 수학은 답이 정해진 끝이 정해진 안식처 같은 과목이었다. 그걸 잘만 이용한다면 다양한 생각을 펼치는 데 도움이 된다. 나는 그런 삶을 살았다. 모두 보여주고 답을 냈으니 살았다는 것에 안도한다. 하지만 상대방은 가끔 날 대단한 사람으로 보거나 완벽하게 살기 때문에 피곤하다고 한다. 그리고 내 능력을 당연하게 여기며 이용하는 사람 때문에 그게 눈에 보여 이성을 잃고 화를 내는 경우가 생긴다. 그리고 그 사람은 뻔뻔하게 네가 자초한 거라는 식의 자세를 취한다. 여론은 내가 잘못한 것으로 보일 수도 있지만 어떻게든 자초지종을 설명하고 살아남는다. 그렇게 찌질한 모습을 보여서라도 살아남았으니 사회생활을 하면서 올라가진 못한다. 이런 상황이 앞으로 바뀌지 않을 수도 있다. 그렇다면 이런 나를 이해하고 그 능력을 올바르게 쓸 줄 알아야 한다. 성공은 자기 자신만의 것으로 하는 것이다. 이것이 운명을 이해하는 사람이 사는 삶이다. 누구나 다 자신의 능력을 찾고 자신만의 삶을 살기 위해 태어났다.

# 다른 생명이 다른 세계를 열어주다

:

조울증이 재발하지 않도록 스스로 치료하는 방법을 적용해 삶을 살아가고 있다는 확신을 한다는 것이 얼마나 조심스러운 결정인지 모른다. 그 마음을 절대 지키기 위해서는 겸손이라는 마음을 절대 버리면 안된다는 것을 깨달았다. 비판을 받는다면 그것을 수용할 수 있는 자세를 가지는 것에 전혀 흔들림이 없어야 하며 흔들리는 순간 겸손함이 흔들린 것이다. 흔들리지 않는 자세가 내가 한 말의 책임이며 그것이 바로 겸손의 마음이라고 생각한다. 그 판단의 도움을 준 것은 나의 반려견 하늘이 덕분이었다.

하늘이는 내가 게임을 하면 내게 발길질을 한다. 그 모습이 너무나 귀여웠고 뭔가 미안해졌다. 하늘이가 불안해한다는 것을 느꼈기 때문이다. 그 순간 나는 머릿속에 생각이 작동하는 원리를 공부하기 시작했다. 내가 어떤 생각으로 표현을 하고 있으면 하늘이가 반응하는지 호흡을 맞춰가기 시작했다. 그 과정에서 사람이 낼 수 있는 주파수는 알파파, 베타파, 감마파, 델타파, 세타파 등 다양한 주파수가 있음을 공부하게 되었다. 명상을 할때 내는 주파수는 알파파와 감마파이다. 감마파는 죽음 직전의 생명체한테 발견되기도 한다. 이것은 자비의 감정이라고 해석되기도 한다. 일반적인 명상을 할 때는 알파파가 발생하게 된다. 좀 더 높은 차원의 명상의 단계에 들어갈 때 감마파가 발생이 된다고 하는데 이러한 감마파가 발생되는 명상을 하는 분들은 대개 높은 차원의 수련을 하신 스님들에게 발견된다고 한다. 당신이 꿈을 기억하고 있다면 세타파의 기능을 극대화시킬 수 있다. 꿈을 꾸게 되면 대부분 기억하지 못한다. 끔찍했는지 황홀했는지 신기했는지 정도의 기분만 갖고 깨어난다. 당신이 꿈을 기억할 정도의 인지능력을 가지려면 명상에 대한 훈련이 제대로 되어야 할 것이라고 믿는다. 명상에 대한 훈련이 되면 내가 아닌 나의 행동을 관찰하는 데 익숙해진다. 자의식을 관찰하는 것은 중요하다. 꿈의 기록에 대한 인지는 창의력을 동반한다.

적당한 베타파는 삶의 활력을 주는 데 도움이 되지만 극단적인 베타파는 스트레스의 원인이며 지속적일 경우 정신질환에 걸리기 쉽다. 그렇다고 베타파가 나쁜 것은 아니다. 베타파를 적절히 이용하게 되면 당신은 쾌락의 감정을 느끼게 된다. 고통을 버티기 위해 몸에서는 엔돌핀을 생성하게 된다. 여기서 도파민이 흥분을 하는 것을 지속적으로 한다면 당신은 더욱 더 높은 쾌락을 요구하게 될 것이다. 무슨 이유인지도 모른 상태로 말이다. 도파민은 약물이라든지 음식, 또는 성교를 통해서 사람에게 보상 욕구로 발생하는 신경호르몬이다. 조울증을 갖고 있는 사람들은 그게 뭔지도 모르고 더 높은 수준의 쾌락에 도달하게 된다. 그리고 쾌락을 상쇄할 그 이상의 쾌락을 찾지 못해 불안함이 발전하면 분노라는 감정에 휩싸인다. 눈에 띄는 모든 것들이 자극이 되고 만족스럽지 않은 현실에 대한 보복의 대상이 된다. 끝을 모르는 상충하는 감정에 좌충우돌하면서 알 수 없는 이야기들을 계속하게 된다. 그 상태에서는 누구도 그의 생각을 막을 수 없다. 극단으로 치닫게 되면 강제력을 통해 가만히 있게 만드는 것만이 그를 진정시킬 수 있는 유일한 방법이 돼 버린다.

# 증명하는 과정

:

2017년 생각의 끝의 감정을 깨닫고 난 후 내 감정들이 갑자기 이상한 기분이 들 때마다 머릿속에는 겸손이라는 감정을 끌어와야 했다. 그래야만 그 감정들이 도대체 무엇인지 해석할 수 있었다. 쾌락이라는 감정이 밀물처럼 쓸려 올 때 그것에 도취해 내가 미쳐나갈 것임을 감지한다면 난 절대 '그 기운을 만끽하지 않겠습니다'라고 기도한다. 그러한 행동을 하면서 한동안 우울한 기간을 거쳐야만 했다. 약을 먹지 않아도 약을 먹은 것처럼 하루 종일 자는 시기도 거치게 되었다. 이유는 알 수 없었다. 그냥 자연스레 내 몸의 모든 것들이 스스로 공부하는 기회를 제공하는 것처럼 느껴졌다. 약을 먹지 않아도 약을 먹은 몸의 상태처럼 잠을 하루 종일 자는 것이 말이 되지 않았다. 내 몸은 나에게 그러한 경험을 제공하였다. 그리고 그것이 어떤 의미의 몸 상태인지 스스로 파악하게 만들었다. 그 시기가 끝나고 나서 더 이상 잠을 오래 자지 않았다. 남들처럼 7시간 전후로 항상 잠을 자게 되었다.

생각의 끝 이후 개인회생이 끝나게 되면서 이제 무엇을 선택해야 하는지 궁금했다. 어렸을 때는 평생 일하고 살 수 있는 직업인 연극을 택했지만 지금은 그 직업은 내 인생에서 거쳐 가야만 했던 삶이었다는 생각이다. 그 위험한 생각의 끝을 경험한 후 잠시 치매를 경험했다. 치매를 결정하는 내 뇌가 신기할 정도로 그 상황이 나의 상태를 다시 판단하고 나아가게 만들어줬다. 해야 할 일을 찾는 노력을 지난 7년간 계속해 왔다. 그 과정에 과거의 나의 삶을 다시 공부하게 되었고 더 나은 사람이 될 수 있는 믿음을 갖게 됐다.

다시 강사에 도전했다. 국비지원으로 강사교육을 다시 받으면서 기초에 집중했다. 새벽에 일어나 매일 같이 효과적으로 말하는 방법에 대해 기초를 다졌다. 말할 때마다 '어~' 하는 습관을 의식적으로 고치기 시작했다. 모든 것은 한가지씩 나아졌다. 강사과정 끝에 최우수 교육생으로 졸업했다. 코로나19가 시작되었고 기회는 부족했다. 다시 취직을 해야만 했다. 개인회생이 끝날 때까지 회사에서 열심히 직장생활을 했다. 상담직을 하면서 스태프가 되기 위한 희망도 잠시 가져보지만 아직 그러한 일을 할 정도로 주파수는 맞추지 못했다. 세상에 내가 돈을 벌 수 있는 스타일의 일은 분명 존재한다. 이제껏 시뮬레이션화 시켜왔던 많은 실패들이 지속적인 결과물들을 만들어 낼 준비를 하게 된 것이라 믿었다. 그리고 그 결과 작년에 회사를 그만두고 이직했던 회사에서 두 배 이상의 월급을 받는 일을 해내게 된다.

# 앞으로 할 일

:

남과 다르지 않다. 그저 내가 할 수 있는 천성에 베팅을 할 생각이다. 남과 다른 생각을 가졌다면 그 생각의 매력을 극대화 할 생각이다. 더는 자신감이 없던 과거의 삶을 살지 않을 것이다. 나다운 것을 알기 때문에 나답게 계속 나아갈 것이다. 당신이 이 책을 읽고 희망을 얻는다면 기꺼이 당신의 삶을 응원할 것이다. 당신의 고통은 누구도 겪지 못 할 만한 산모의 고통 이상이라고 감히 생각한다.

간절했다. 하지만 난 왜 간절해야 하는지 몰랐다. 그래서 부딪쳤다. 세상이 말하는 성공을 찾기 위해 무슨 미친 짓을 해야만 하는지 모른 채 부딪쳤다. 그것을 똑같이 하라는 말이 아니다. 당신이 세상을 이해하기 위해 해야 할 행동이 당신의 잠재력을 깨우기 위한 일이라면 어떤 것도 걸어야 한다는 말을 남기고 싶다. 그 판단에 가장 큰 도움이 되었던 조언은 루게릭병으로 오랜 생을 살다 간 '스티븐 호킹'박사의 말이었다.

"인생은 아무리 나빠 보여도 살아있는 한 누구나 희망이 있고 또 성공할 여지가 충분히 있다."

# 훌륭한 의사

:

피폐하고 외로운 삶에 짠하게 여겨진 나 자신을 위해 처음으로 한약을 지어보기 결정했고 인천 부평역에 있던 한의원으로 방문했다. 그곳의 그 한의사의 한마디가 내게 큰 위안을 주었다. 어떤 의사든 조울증을 앓고 있다고 하는 환자에게 딱딱하게 굴었던 것과 반대로 조심하게 대우해 줬던 기억이 난다. 조울증에 대해 다른 표현을 해줬다. 남들보다 조금 민감한 상태의 병이라 했다. 내 상황을 안타깝게 여기는 기분이었다. 그와 했던 대화들이 기억난다. 조울증이 천재의 병이라고 말한다. 하지만 천재가 될 수 없는 날 알고 있었다. 진찰하는 도중 의사 선생님께서는 내게 영화 하나를 소개해 줬다. 신기했다. 처음 보는 환자인데도 불구하고 자신의 대학 시절 이야기를 하면서 당시 봤던 영화에 대해 환자에게 이야기를 하려 노력한다니 이전에 봐왔던 의사들과는 달랐다.

영화의 주인공은 가정폭력을 겪었던 트라우마로 연인과 사귈 때 큰 고민을 했다. 그리고 그는 풀기 힘든 수학 문제가 적힌 칠판에 답을 구했다. 그를 알게 된 교수는 그를 천재라고 칭송하고 부러워한다. 수학 문제를 푼 그는 학생이 아닌 청소부였다. 그를 통해 학문에 더 큰 기여를 하기 위한 교수의 욕심으로 그의 폭력 전과를 감수하면서 그에게 기회를 주려고 한다. 그 과정에서 그는 어렸을 때 겪었던 아픔을 감싸 줄 어른으로 로빈 윌리암스 역할의 맥과이어 교수에게 의지하게 되었 다. 그의 한마디가 그의 상처를 회복하는 시발점이 되었다.

"너의 잘못이 아니야."

그리고 그는 그의 능력을 올바른 곳에 사용하기 위해 중요한 역할 을 하는 사람이 되었다. 영화 제목은 '굿 윌 헌팅'이다. 1997년도 영화 인데 오래된 영화라 내겐 시대감이 떨어져 지루할 수밖에 없었다. 그 래도 의사 선생님이 추천한 그 영화를 끝까지 보았다. 조울증은 대개 천재들이 겪는 병이라고 하면서도 내가 도대체 무슨 천재인가 싶기도 하면서 그러한 나를 인정해 주는 듯했다. 이전에 정신의학과 의사들이 날 대하는 태도와는 달랐다.

그러나 그 진료의 경험이 나의 병을 낫게는 하지 않았다. 내 상태를 아무도 응원해줄 수 없었다. 이해하기도 어렵다. 그런데도 불구하고 그 의사는 자신의 부족함을 인정했고 그 의사만의 학창 시절 봤던 영 화에 대한 생각을 조심스레 환자와 공유했다. 그리고 난 그 한약방에 서 한약을 짓고 침을 맞고 나왔다. 없는 돈이었지만 그 돈이 아깝다고 생각하지 않았다. 그 약을 먹고 내 건강이 나아졌다고 생각하진 않는 다. 그렇지만 환자를 대하는 태도가 이제껏 대했던 정신의학과의 의사 들과는 달랐다는 것에 따스함을 느꼈고 이것이 사람이 사람을 치유하 는 한 가지 방법일 수 있다는 것을 알게 되었다. 그 이후 천재에 대해 이해를 하려고 노력했다. 말도 안 되는 것이었다. 적어도 천재의 삶이 부럽지 않다는 것은 알았다. 하지만 그 길을 가야 한다면 기꺼이 갈 것이라는 생각쯤은 했었다.

그 한의원에서 진료 경험은 내가 세상에 할 수 있는 일이 많을 것이라고 생각하게 만들었다. 도대체 무엇을 할지 아무것도 몰랐기에 선택할 수 있는 것은 없었지만 부딪혀 깨질 용기를 얻었다. 세상이 비웃는 멍청이가 된다고 하더라도 가보지 않았다면 절대 말할 수 없었던 그 경험들은 내 인생에 가장 아픈 역사면서 소중한 자산이 되었다.

# 마지막, 뭣이 중헌디

:

　조울병에 걸린 후 16년의 세월 동안 겪었던 이야기가 이 책에 모두 실려있다. 이 모든 이야기들을 풀어내는 가장 궁극적인 목표는 세상의 모든 것은 하나로 설명되는 것은 없다는 것을 말하려는 것이다. 당신은 당신만의 관성이 존재한다. 누구에게는 쉽게 말하던 것을 누구에게는 쉽게 할 수 없다. 근데 이게 관계상 누구는 아버지에게 말하기 쉽고 누구는 어머니에게 말하기 쉬운 경우가 있다. 당신은 당신만의 관성이 있다. 그걸 알아채라. 세월이 흘러 당신을 지배하는 것에 벗어나 그때부터 아픔을 공부하게 될 수도 있다. 아무리 불리한 상황이라고 보일지라도 살아남고 이룩하라 말하고 싶다. 누군가 당신에게 연락을 하지 않고 있다면 이것은 기회다. 외로움으로 받아들이게 되면 당신은 아프게 될 것이다. 그것을 성장의 기회로 받아들인다면 더없이 대단한 기회를 얻게 될 것이다. 당신을 찾아라. 그때부터 당신은 당신이 할 일을 하게 된다. 공부하고 배우게 될 것이다.

　내가 처음 이 병을 겪었을 때 조울증 인구의 통계는 1%라고 알고 있었다. 하지만 지금은 더 심한 것으로 알고 있다. 이 책을 내고 나서 아마 누군가는 '넌 평생 증명하고 살아야 해'라는 말을 할 것이다. 맞다. 난 평생 증명하고 살 자신이 있다. 가장 중요한 병식을 인지하는 행동, 내 주파수가 낮은 곳에 있다는 것을 인식하면 편안한 곳에서 바로 잠을 잘 수 있다. 이것만 잊지 않는다면 나는 이 병에 끌려다니지 않을 수 있다. 나를 알지 못한다면 절대 불가능했을 것이다.

내 인생 기회의 첫 번째 결과물을 책을 내는 데 썼다. 불가능할 것만 같았던 그 이야기를 이제 나는 풀어냈다. 완벽하지 않아도 된다. 무모해도 된다. 당신이 앞으로 해내야 할 일들은 많다. 당신은 부자에게 (자수성가를 했던, 금수저이든) 배우겠다는 마인드를 갖고 살아야 인생을 바꿀 수 있을지도 모른다. 세상이 말하는 부자까지 도달하지 못하더라도 그 과정이 당신을 당신답게 만들 것이라는 확신을 한다. 당신답게 살길 기도하겠다. 그것이 내가 존재하는 이유를 더 확실하게 만들 테니까.

Impossible is nothing에서 Just do it의 과정까지 당신은 불가능만 떠올릴 것이다. 그러니 그냥 하라. 난 불가능을 도전했고 그 과정에서 수많은 것들을 희생했다. 아픈 것이 아무 의미가 없을 때 비로소 당신은 나아갈 것이다.

하늘이 장차 사람에게 큰일을 맡기려 할 때에는 반드시 먼저 그 마음과 뜻을 괴롭히고, 그 사람의 근골을 수고롭게 하며, 생활을 궁핍하게 만들면서 하고자 하는 일을 어렵게 흔들어 대느니라. 이로써 그 사람의 인내심을 길러서 그 이전엔 불가능하던 일도 능히 할 수 있게끔 하느니라.

— 맹자